덤블링
트리

# 덤블링 트리

2012년 10월 12일 1판 1쇄 찍음
2012년 10월 19일 1판 1쇄 펴냄

지은이      신장현
펴낸이      손택수
편집        이상현, 이호석, 임아진
디자인      풍영옥
관리·영업    김태일, 이용희, 김가영

펴낸곳      (주)실천문학
등록        10-1221호.(1995.10.26.)
주소        우121-839, 서울시 마포구 서교동 478-3 동궁빌딩 501호
전화        322-2161~5
팩스        322-2166
홈페이지     www.silcheon.com

ISBN 978-89-392-0686-1  03810

이 도서의 국립중앙도서관·출판시도서목록(CIP)은
e-CIP홈페이지(http://www.nl.go.kr/ecip)와
국가자료공동목록시스템(http://www.nl.go.kr/
kolisnet)에서 이용하실 수 있습니다.
(CIP제어번호:CIP2012004704)

덤블링 트리

신장현 소설집

실천문학사

# 차례

시크릿 가든    7

조롱박 키우기    47

기수지에서    81

고인돌의 부름    111

비 올 바람    139

또 다른 섬으로    175

덤블링 트리    203

등불 하나 켠 바다    235


해설    266
작가의 말    287

시
크
릿
가
든

눈시울이 저리게 아름답고 휘황한 불길이다. 어둠을 사르는 등 걸숯 같은 불기둥을 중심으로 주변 또한 벌불과 꽃불의 일렁임이 교교하다. 저것이야말로 신의 솜씨가 아닌가. 신은 아주 자유롭고도 완전한 손놀림으로 지상 한 칸의 캔버스에 당신의 그림을 완성해가고 있는 것이다.

타닥타닥, 드당드당, 드으앙 드으앙 당

기름처럼 건물에 가득 스미고 배어 있던 곡조였으니 불길에 또 얼마나 잘 타오를까. 태엽에 감겨 있던 오르골의 소리까지 타는 것이다. 신은 바야흐로 그림과 음악이 조합된 새로운 예술을 보여주려는 양, 언덕배기에서 그 아래를 내려다보는 지혁의 혼을 빼놓고 있다.

핸드폰 벨이 다시 울렸다. 아침 일찍 이 사태의 전조를 귀띔해주었던 제자 배 씨였다. 배 씨는 그 잡것의 전화가 장난 같지 않다고 지혁에게 빨리 오라고 간청했었다. 그 잡것이란 '장원'이라고 부르던 그곳의 패륜아를 일컫는 말이다. 배 씨는 신고한 대로 소방차들이 막 출동할 모양이라며 알려줬다. 코미디언이었던 그가 어쩌면 마지막 쇼를 하는 건 아닐까. 지혁은 쓴웃음을 삼켰다. 배 씨는 석 달 전 뇌출혈로 쓰러졌다가 운 좋게 회복된 처지였다.

"후작은 어디 갔는데요?"

불타고 있는 장원의 주인이 떠오른 건 당연했다.

"혼자 불란서로 박물관 여행을 떠났다는 거 아닙니까? 진짜 몽마르트르 바람 좀 쐬야겠다고. 그러니까 저 잡것이 그 틈을 노린 모양이고. 으이그, 으이그……."

배 씨는 헛바닥을 씹은 듯한 신음까지 냈다. 그리고 불길에 날아갈 그림들 걱정까지 곁들였다. 아무리 그래도 그렇지, 정작 화마에 휩싸였을지 모를 후작 부인과 그 잡것의 안위란 아랑곳없다는 투라니! 과연 무섭도록 천진하다고 할까. 그러는 지혁 역시 부동의 상태로 일렁이는 불길을 바라볼 뿐이다.

혹, 후작이 약속한 전시회가 바로 저것이 아닐까?

\*

그는 〈꽃병의 메밀꽃〉을 보고 찾아왔다고 했다. 내가 그런 그림을 그린 적이 있나, 지혁은 기억을 더듬다가 움찔했다. 오래전 시험 삼아 그려본 작품 아니었던가. 이 꽃이 무엇인지 알아맞혀보라는 식으로. 그 그림이 아직 살아서 돌아다니고 있다니!

뭉클한 마음으로 손님을 맞으려는데 그는 고개를 갸우뚱했다. 화가의 작업실이란 게 꼭 폐품 수집소와 같은 모습으로 보였을 테니 그렇기도 하리라. 실제 그 건물은 철거를 앞두고 입주자들이 속속 빠져나가는 터였다. 캐주얼한 진 재킷에 빵떡모자를 썼지만 자글자글한 얼굴 주름으로 보아 족히 칠순은 넘어 보였다. 그는 커피를 술 마시듯 하더니 처음 보았던 인상대로 야릇한 색깔을 드러냈다.

"그런 말 있잖소? 바가지를 뒷간에 갖다놓으면 똥바가지가 되고 그걸 잘 칠해 안방에 걸어놓으면 예술품이 된다고."

그림에 대한 촌평 아닐까 싶었다. 꽃답지 않은 꽃이 그럴듯한 꽃병에 꽂혀 있으니까. 그는 자기 깜냥에는 그럴듯한 비유를 드러낸 양 빙긋 웃었다. 그리고 그림을 배우고 싶되 기왕이면 자기 집으로 초빙하고 싶다는 뜻을 피력했다. 지혁으로서는 내심 놀라지 않을 수 없었다. 초면에 그림을 가르쳐달라는 경우도 드물지만, 대뜸 집으로 부르겠다는 말 때문이었다. 그때까지만 해도, 바가지란 기껏 정물화의 소도구쯤으로 여겨졌다. 그런데 화실 근처의 카페로 자리를 옮겨 말을 더 나눈 뒤에야 바가지의 의미는 명료해졌다. 만약 당신이 그림 같은 집에 있어봐라. 그 자체가 예술이며, 그런 분위기에서 만들어진 작품이야말로 진짜 예술이 되지 않겠냐는 것. 그의 호기는 맥주 거품처럼 철철 넘치기 시작했다. 지혁이 언짢은 표정을 보였는지 어쨌는지 모른다. 그는 말을 바꿨다.

당신이 좋은 환경에서 그림에 전념할 수 있다면 좋은 작가가 되지 않겠냐. 말뜻으로 보아 그는 이즈음 지혁이 생활고에 몰려 있는 사실까지 알고 있는 듯했다.

"서운치 않을 침식을 제공할 테니 가끔 시간을 내주면 돼요."

'침식 제공'이란 말은 싸구려 미끼처럼 들렸다. 아무리 큰 호의라도 요즘 그런 말을 쉽게 쓰지는 않을 것이다. 그렇게 여러 번 다른 쪽을 물색해봤으리라 여겨졌다.

그는 지혁의 작업실에 몇 차례를 더 찾아왔다. 그런 집요함으로 성공을 과시하는 방송 프로그램에도 출현했을지 모른다. 그 과정에서 지혁은 그가 유명한 건축사로 근년에 북한강 변 쪽에 상당한 땅을 마련해 그만의 성을 쌓았다는 이야기를 들었다. 그곳에 갤러리를 열어보려는데 먼저 지혁의 개인전을 하자는 제의까지 곁들였다. 일단 구미가 당겼다. 그것을 계기로 새로운 작품을 수확할 수 있지 않을까. 그때까지 지혁은 몇 번의 그룹전 말고는 그저 자기 길을 고집해온 터였다. 작품을 꼭 드러내 보여야 한다는 마음이 별로 없었다. 한때 실패했던 뼈아픈 경험이 그나마 값진 교훈으로 남았던 덕이다.

그는 이쪽이 허술한 틈을 타 다시 들붙었다. 1년이고 2년이고 당신은 그저 열심히 작품을 만들라. 나는 가끔 그림을 배우면서 전시회를 준비할 테니. 말은 길었어도 대강 그런 주문이었다.


정말 잘나가던 시절이 엊그제 같았다. 지혁은 불현듯 떠오르는 회상으로 긴 한숨을 내쉬었다. 산비탈에 눈사태 나듯 흐드러지던 메밀꽃밭에 서서 얼마나 우쭐했던가. 그렇게 즐겨하며 나름대로 내 숨결을 불어넣었다고 자부하던 그 화폭 안에서. 딴은 몇 달 동안 골백번 시도하고 진을 다 빼내고 건진 개성이었다. 주위에서는 마치 지혁이 심마니처럼 엄청난 산삼을 캤다는 듯 부러워했다. 더러는 유명 여류 화가의 〈보리밭〉에 비교하거나 비난하기도 했다. 메밀꽃은 바로 그런 우려 때문에 대부분 기피했던 소재였다. 그러나 지혁은 애초부터 주저하지 않았다. 아버지가 강원 북단에서 내려와 새로 정착한 충청 산골 오지의 산비탈에다 심어온 메밀 덕이었다. 메밀묵을 좋아하던 아버님은 고향의 맛을 잊지 못했고 지혁의 눈은 자연히 그곳을 찾아들었다. 어쩌면 아버지의 땀과 단내, 숨결까지 들어간 합작품이었다고 할까.

몇 번에 걸친 전시회에서 유독 메밀꽃 작품들만 나갔다. 청파동의 한 지하방을 근거지로 모인 화단 동료들과의 그룹전에서였다. 지혁은 술판에 불려 다니다가 작업실에서 짐을 뺐다. 산골로 숨어들어가니 오히려 알음알음 주문이 더 들어왔다. 홀아버지의 폐병이 심해졌기 때문에 뒷수발도 할 겸 선택한 길이었다. 작품을 헤프게 그리거나 쉽게 넘겨줄 처지도 못됐다. 그런데 대개 그런 일이 그렇듯이 악소문이 무성하게 따랐다. 혼자 튀려고 그랬다느니 작전으로 화상들을 유인하기 시작했다는 따위. 그와 달리 K는 직접 시골집에까지 찾아와서 뜻밖의 사실을 전하며 하소연을 했다. 지혁을 형이라 부르며 살갑게 따르던 후배였다.

"알고 보니 형 메밀꽃이 일본 수집상한테 팔려나가는 거라는데……."

"뭐? 아니 왜?"

"그게…… 좀 말하기 뭣한데……."

지혁은 아연 긴장했다. 어렵게 말하는 만큼 속 깊은 소리로 들렸다.

"주로 소바집으로 나간다는 거."

"아, 그으래? 그게……."

"그러니까 메밀 소바집 말이야. 그게 그렇게 눈을 시원하게 하고 미감을 돋우는 모양인지."

더 이상 무슨 말을 들을까. 지혁은 할 말을 잃고 한동안 멍하게 있었다. 너무 뜻밖이고 누군가의 농간에 속은 기분이었다. 그 화상을 직접 못 봤다는 게 더욱 의심을 자아냈다. 상대는 이쪽의 심사에 아랑곳없이 떠들었다. 아니, 지혁이 용인하고야 만 꼴이다.

"그런 거라면……."

자기가 그려주면 안 되냐는 것이었다. K는 지혁이 과연 그런 작업을 계속할 수 있냐고 꼬집었다. 또 한편 지혁이 받은 수모를 벗겨줄 듯 제안했다. 우리와 달리 일본에서야 순수미술과 상업미술이 그렇게 확연히 갈리지 않는다는 것쯤은 지혁도 알고 있었다. 그래서 어떻다는 거냐고 반문하고 싶었다. '나는 내가 원하는 그림을 그릴뿐이다. 화폭에서 붓질이 끝나면 그것으로 끝이다 여겨왔다.' 지혁이 입술을 지그시 물었다. 그러나 술청으로 자리를 옮겨 그와 밤새 통음을 하며 지혁은 무너졌다. 주문배수의 화가로 전락한 스스로의 모멸감을 끝내 털어낼 수 없었다. 결국 K의 위로와 속셈에 넘어가줘야 했다. 그가 얼마나 간절하고 급박하게 하소연하는 줄 지혁은 뻔히 알았다. 또한 얼마나 핍진하게 지내며 돈 안 되는 그림만 그려왔는지도 너무 잘 알고 있던 터였다. 그뿐 아니다. 허구한 날 끼니를 깡소주로 때우며 길거리의 여자까지 같이 품던 사이가 아니었던가.

지혁은 기왕에 갖고 있던 그림마저 그에게 몽땅 넘겨주기로 했다. 그는 모쪼록 최고가로 거래를 성사시켜보겠노라 약속했다. 어쩌면 그런 계산이 맞아떨어졌는지 지혁이 나중에 챙겨보니 놀라울 정도였다. 마치 지혁의 아버님이 남겼던 유산을 처분한 듯했으니까. 그림값은 온전히 부친의 병치레 빚과 장례비로 들어가고 말았다.

지혁에게 손님은 잊어버린 그때를 떠오르게 했다. 아울러 그 꽃병의 소재마저 궁금하게 만들었다.

"어디서 보신 겁니까?"

"아…… 내 동창 녀석이 경동 약령시장에서 큰 한의원을 한다오. 거기서부터……."

묻지 말았어야 할, 그 속 쓰린 과거였다. 일본 소바집에 가지 못한 것들이 국내의 병원으로 팔려갔다더니 바로 그게 아닌가.

과연 산모퉁이에 위치한 그의 집은 그 경계를 알 수 없을 정도로 넓었다. 특히 아방가르드 풍의 본관 건물은 눈에 띄게 아름다웠다. 외벽은 나이프로 온통 징크화이트 물감을 올린 듯했다. 통유리에 층층이 뻉 둘러진 원추형 창문들은 시원한 개방감을 주었다. 그런가 하면 수십 그루 나무가 있는 산기슭 쪽으로 아담한 별채가 자리 잡고 있다. 지혁은 마치 중세시대 유럽의 어느 귀족의 장원에 초대받은 기분이었다. 그곳의 주인인 그를 후작이라 부르게 된 계기는 지혁이 나중에 만난 배 씨를 통해서였다. 물론 여기에는 다분히 조롱기가 섞여 있었다.

갖가지 관상수로 둘러 쳐진 안마당의 정원과 연못을 S자로 잇는 오솔길은 잔디나 자갈이 깔려 있고 군데군데 조각상이 눈에 띄었다. 오솔길은 몇 갈래로 나누어졌다. 뒤쪽에서 보면 이들은 자연의 흐름을 끌어들이는 물길 같다. 아무렴, 주인이 왕년의 유명한 건축 설계 사무소 대표였다는데야! 지혁은 내심 감탄하면서도 심중에서 솟아나는 배릿한 감정을 어쩌지 못했다. 정원을 한 바퀴 돌고 본채 홀에 들어가서 받은 인상과 그 반작용도 대체로 그러했다. 바깥에서 본 그대로 천장은 바지랑대를 바짝 치켜세워 올린 만큼 높고 조명은 자연광과 어우러져 홀 바닥에 물빛 그물맥을 드리웠다. 통유리 반대편 벽에는 페치카가 커다란 아가리를 벌리고 있다.

갑자기 청아하고 생경한 소리가 들렸다. 몇 음계의 단순하고 맑은 멜로디가 찰랑거리는 물결처럼 점점 실내를 가득 채우고 있다. 〈아름답고 푸른 도나우〉라든가, 〈아마릴리스〉, 〈오 수제너〉 따위의 곡이 가볍게 여울진다. 2층으로 오르는 계단의 가장자리를 따

16

라 갖가지 인형과 동물이며 집 모양의 장난감들이 보였다. 미스터리 영화의 극적인 장면에서나 보았던 오르골이 아닌가. 후작은 눈이 휘둥그레져 돌아보는 지혁에게 고개를 끄덕이며 싱긋 웃었다.

"우리 안사람의 노리개들이요. 저 위에도 수북한데, 아주 병이 나 있지."

빈정거리면서도 은근히 자랑하는 투였다. 그렇게 풍차방앗간 모양을 가리키며 설명을 곁들였다.

"작년에 일본 규슈 여행 때 하우스텐보스에서 구입한 게요. 네덜란드를 옮겨놓았다는 테마파크 말이지. 오르간이란 말이 일본에 건너가 오르골이 됐다던가……. 정말 골을 때리는 소리 아니요?"

그냥 혼자 하는 얘기니 대답이고 말고도 없었다. 타당! 지혁은 움찔했다. 외부에서 무언가 부딪치는 소리가 수족관 같은 실내에 울렸다. 페치카 아가리에서 짐승의 혀 같은 불길이 널름 튀어나왔다 들어갔다. 충격의 여파 때문인지 후작이 받은기침을 쏟아냈다. 고개를 올려보니 처마 밑에서 한쪽 고리가 떨어진 통나무 팻말이 덜렁거리고 있었다.

'시크릿 가든'

열린 창문 틈으로 니스 칠 냄새가 스며들었다.

"아, 놀랄 거 없어요. 홀을 비워놓을 수 없어서 연 카페니까. 물론 상황이 돼가는 대로 이곳을 내부 전시관으로 쓸 거지만."

그는 이쪽의 불안한 기분을 눈치챘는지 선수를 쳤다.

이것이 나중에 갤러리를 열 때 다소 도움이 될까 하는 기대도 있다는 것. 원래는 '몽마르트르'였는데 지혁이 오기 직전 바꿨다고 했다. 후작이 빈센트 반 고흐가 그린 〈몽마르트르의 술집〉이란 명작에 대해 중언부언했다. 지혁은 곱다시 듣는 척을 해주어야 했다. 카페 이름이 사실은 얼마 전 막을 내린 TV 드라마에서 따온 것이라니 그게 오히려 실망스러웠다. 선풍적인 인기를 끌었던 연속극인데 부부가 열광하며 보았다는 말이다. 아무래도 서로 연관성 없는 업소가 폐업과 개업으로 주인을 바꾼 양 비쳤다.

후작은 어느새 차를 내온 아내에게 지혁을 소개했다. 후작보다 한참 어려 보이는 그녀는 꽃잎 같은 볼우물 웃음을 띠며 까닥 고개를 움직였다. 아직 팽팽한 얼굴과 고아한 행색에 눈이 화할 정도였다. 그녀는 금방 내실로 종종걸음 쳐 갔다. 오르골에 태엽을 감아놓고 감쪽같이 사라진 주인공이 바로 그녀였음을 충분히 짐작할 수 있었다.

"저 사람도 예술가요. 젊었을 때 피겨스케이팅을 했거든."

후작은 얼굴을 씰룩거리며 말했다.

"그래서 그런지 세상을 아주 좁게 보는 경향이 있다오. 살아가는 게 끽해야 얼음판 정도에서의 쇼인 줄 아는 꼴도 그렇고……."

그때 창밖 저쪽으로 지게를 짊어지고 가는 사내가 지혁의 눈에 띄었다. 사내 뒤에는 허리춤까지 이를 만큼 큰 검은 개가 그림자처럼 어슬어슬 따르고 있었다. 어쩐지 초점이 흐린 사진 같은 풍경이다.

"일꾼도 있나요?"

"신경 쓸 거 없어요. 저기 별채에서 사는데 부딪칠 일이 별로 없을 테니까."

"저로서는 저쪽이 마음에 드는데요."

후작은 미간을 찌푸렸다.

"기왕 이곳에 자리를 풀기로 한 이상 식구처럼 지내야지. 식사도 같이 하고 좋은 얘기도 하면서 편하게…… 아하, 작품 활동에 방해가 되지 않게 각별히 조심할 테니 염려 마시고."

지혁은 애써 그의 다짐을 돌려주려 했다.

"그러지 않으셨으면 좋겠는데요. 겉보기보다 전 신경이 무딘 편이거든요."

"전원생활을 처음 하면 생각보다 불편할 것도 많을 거요. 적적하기도 할 테고. 그럴 때면 언제든 부르시구려. 대기조가 항상 준비하고 있으니까."

후작이 말한 대기조는 가정부니 청소부니 정원사 따위 장원의 일꾼들뿐만이 아니었다. 장원 밖의 각별한 선수들을 뜻했는데 그중 한 사람이 왕년의 코미디언 스타 배 씨였다. 그 역시 인근의 별장 같은 곳에서 살며 후작과 자주 어울리는 모양이었다. 배 씨는 지혁이 장원에 짐을 풀자 득달같이 달려와 기웃거리기 시작했다.


새봄이 올 때까지 후작은 늦도둑질이 다 그렇다는듯 그림에 한창 재미를 들였다. 이윽고 테이블 위에 과일이라든가 꽃병을 그리

는 데까지. 그게 노욕이라도 지혁은 가상히 여겼다. 다행히 초보
적인 데생을 일러줄 필요는 없었다. 이미 누군가의 손을 빌려본
티가 어렴풋이 드러났다. 그러나 구도 잡는 법, 컬러 배합과 채색,
대상의 축소와 확대 방법 등등……. 가르칠 건 다 가르쳐야 했다.
그것도 아주 '빨리빨리'였다. 예상대로 후작은 여태 일벌레였던
듯 공부 욕심도 보통이 아니었다. 욕심이 많은 사람의 치명적인
문제는 기초가 중요한 것을 모르거나, 아예 무시하려 한다는 것.
책을 잡아도 결론부터 읽어야 하듯 어떤 일이든 꼭대기에 먼저 올
라가야 직성이 풀린다. 이런 이에게는 영화를 뒤에서부터 거꾸로
돌려 볼 수 없는 게 고역일 것이다.

"밥이 제대로 되려면 뜸을 들여야 하는데……."

오래지 않아 테크닉을 요구하는 후작에게 지혁은 고약한 비유
를 하고 말았다.

"장 화백! 나로 말하면 노가다들과 일해온 사람이요. 일 년 걸
려 질 집을 뚝딱 서너 달에도 기가 막히게 짓는데, 그게 또 예술이
라. 그리고 나이가 나이인지라 더듬거릴 시간이 없는 거요."

지혁이 보기에는 어설픈 흉내 내기고 다람쥐 쳇바퀴를 돌리는
모양인데 어쩌랴. 진도를 나가야 했던 속사정이 그렇거니와 지혁
은 이미 그의 선생 나부랭이가 되기를 반쯤 포기한 후였다.

이에 비해서 배 씨의 경우는 뒤늦게 그림을 안 편으로 지혁의
가르침에 하나하나 고마움을 표하며 꽤나 진득함을 보였다. 자화
상 한 점 제대로 남겨, 죽은 후 제사상에 오르게 하겠다는 그의 재

담에는 사박스런 여유마저 묻어났다.

"어때, 장 화백? 내, 정말 좋은 제자 한 사람 물어주지 않았소? 배 선생이 장 화백을 만난 것도 대단한 행운이지만, 장 화백도 배 선생 같은 이 만나기 쉽지 않지."

반응을 신통치 않게 보였는지 후작은 성을 방문하는 손님들을 한 사람 한 사람 지혁에게 소개하기 시작했다. 그래서 지혁이 확실히 받은 메시지는 '나 같은 사람 만나니 네가 이런저런 유명 인사를 만나는 게 아니냐, 내게 그림 가르치는 것보다 훨씬 큰 득인지 모른다, 그러니 나를 믿고 따르라'는 것이었다. 아무렴, 그의 자존심과 치기를 다치게 할 게 뭐 있나. 그가 장원의 영주로서 노릇을 하려 한다면 굳이 그 뜻을 거스를 필요도 없었다. 지혁은 표정을 바꿨다. 후작이 소개한 인사들은 한 달이 멀다 하고 번갈아 찾아와 술추렴을 했다. 인근 시청의 국장급은 축에도 낄 수 없을 정도로 번듯한 회사의 사장이며 국회의원, 신문사 임원, 탤런트까지 그가 동원할 수 있는 유명인들은 스케줄대로 총출연하는 듯 보였다. 그들 중 상당수가 후작과 마찬가지로 인근에 장원을 소유한 '영주들'이었다.

"호랑이는 죽어 가죽을 남기고, 사람은 죽어 이름을 남긴다고……. 저 사람들 예술이니 뭐니 떠드는 게 다 이름을 남기지 못하는 한 때문이라. 돈이야 엄청나게 벌었지만 그래봤자 어디 이병철보다 더 하겠어? 그러니 뒤늦게 안달복달하며 뻘짓하는지 모르지."

배 씨는 때로 지혁을 두둔하는 쪽으로 그들을 씹었다. 그래도 자신은 왕년에 이름을 날렸고 지금도 꿀릴 게 없다는 위세였다. 배 씨 역시 돈 많고 방귀 좀 뀐다는 인물들에게 물려 있을 것이다. 후작은 남을 통해 자신을 내세우는 데 탁월한 재주를 가졌는데 그런 점에서 지혁은 절대 유명한 화가여야 했다.

"그런데 듣기로는 원래 메밀꽃 화가였다던데……."

배 씨가 고개를 갸웃거리며 파고들었다. 후작이 여기저기 얼마나 떠벌렸을지 짐작이 갔다. 이제 지혁을 산수유 화가로 띄워가며 또 얼마나 광을 낼까.

잊힌 그해 가을, 청파 클럽이었던 J가 동해안으로 놀러 가자며 차를 몰고 나타났다. 지혁이 새삼 그 무엇을 붙들까 헤매고 헤매다 기진맥진하고 있을 때였다. 그런데 J가 지혁을 일방적으로 끌고 간 곳은 평창의 메밀꽃 축제장이었다. 꼭 보여준다는 게 그곳 풍광이며 꽃인 줄은 어느 정도 짐작할 수 있었다.

읍내로 들어서자마자 진지를 구축하고 있던 병사들이 일제히 기립하는 듯한 기세. 푸른 햇살과 옥빛 시냇물, 녹황의 바람……. 그리고 파도 같은 일렁임 속에 어느 한순간 부서지는 하얀 포말이 있었다. 그 유명한 소설의 진경이라는 '메밀꽃 필 무렵'은 이랑이랑 굽이지며, 그렇게 구릉지에 신기루를 만들었던 것이다.

이제 막 시작한 축제인데다 평일이라 그런지 인적도 드물었다.

지혁은 J와 함께 읍내를 돌고 돌며 만추의 감상에 젖어 시간 가는 줄 몰랐다. 절대 붓으로 그릴 수 없는 천연 그대로의 풍경. 하여, 주막에 들러 막걸리 몇 동이를 비울 때까지 넋이 빠져 있었다. 아니, 뇌리에 박힌 고향의 이미지와 또 다른 시골의 모습이 충돌했기 때문일까. 그곳은 축제 때마다 유명세를 탄다는 '장돌뱅이 주막'이었다. 대청마루의 안쪽 흙벽에 역시 메밀꽃 그림이 걸려 있었다. 지혁은 술청에 들어서면서 애써 외면하려 했다. 그런데 술기운이 오르자 그림이 양감을 갖고 살아났다. 급기야 J가 보여 주려 했던 게 바로 그 그림이었단 걸 알아챘다. J는 숨을 고르며 꽤나 참아준 듯했다. 지혁은 일어서서 그림을 똑바로 보았다. 아니 이럴 수가!

"그래! 네가 속은 거였어."

J는 한마디 내질렀다.

"아니…… 어떻게 내 그림이 여기까지……."

"네 그림인 줄은 분명히 알아?"

그가 지혁을 떠보듯 물었지만 두말할 바도 없었다. 여느 메밀꽃과 달리 지혁이 그린 것들은 꽃대도 굵고 꽃망울도 풍성했다. 중부 내륙의 토질이 강원도 비탈보다 기름진 탓에 메밀꽃 자체도 다를 수밖에 없었던 것이다. 그런 실감을 살리기 위해 아크릴 물감에 물을 섞지 않은 초창기 작품이었다. 잘 관찰하지 않는 한 현지의 농투성이조차 알지 못할 사실이다.

"일찌감치 K가 팔아먹은 거였지. 관청들에도 몇 점 들어가 있어. 네가 메밀을 집어치운 이듬해부터 여기 축제가 시작됐거든."

"아니…… 그럴 수가?"

"너만 모르지 다 알고 있던 일이었어. 못된 놈 같으니……. 돌아다니면 알겠지만 거의 다 해먹다시피 했어."

지혁은 크게 뒤통수를 맞은 충격을 느꼈다. 존재의 밑둥치가 통째 빠져나간 듯 한동안 까부라져 있었다. 겨우 K의 얼굴이 희미하게 떠올랐다. 그의 소식이 몇 년 동안 끊긴 까닭도, 동료들과도 등을 졌다는 까닭도 짐작이 갔다.

"그렇지만…… 이제 와서, 그걸 왜 나한테?"

사실, 알아서 좋을 게 없을 정도로 잊고 살지 않았나. 설혹 그가 메밀을 그렸다 한들 그의 메밀일 뿐이라는……. 먼저 버렸으니, 집착할 바도 아니었다. 지혁은 아주 단호하고도 차갑게 마음을 돌렸다. 차라리 인연을 잘라버리라는 본능의 요구였을까. 달리 보면 체념이라 한대도 어쩔 도리가 없는 과거였다.

"너도 참…… 이러고도, 가만있을 거냐고?"

"……."

J는 거품을 물고 지혁에게 따져 물었다. K가 떼돈을 벌어 별장 같은 갤러리를 장만했다는 것이며, 메밀꽃 화가로 자리를 잡아 이곳 축제 때마다 거들먹거린다는 얘기, 심지어 텔레비전 광고에까지 등장했다고 줄줄이 꿰어 말했다. 그러니 청파 멤버들이 합세해 K를 잡아 족치고 화단에서 퇴출시켜야 한다는 뜻이었다. 당연히 지혁에게 오리지널 작가로서 앞장서라는 주문도 곁들였다.

"글쎄……. 가마니 쓰면 껄끄럽겠지?"

지혁은 허풍스러울 만큼 한껏 웃어 젖혔다. 그렇지만 등줄기에 소슬함이 일었다. 가만히 그림을 응시하자니 아버님의 골골거리던 소리가 들리는 듯했다.

뽑혀 나갔으려니 했던 기억이 악몽처럼 지혁을 흔들었다. 억센 메밀 뿌리도 뇌리에서 뽑히고 스스로도 청파 그룹으로부터 떨려난 줄 알았다. 일찍이 멤버들의 요구에 따르지 않은 탓이다. 대신 스스로가 사라져야 했던 것. 언젠가 지혁에게 K가 연락을 해온 적이 있다. 마치 당신만 메밀꽃을 그리란 법이 있냐, 내려와서 같이 메밀꽃 장사를 하자는 엉너리로 들렸다. 자기의 갤러리에 지혁을 위한 작업실을 마련해봤다고도 했다. 그럴 수가 있나, 하다가 그럴 수 있다고 돌아서기까지……. 화가 이전에 사람으로서 그를 잊어야 했다. 언젠가 술에 잔뜩 취한 그가 다시 전화를 해왔다. '형한테는 늘 마음으로 고맙게 생각하고 있다'는 허사였다. 지혁은 아무 대꾸 없이 그가 뇌까리도록 했다. 그게 괜한 헛소리가 아니었다. 그해 가을 축제부터 가지각색의 메밀꽃 그림들이 전시되며 판매되기 시작했다는 소식을 들었으니까. 그룹의 멤버들이 슬금슬금 그의 뒤를 따르기 시작한 모양이었다.

그런 연원을 알 까닭 없는 후작이 철 지난 메밀꽃밭을 쑤석거리니 악몽이 더욱 기승을 부리는 게 아닌가. 지혁은 쓴 입맛을 다셨다.

점심을 거르고 작업에 몰두하는데 햇빛이 물안개처럼 뿌려졌

다. 산수유꽃이 만개한 황금색의 언덕조차 시야에서 사라지는 듯
했다. 거의 정신없이 붓질을 했을 것이다.

"아니…… 장 화백! 이거 산수유 풍경은 아닌 듯한데……."

슬며시 다가선 후작의 목소리에 지혁은 화들짝 놀랐다. 작업 중
주변에 어른거리는 것을 그렇게도 거북해했건만 그는 그런 꼴까
지 잡아채려는 의도를 드러내곤 했다.

"아…… 뭐, 그냥 붓 가는 대로 하다 보니……."

지혁은 얼렁뚱땅 둘러댔다. 그러고 보니 붓 터치 역시 그 주인의
마음을 그대로 옮겨놓은 꼴이었다. 비구상에 가깝게 덧칠에 덧칠
이 되며 황금색 꽃 군락은 희뿌옇게 바뀌어 있었다. 얼기설기한 나
무줄기조차 바람에 휩쓸리며 뒤엉킨 꽃대들처럼 보였다.

"허허허. 이거, 막걸리를 뿌린 듯……."

그가 얼마나 기발한 악의를 즐겨왔던가. 익히 알고 있었지만 지
혁은 소름이 끼쳐 진저리쳤다.

"거 뭐냐……. 술에 젖은 메밀꽃 같구먼!"

그렇지 않아도 악몽의 숲에서 정신을 잃었던 터였다. 그가 끝내
암덩이 같은 치부를 터뜨리고 만 것이다.

지혁은 묵묵히 화폭을 지워나갔다. 그가 등 뒤에서 몇 걸음 뒤
로 물렀다가 앞으로 왔다가 하며 고개를 갸우뚱하는 꼴이 머리털
을 다시 곤두서게 했다. 천천히, 천천히…… 그러다 빨리, 갑자기
끝내야 한다. 지혁은 가쁜 호흡을 수습하며 눈을 지그시 감았다.
이미 마음은 얼어붙었고 손은 마비가 된 상태였다.

혹시 기회를 엿보아 별채에 들어가 보려는 일이 생각만큼 쉽지
않았다. 처음부터 사내의 눈빛이 냉랭한데다 검은 개가 타인의 접
근을 어렵게 했다. 주인의 손짓만 있으면 언제든 상대에게 달려들
겠다는 번견 특유의 기운이 풍겼다. 어쩌면 그 개야말로 장원에서
돌아가는 모든 일을 알고 감추고 있는지 모른다. 후작의 지시를
어기고 지혁은 급기야 그에게 다가갔다.

"개 이름이?"

"호크!"

뜻밖에 그가 입을 뗐는데 뭔가 뱉어낸 듯한 말투였다. 개 이름
도 그런 느낌으로 다가왔다.

"호크를 그리고 싶군요."

"……."

사내의 일그러진 표정에 냉기가 흘렀다.

"마당에 같이 있는 모습도 좋고 산책하는 풍경이라든가……."

사내는 가타부타 말없이 뒤돌아섰다. 말에 대한 거부보다 상대
에 대한 무시의 뜻이 읽혔다. 물러서기가 난감한 지혁은 무작정
사내의 뒤를 따랐다. 그의 정체가 새삼 궁금했다. 지혁의 또래로
보였지만 푸석푸석한 얼굴과 비쩍 마른 체구가 그런 지레짐작을
흐트러뜨렸다. 사내는 삽으로 가시덤불을 푹푹 찍으며 오솔길을
헤쳐나갔다. 한참을 뒤따르도록 사내는 뒤를 돌아보거나 신경 쓰
는 눈치가 아니었다. 돌부리에 부딪친 삽날이 칼날처럼 번뜩였다.
자칫하면 저 삽에 몸뚱이가 잘린 채 쥐도 새도 모르게 이곳 어디

에 파묻히는 게 아닐까. 아니, 개가 먼저 나를 발기발기 찢어놓을 지 모른다. 의문과 망상이 꼬리에 꼬리를 물었다. 조그만 둔덕을 넘어 강이 보이는 막다른 곳에 이르러 그는 걸음을 멈췄다. 철조 망 울타리의 무너진 콘크리트 기둥을 바로 세우려는 모양이었다.

"여긴 참, 평화로운 곳입니다."

그러자 사내는 돌아서며 불퉁하게 대꾸했다.

"평화? 으으, 평화라……."

"뭐, 좋지 않은 문제라도?"

"가, 가서! ……똥물 뒤집어, 쓰, 쓰지 않으려면……."

사내의 눈과 입에서 독기가 뿜어 나왔다. 지혁은 오금이 저렸 다. 후작의 말대로 그가 자폐증 환자라면 지금 말 못할 말을 온몸 으로 하는지 몰랐다.

"도대체 무슨 말이요?"

"흐흐흐, 하하하하……."

사내가 입술을 비죽거리더니 웃음을 터뜨렸다. 한껏 벌어진 그 의 입 양쪽의 허연 뻐드렁니가 늑대의 그것처럼 보였다.

"아무튼 기회가 되면 며칠 호크를 맡겨줘요."

"으으으, 흐흐흐……."

사내는 계속 행망쩍은 표정으로 이쪽을 헤집었다.

"저, 정히 그렇다면, 으으으…… 내 움막에 가보슈."

지혁은 그를 쏘아보았다. 조롱하는 게 아니라면 가면을 벗어야 한다. 그가 하고 있는 대로 지혁은 두발을 굽히고 귀를 잔뜩 세운 뒤 아가리를 벌려 이빨을 세웠다. 꼭 그런 기분으로 그에게 맞섰다. 그러자 이번엔 검은 개가 사내를 대신해 앞으로 나섰다.

컹컹! 컹컹!

지혁은 결국 혼비백산해서 그들로부터 벗어나야 했다. 그의 거처인 별채에는 그렇게 급작스레 내몰려 들어간 셈이다. 방 두 개와 부엌, 창고로 돼 있는 맞배지붕 건물의 내부는 단조로웠다. 도대체 왜 가보라고 한 것일까. 세간이 뒤죽박죽 들어 있는 큰방을 슬쩍 들여다보고 그 옆의 방문을 연 순간, 지혁은 쏟아지는 빛으로 놀라 자빠질 뻔했다. 맞은편 사금파리 조각들로 장식한 둥근 부조에 햇빛이 반사된 탓이었다. 벽에는 잠방이는 물결 같은 사방 연속 무늬가 어룽거렸다. 지혁은 눈을 부비며 조심스럽게 방 안으로 들어갔다.

아아! 한순간, 사내가 혼신을 다해 꿈꾸었을 환상이 드러났다. 그와 개가 직립으로 어깨동무를 한 듯한 모습이 다른 벽 쪽에 그려져 있다. 우화적인 표현이 보통 솜씨로 보이지 않았다. 그렇다면 사내 역시 그림쟁이가 아닌가? 천장을 가로지르는 대들보에서 내려와 댕강거리는 굴렁쇠. 저건 또 무얼까? 그림과 사물의 거리가 만들어낸 부조화한 이격. 빛을 등지고 곰곰이 그림의 의미를 떠올려보다가 움찔했다. 굴렁쇠는 그냥 굴렁쇠가 아니라 올가미와 다름없었다. 그는 매일 죽음의 제의를 벌이는 게 아니었을까. 쪽창으로 들어오는 저녁 햇빛은 필경 어깨동무 한 자들의 목에 저 올가미를 걸어놓을 법했다. 저건 그림이 아니라……. 자신의 독백, 아니면 그 어떤 시위 같은 게 아닐까. 지혁은 오싹한 기분으로 뒷걸음질 쳤다.

정원을 가로지르는데 이번엔 후작이 막아섰다.

"햐, 이번에 내놓은 산수유 작품들……. 그거, 아주 좋아요! 아무 데나 널린 그 나무들을 베어버리지 않은 게 천만다행이지. 그러고 보니, 내 언젠가 이런 날이 올 줄 알았던 거라."

후작이 비유한 대로 지혁이 그럴듯한 바가지로 소용되기 시작한 걸까. 아닌 게 아니라 지혁은 장원에서 그림을 그리는 모습을 먼발치에서 쳐다보고 있을 이들 때문에 온몸이 스멀거리곤 했다. 후작이 꿈꾸었던 몽마르트르의 자연이란 역시 그림 그리는 화가까지 포함된 것이 아니던가.

"그런데 장 화백! 그거 말요, 이번에는 도의회 의장이 찍었는데 넘기면 안 될까? 값도 후하게 쳐준다는데……."

후작은 쭈뼛쭈뼛 속내를 드러냈다. 아차, 싶었으나 그는 이미 미늘로 지혁의 입매를 후린 표정이었다. '한 번만'이라며 그림을 넘긴 게 실수였고, 더 이전에 그림을 카페로 쓰이는 홀 여기저기에 걸게 내버려둔 것부터 잘못이었다. 후작은 설마 지혁의 그림이 그렇게 대번에 뭇 사람의 눈길을 끌고, 팔리기까지 할 줄은 꿈에도 생각하지 못했던 듯했다. 한번 맛을 보자 댓바람에, 두 번째 거래를 청해온 셈이 아닌가.

"글쎄…… 그건 좀……."

"그 사람, 안목이 있는 사람이야. 나도 웬만하면 그냥 거절하고 말았을 텐데 워낙 좋은 뜻으로 그림을 들이겠다니 어쩌겠나. 그리고 지역사회의 영향력도 큰 인물일세."

후작은 특유의 허풍기를 섞어 둘러댔다.

"전시회란 것도 결국은 작품을 팔기 위한 행사 아닌가. 저절로 굴러오는 손님을 내쫓을 것도 없고……."

후작이 누군가로부터 화단과 관련한 그릇된 귀띔을 받고 있지 않나. 지혁으로서는 보통 신경에 거슬리는 대목이 아니었다. 판매가의 15퍼센트 정도만 수수료로 챙기겠단 뜻도 그러했다. 지혁은 무언의 항의로 그의 끈끈한 눈길을 피하고 말았다.

언제 봄여름이 갔는지 모르게 낙엽이 가래 끓는 소리처럼 몽마르트르 언덕으로 휩쓸려 왔다. 그만큼 지혁은 제법 원하는 작품 속에 빠져 있었다. 어느 때는 사나흘 끼니를 거르며 작업실에 틀어박혀 마무리 손질을 하기도 했다. 스스로 어디 와 있는지 전혀 의식이 안 될 정도였다. 후작과 배 씨도 더 이상 강습을 보채지 않았다.

별채의 검은 개가 부쩍 눈에 띄기 시작한 건 그 무렵이었다. 새벽녘 으스스한 기운에 눈을 떠보면 반지하의 빠끔한 창문으로 호크가 주둥이를 처박고 있곤 했다. 지혁이 그즈음 안 사실이지만 개는 독일산 로트와일러종이라 했다. 무척 강하고 사나워 경찰견으로 활용되는데 그만큼 아주 잘 훈련된 게 틀림없었다. 그런데 도대체 어디서 씨를 받아왔을까. 점점 몸이 부풀고 거동이 수상쩍기만 했다. 개에 대한 호기심만큼 그 주인의 반응 또한 궁금했다. 그러나 별채 사내는 도통 코빼기도 볼 수 없었다. 수수께끼 같은 일이 이어졌다. 그때서야 후작에 대한 의심이 부쩍 일었다. 그가 혹시 이쪽을 경계하고 감시하는 건 아닐까. 비싼 밥을 먹이는데 빈둥거리지 않나, 자기에 대한 실망으로 떠날 생각을 하지 않나 등등……. 충분히 그럴 만한 위인이란 데 생각이 미치자 도무지 붓을 잡을 수 없었다. 후작과 사내가 한통속으로 음모를 꾸미고 있는지 모른다는 망념도 일었다.

날이 갈수록 더욱 초조하고 불안해진 까닭은 그림이 자꾸 팔려 나가기 때문이었다. 몽마르트르에 들어오며 챙겨온 작품을 포함 해도 남은 게 모두 열댓 점밖에 안 됐다. 거래가 성사되면 후작은 지혁의 통장에 돈을 넣어주고 술을 권하곤 했다.

"이러다간 전시회를 열기가 어려울 텐데요."

지혁은 슬쩍 남의 일 얘기하듯 흘려 말했다.

"자네는 그런 걱정은 말고 그저 그림만 열심히 그리게. 전시회 보다 중요한 건……. 그러니까 작품일 테고, 그러자고 여기 들어 온 게 아닌가?"

"그렇긴 합니다만……."

"아, 걱정 마시게. 나한테 다 생각이 있으니까. 정히 뭣하면 팔 린 그림이라도 다시 들여올 수 있으니까."

후작은 지혁을 아이 구슬리듯 했다. 그는 2년 동안의 계약기간 을 개 목줄처럼 움켜쥐고 있었다. 그런데 그림까지 틀어쥐고 있을

줄이야! 배 씨의 하도 간절한 청에 지혁이 소품 한 점 전해주려 했을 때였다. 후작은 눈을 부라리며 나섰다.

"사실은 나한테 몇 번 물어보긴 했는데 내가 막고 있었네그려. 보기보다 짜서 무조건 싸게만 사려는 게 아닌가. 절대 안 되지, 아무렴!"

딴에는 그림을 철두철미하게 관리하고 있다는 시위였다.

이렇게 계속 작업을 해야 하나, 회의에 젖어 있던 때 더욱 황당한 일이 일어났다. 그동안 지혁의 그림을 가장 값있게 사준 명사라고 후작이 소개한 중년의 대머리가 배 씨와 함께 뒤늦게 술자리에 합석하고 나섰다.

"허허, 장 화백 그림을 이 사람 병원 로비에 걸어놓고 나서…… 손님이 배가 늘었다는 거 아닌가? 그래 감사의 뜻으로 찾아오셨다는데, 이번엔 아예 그것과 똑같은 그림으로 다섯 점이나 부탁하질 않나. 썩 괜찮은 조건으로."

말이 떨어지자마자 대머리가 명함을 건넸다. 놀랍게도 후작이 지혁을 처음 만날 때 운을 뗐던 그, 경동 약령시장의 한의사로 보였다. 지혁은 명함을 바지 주머니에 쑤셔 넣고 건성으로 대면했다. 후작이 여태 어떤 식의 거래를 해왔는지 대충 알 수 있는 일이었다. 산수유 작품들도 이발소용 그림들처럼 한의원에 공급되고 있질 않았던가.

"왜? 너무 무리한 주문인가?"

후작은 역시 자신이니까 이런 손님을 불러들였다는 식의, 여전히 위세 어린 표정으로 되물었다.

"……."

"이 사람아, 뭘 망설여. 이참에 이 근방에 별장 하나 마련해 우리랑 이웃하며 살지."

배 씨가 눈을 찔끔거리며 훈수를 하고 나섰다. 마치 후작이 건네준 대본대로 떠드는 듯한 그의 표정이 얄망스럽게 보였다.


장원의 움직임이 일순 정지된 듯한 해거름 무렵이었다. 지혁 역시 붓질을 멈추고 사위를 살폈다. 바람 한 점 없고 시간도 멈춘 듯했다. 후작과 함께 장원의 일꾼들이 인근 골프장으로 노역을 나갔다는 건 나중에 안 일이었다.

오르골 소리가 들릴 듯 말 듯 귀를 간질였다. 그러다 핸드폰 벨이 요란하게 울려댔다. 안채 2층에서 후작 부인이 부른 것이었다. 그녀는 지혁에게 간단한 화구를 챙겨오도록 주문했다. 이전에 귀띔한대로 이 기회에 자신의 누드 크로키를 잡아달라는 부탁이었다. 그러다 말려니 했던 일이었다. 그런데 마치 아침에 널었던 빨래를 저녁녘에 때맞춰 걷어 들이듯 하려고 하지 않나.

당연히 처음 들어가게 된 침실이었다. 지혁으로서는 실로 오랜만에 잡게 된 누드화였다. 이상할 정도로 심장이 두근거리고 얼굴이 화끈거렸다. 후작은 이런 사실을 알고 있을까. 어쩌다 여기까지 이르게 됐는지 잠깐 의아심이 들었고 홀린 듯도 했다. 거부하면 거부할수록 잡아당기는 장원의 중력점이 바로 이곳에 있던 게

아닐까. 그 정도로 화려하고도 압도되는 힘이 느껴졌다. 바로크풍
의 앤티크한 침대와 거대한 크리스털 샹들리에가 보는 눈을 의심
케 할 정도였다.

여자는 침대 옆의 흔들의자에 앉아 있었다. 방이 넓어서 그런
느낌이 들었을까. 저만치서 한참을 기다려온 듯한 웅그려진 자태
다. 장원에서 가끔 스치곤 했던 후작의 부인으로 보이지 않았다.
어쩌면 침실에만 또 다른 여자가 있던 게 아닐까 싶을 정도로. 여
자는 살포시 웃으며 까닥 인사를 보냈다. 오르골 공주를 흉내 낸
꼴이랄까. 그게 '보통의 인사법'이니 지혁으로서도 익숙해 있었
다. 정작 놀라운 '인사'는 잠깐의 미동도 없는 그대로의 모습이었
다. 흰 속옷과 브래지어가 훤히 비치는 핑크빛 망사 차림. 원피스
도 아니고 잠옷도 아닌, 차라리 파티복이라 할 만했다. 도발적이
면서 천박하게도 비쳤고, 똑바로 보기에 묘하고 난감했다. 한눈에
보아도 탱탱한 가슴이며 볼륨감 있는 몸매다. 비스듬히 앉아 있는
그대로 유려한 곡선미도 살아 있다.

"놀라실 건 없겠죠? 이제…… 작업을 하려는 거니."

여자가 먼저 지혁을 얼렀다.

"아…… 네. 뭐…….'

"물론…… 준비되신 거죠?"

마치 불빛에 부서지는 나방의 비늘가루 같은 음색이랄까.

"적당한 시간이긴 합니다. 창문으로 길게 들어오는 저녁 햇살
도 그렇고."

"이때만 기다렸어요. 이런 내 모습을 언제나 꿈꾸었고 그려보면서……."

여자의 눈동자는 이미 풀려 있었다.

지혁은 다탁에 놓인 매화차를 마시고 이젤을 세웠다.

여자가 허물을 벗듯 망사복을 벗은 뒤 침대 위로 올라갔다. 숨을 죽이고 있는 이쪽과 달리 주저 없는 움직임이다. 아니, 마치 진짜 모델이라도 된 양 그녀는 몇 번 포즈를 바꾸며 사인을 보냈다.

어쩐 일인지 후작은 보름 넘게 장원에 오지 않았다. 단 한 번으로 끝내려던 밑그림 작업이 서너 번으로 늘어났다. 그런 어느 한순간 팽팽한 긴장감이 새 옷의 솔기 터지듯 터지고 말았다. 어떤 망상과 욕망의 변주였을까. 초점을 잃은 눈빛이 허공을 헤집으며 자세는 흐트러졌다. 작업은 종잡을 수 없게 됐다.

혹시 그 작업이 부부가 함께 꾸민 일이 아니었을까. 지혁은 뒤미처 뭉게뭉게 일어나는 의심을 떨쳐버리기 힘들었다. 침실에 걸어놓으려 한 그림이라니 후작이 모를 리 없을 것이다. 물론 그녀는 후작과 협의한 일이라고 했다. 그렇지만 그가 직접 지혁에게 요구한 적이 없다는 사실이 아무래도 켕겼다. 후작이 오면 정식으로 얘기를 하고 후속 작업을 할까. 아니면 지금이라도 후작 부인에게 그냥 없던 일로 요구할까. 이러지도 저러지도 못하는 동안 후작 부인은 지나가는 투로 소품 하나를 청했다. 이제껏 해본 적이 없지만 구미가 당기는 일종의 액자그림 따위였다.

지혁은 스산한 계절의 틈바구니에 잘못 끼어든 듯 전전긍긍했다. 이윽고 시험 감독처럼 나타난 후작이 물었다.

"그런데…… 실용미술, 아니 생활미술이란 게 뭐요?"

뜬금없다 싶었는데, 그 말이 곧 골수를 쑤셨다. 지혁은 그가 뒷
조사를 하고 왔다고 직감했다. 청파 그룹은 원래 경직된 순수미술
을 타파하고 대중에 좀 더 근접한 생활미술을 추구해보자는 모임
이었다. 물론 상업적인 쪽과 엄격히 구분하고자 하는 치열한 작가
의식을 모토로 한 바였다. 그렇지만 지혁은 어지간히 궤도를 수정
한 쪽이었다.

"벽에 걸 그림이라 보시면 됩니다."

"장 화백이 원래 그런 쪽의 대가였다던데……."

"뭐…… 그림이 잘 나갔던 때도 있었으니까요."

왜 그런 말을 하는지 아연 긴장됐다.

"그렇다면…… 원래 그 잘했던 쪽으로 살려 나가는 게 낫지 않
겠냐 이거요."

"글쎄요…… 무슨 말씀인지."

"산수유 말이요. 봄이면 봄대로 잘 나갔지만……. 가을 열매들
좀 보기 좋소? 수요가 적지 않단 말이지."

다시 메밀꽃의 악몽을 끌고 온 것이었다. 일본의 소바집이며 국
내 한의원으로 배달되듯이 들어갔다던 그 꽃무더기들. 그가 무얼
요구하는지 지혁은 금방 간파했다. 한동안 작업한 비구상 쪽의 작
품에 눈을 찡긋거리며 못마땅해하지 않았던가. 지혁을 자신이 고
용한 작업자로 착각하지 않는다면 도무지 그럴 수 없는 노릇이었

다. 몽마르트르의 풍경은 모두 몽마르트르에 귀속된 것이고 산수
유는 또한 모두 산수유 그림으로 보지 않겠는가. 지혁은 흉곽이
옥죄어지는 갑갑함으로 헐떡거렸다. 그러거나 말거나 후작은 오
금 박으면서 그 특유의 엉너리를 풀었다.

"그림도 결국에는 주인을 잘 만나야 하는 거니……."

이제 후작의 성에서 몸을 빼는 일만 남았다. 더 이상 어떤 미련
을 가질 게 없었다. 문제는 어떻게 나갈 수 있느냐는 것이었다. 새
끼를 품은 검은 개가 대가리를 바짝 치켜들고 이쪽을 노려보고 어
디선가 금방 쇠스랑을 든 사내가 뛰쳐나올 듯했다.

지혁이 나가려 마음먹고 사방을 둘러보니 보이지 않던 담이 보
이기 시작했다. 장원의 모두가 그를 경계하며 감시하고 있지 않았
던가. 식사 때면 혹시 음식에 서서히 혼을 빼는 약을 탄 게 아닌가
의심도 들었다. 이전보다 더 식사를 자주 하자는 게 심상치 않았
다. 후작은 기름기 많은 음식을 좋아했다. 야채를 좋아하는 지혁
에게 그는 자꾸 고기를 권하며 많이 먹도록 했다. 지혁은 과식을
한 뒤 어김없이 설사를 하고 피똥을 싸기 일쑤였다.

밤새 내린 눈이 세상으로 난 문의 빗장을 걸어놓은 날이었다.

"갤러리 오픈 계획은 여전하신지요?"

모처럼 모닝커피를 나눈 뒤였다.

"아, 말이다마다! 내 여생에 그만큼 보람 있는 문화사업이 어딨
다고?"

후작은 땡땡한 어조로 말했다.

"전 아무래도 첫 전시회에 어울리지 않을 듯한데……."

"아니 무슨 소리요? 그렇게 여러 사람이 추천한 장 화백이 아니라면……. 또 그간 보여준 솜씨며 믿음도 있고……."

후작은 말끝에 무게를 달려 애썼다.

"말하자면 회장님이나 그런 고객들 취향도 아니고, 무엇보다 앞으로 제 스스로 만족할 만한 작품을 만들기 어렵다는 생각입니다."

"아하, 내 이러실 줄 알았어. 뭐 그렇게 급하게 생각하시나. 꼭 일정을 잡아놓은 게 아닌데……. 그리고 이건 공치사 같지만 그간 내가 두루두루 장 화백을 알렸으니 전시회만 열었다 하면, 아주 성공을 거둘 거요."

그것으로 지혁의 응수 타진은 끝난 셈이었다. 어떻게도 그림을 챙겨 나가긴 틀렸다는 판단이 섰다. 이튿날 밤, 지혁은 정원을 어슬렁거리며 홀 안을 살폈다. 무엇보다 그동안 작업한 것을 보고 싶었다. 내가 이곳에서 무엇을 그렸단 말인가. 어떻게 했기에 작품들이 어슷비슷한 것으로 보였고, 또한 똑같은 그림을 그려주도록 주문받았을까. 실은 한없는 자괴와 절망이었다.

희미한 불빛이 새어 나오는 본관 홀 모퉁이를 돌아서려는 순간, 지혁은 앞길을 막아선 호크와 맞닥뜨렸다. 어둠 속에서도 지혁은 놀랍게 그놈의 달라진 눈빛을 읽을 수 있었다. 지혁의 몸속 어디선가 이 집 안의 암호 같은 오르골 냄새를 맡았을까. 아니면, 오르골 여자의 밀명을 받았을까. 머리 위의 '시크릿가든'이라는 팻말이 놀란 간덩이처럼 덜렁거렸다. 후작의 격앙된 목소리가 건물 전면 발코니 쪽에서 들려왔다.

"개코도 모르면 잠자코 있어. 그동안 내가 투자한 게 얼만데!"

"정말 갤러리를 차릴 거면 영민이한테 그림을 다시 시키든가⋯⋯."

"이 답답한 사람아! 걔가 지금 정상이야?"

"봐요. 억지로 유학만 보내지 않았어도 저렇지 않았을걸."

"자기 속으로 난 놈이 아니라고 쉽게 말하면 못써."

"그 이상으로 아껴주고 챙겨주려 했어요."

"통하질 않았잖아. 받아주지도 않고."

"당신은요?"

"병원이 아니라도, 그때 감빵에 들어가게 했어야 하는 걸⋯⋯."

"제발! 자꾸 그러니 쟤가 더 어긋나는 거예요. 일 나기 전에 장화백도 얼른 내보내야지⋯⋯."

"놔둬! 이번엔 틀림없는 선수니까."

씩씩거리는 말에 첫소리가 실려왔다.

"여보. 우리 그냥 남은 인생 편히 살아요. 그냥 가든이면 어때요? 이젠 손님도 쏠쏠하게 찾아와 자리를 잡아가는데⋯⋯."

"저 그림들을 보고도 그런 소리가 나와?"

아아, 모든 게 그랬구나! 지혁은 머리를 절래절래 흔들었다.

국내 유수의 전시화랑인 인사동 C갤러리에서 초대전을 제의해 왔을 때 지혁은 적잖이 놀랐다. 뒤이어 깊은 고민에 빠질 수밖에 없었다. 웬만한 화가가 아니면 꿈도 못 꿀 곳이었다. 그곳에 그림이 걸리는 것만으로도 영예일 수 있다. 하지만 지혁으로서는 아직 준비가 안 됐다는 생각뿐이었다. 화단의 주류는커녕 이단이나 하급으로 취급돼온 이력도 그렇다. 아직도 해체된 청파 멤버들과 한통속으로 묶이기도 했다. 그런 완고한 제도의 틀에 갇히기 싫어하며 떠나질 않았던가.

처음엔 오래전 작품들을 떠올릴 정도로 속이 탔다. 감쪽같이 몽마르트르로 기어들어가서 작품을 빼돌릴까 궁리도 해보았다. 그러나 이내 마음을 돌렸다. 어차피 그곳에서의 작품이란 허섭스레기와 다름없다. 그렇다! 그날, 기어코 홀에 들어가서 보았던 노란 산수유꽃들, 그것은 풍상에 시든 정체불명의 야생화에 불과했다. 산수유는 역시 붉은 꽃이라는 사실을 새삼 깨닫고 그렸던 그림, 〈눈밭의 산수유〉도 가짜이긴 매한가지가 아니었나. 배경만 실제 몽마르트르의 눈 쌓인 고샅이었고 꽃은 상상에서 불러들인 조화였다. 눈밭에서 앞발만 세운 채 이쪽을 노려보던 검은 개도 그렇다. 그놈 역시 몸 안에 태엽을 내장한 오르골인 것처럼 보였으니까.

일전에 그곳으로 연락을 했을 때 후작은 언제 오려느냐고, 불안한 기미를 애써 감추며 물었다. 그물을 늘이고 먹이를 기다리는 왕거미가 흡사 그런 처지일까. 그는 지혁이 서울로 잠깐 외출을 나갔다고 믿으려 했다. 그렇게 생각해도 무리는 아니었다. 그저 야반도주하듯 몽마르트르를 빠져나왔으니까. 옷걸이에는 옷가지들이 아무렇게나 걸려 있고 댓돌 위에 단화도 금세 들어올 것처럼 흐트러져 있을 것이다. 보관 중인 그림을 어떻게 해야 할지 그게 고민거리이긴 했다. 당장 그림을 돌려달라고 하면 그가 어떤 시비를 걸어올지 몰랐다.

술자리로 돌아앉으니 사정을 짐작한 선배 작가가 날카롭게 쏘아붙였다.

"혹시 자네 있던 데가 '마네'란 곳 아니었나? 아주 고약한 소문을 들은 적이 있는데⋯⋯."

지혁은 고개를 내저었다.

"한 서너 해 전이었을 거야. 애송이 여자였는데 그림을 가르치러 들어갔다가 개한테 물려 몸을 버리고 나왔다는 얘기지. 상당한 보상을 받고 쉬쉬한 모양이더라고. 그 뒤로도 사람 구한다는 소릴 들었거든⋯⋯."

개라면? 설마⋯⋯. 지혁은 섬뜩한 느낌을 지우려 연거푸 술잔을 들이켰다.

"듣기로는⋯⋯ 건축업을 했다는 그 주인은 아이한테 엄청난 매질을 하며 천재를 만들려고 했다지. 지금은 세컨드하고 살고 있지만."

"그러면 예전에 진짜⋯⋯."

"이제 눈치채는구먼! 설치미술이라든가 전위적인 쪽으로야 뭐

아주 엉터리는 아니었지. 그런데…… 완전히 버렸다는 거야."

선배는 기어코 지혁의 낯가죽을 벗겨낼 듯한 눈빛이었다.

"자네…… 혹시, 그 광견한테 물린 건 아냐?"

"거긴 '몽마르트르'였어요. 하긴 그쪽이 다 그런 동네 같긴 하
드만요. 흐흐흐."

그런데 한쪽에서 서로 떠드는 얘기가 귓속을 파고들었다.

"그 인간 이미 맛이 가지 않았어?"

"몇 번 갔다 왔을걸. 거 뭐냐, 〈황천〉이란 작품도 있었잖아."

아, 그가……. 장원의 별채에서 구상한 것도 그런 종류가 아니
었던가. 지혁은 불길한 예감에 휩싸였다. 아니, 뜨거운 기운이 가
슴에서 샘솟듯 올라왔다. 산수유밭에서 쇠스랑을 휘두르며 붉은
비를 맞고 있던 사내, 진정 그를 받아들이지 못했다는 자책감과
값싼 연민이랄까.

*

점점 오르골의 실린더며 바늘이 뜨거운 불길에 녹아내린다. 소
리와 그림이 하나로 어우러진 천상의 예술. 그렇다! 저 작품을 만
들기 위해 신은 지혁을 이곳에 불러들였을지 모른다. 후작의 성은
지금 거대한 캠퍼스에 불과하지 않나.

애애앵- 애애앵-

또 다른 쪽에서 잡소리가 점점 귓구멍을 파고들었다. 언덕 아래

모퉁이로부터 짐승들의 눈알들이 번뜩였다. 소방차 사이렌이 고막을 할퀴고 있는 것이다. 말하자면 불덩이들을 잡아먹으려고 달려드는 꼴이 아닌가.

그때 넓적한 발바닥이 허리께를 후려치는 통증이 일었다.

"이봐, 이봐, 이 사람아! 지금 이러고 있을 때야?"

어느새 달려왔는지 왕방울 눈을 한 배 씨였다. 평생 코미디언으로 굴려진 눈알답게 어둠 속에서도 그것은 호들갑스러운 빛을 내뿜었다.

"내가 뭘, 어떻게……."

지혁은 썩어빠진 나무 그루터기에 걸터앉아 있었다.

"빨리 가서 건져야지. 하나라도 얼른!"

"그냥…… 보고 싶은데요……. 저렇게 환하게 보이는……."

배 씨는 와들와들 떨리는 손으로 지혁을 애써 일으켜 세우려 했다. 지혁은 이미 숯덩이처럼 무거운 몸이 돼 버둥거렸다. 원하면 혼자 가서 그걸 찾아 가지라고 외쳤다. 그가 무엇 때문에 안달이 났는지 알 만했다. 일전에 뇌출혈로 쓰러져 병상에 누워 있으면서도 그렇게 보고 싶다던 강아지 그림. 그는 강아지들의 표정에서 생명의 환희와 애잔한 슬픔을 느꼈다고 촌평을 한 적이 있다. 지혁이 후작 부인의 청으로 처음이자 마지막으로 그렸던 소품. 그 강아지들은 몽마르트르의 검은 개가 낳은 새끼들이다. 어쩌면 그 강아지들처럼 작품 역시 사생아로 태어난 게 아니었던가. 누드화가 어떻게 그렇게 바뀌고 말았는지 절로 쓴웃음이 났다.

그날 여자는 지혁의 몸속 깊은 곳에 들어와 살을 저미듯 신음을 흘렸었다. 땅의 숨결이 정지된, 무덤 같은 이 몽마르트르를 떠나고 싶다고. 스케이트장에서처럼 몸을 날리고 싶다고 했던가, 아주 영원히! 돌이켜보면 누드화는 그녀 혼자서 꿈꾸었고 결국 그녀의 마음속에서 완성됐는지 모른다. 그것도 실패에 실패를 거듭하다가 후작의 바람마저 뭉개버린 작업이 아니었을까. 언젠가 후작이 지혁에게 혹시 아내에게서 주문받은 그림이 없었냐고 물은 적이 있었다. 그녀의 누드화를 에둘러 말하는지 몰랐다. 그러나 지혁은 그녀가 그러했을 듯이 함구하고 말았다. 그 대신 강아지 그림을 안겨주었던 것이다.

그래도 별채의 사내는 눈치챘을 듯싶었다. 혹시 그런 속삭임까지 엿듣진 않았을까. 그의 퀭했던 눈빛이 불길에 번득였다.

"이 사람아, 저 호크 짖는 소리 안 들려?"

그러나 지혁에게는 막막한 울림만 전해질 뿐이다. 빛과 소리는 바야흐로 거대한 밤의 팔레트에 담기며 엉겨 붙는 듯했다. 그림과 소리의 절묘한 교합이 그러할까.

마른하늘에서 눈이 내리고 있다. 소리가 만든 검붉은 눈이다.

조
롱
박
키
우
기

박을 키우겠다는 생각은 아주 단순한 동기에서 비롯됐다. 옥상에 뒹구는 두 개의 빈 화분이 볼썽사나웠기 때문이다. 홍콩에서 돌아온 지 얼마 되지 않아 자리를 잡지 못하고 있을 때였다.

9층 빌딩에서 꼭대기 층의 반은 휴게실로 이용되고 있었다. 사무실에 면한 복도의 바깥문을 열면 반원형의 노천 옥상이다. 그곳에는 파라솔테이블 두 개와 의자들이 놓여 있다. 도심의 빌딩이란 그야말로 성냥갑 같고, 또한 거기 빼곡히 들어찬 성냥개비처럼 지내야 하는 것이 샐러리맨들의 처지다. 자칫 잘못 부대끼면 불이 나서 큰 재난에 휩싸이고 말 성냥갑! 그것도 강남 한복판에 위치한 빌딩에서……. 그러나 바깥 공기를 마시며 기지개를 켤 수 있는 여백의 공간이 있다는 사실은 기적에 가까웠다. 지은 지 30년이 넘은 구식 건물이 내리는 음덕이다. 그곳에서 더러는 손님을 맞거나, 담배를 빨며 노닥거리고, 또는 네거리에서 벌어지는 일들을 내려다보곤 했다.

어느 저녁녘엔가 그곳 한쪽에서 화장을 고치는 여자를 보았다. 역광으로 희뿌연 실루엣이 고혹적으로 비쳤다. 그 이전에 손수건으로 눈가를 훔쳐내는 모양이었던가. 뭔가 슬픈 사연을 감추고 있듯이. 나는 슬쩍 나가서 주인공을 알아보려다 참고 말았다. 그런 관찰자로서 나는 더없는 특혜를 누리고 있었다. 부서가 옥상 반쪽 사무 공간을 차지하고 있는 덕이다. 물론 겨울에 춥고 여름에 덥다는 불리한 조건은 접어둬야 했다.


빈 화분들은 회사 창립기념일에 받았다가 내용물이 통째로 빠진 채 방치돼 있던 것이었다.

"행운목이 죽어 나간 관짝이래요. 호호."

U가 처음 알려준 사실이다. 그녀도 그것을 못마땅해한 모양이었다. 실제 어른의 앉은 키만큼 큰 화분들이다. 나는 먼저 몇 개의 빈 우유팩에 흙을 채워 넣고 씨를 구해 심었다. 새로운 기획의 전초전을 그녀는 반겨주었다.

"어머, 너무 좋은 아이디어에요!"

버석거리던 어깨에 그녀의 눈빛이 스쳤다. 갓 붙인 파스처럼 화한 느낌이 목 언저리를 파고들었다. 그때만 해도 파종은 조롱박에 대한 소박한 기대였을 뿐이다. 그러나 한식 즈음해서 뿌린 씨는 싹을 틔우지 못했다. 너무 이른 데다 물 빠짐이 좋지 않아 썩어버린 것이다. 농사를 지어본 적이 없는 내게 그것은 성급한 실험이었다. 누구보다 U가 의식됐다. 아무도 없는 형광등 아래서 빵빵해진 우유팩을 처리해야 했다. 썩은 씨앗에 달라붙어 있던 실지렁이 같은 자존심과 욕심이 꿈틀거렸다. 다른 작전이 필요했다. 다행히 며칠 연이은 지독한 황사 바람과 굿은비가 장막이 돼주었다. 나는 동네 인근의 주말농장에서 조롱박과 방울토마토, 감자 모종을 구해 감쪽같이 화분에 옮겨 심을 수 있었다.

모종이 아기 손 같은 앙증스런 잎사귀를 달고 덩굴을 내밀면서 바빠지기 시작했다. 인근 공사장에서 얻어 채웠던 화분의 흙이 아무래도 걱정돼 거름을 해야 했다. 상식도 없이 욕심으로만 한데 심었던 방울토마토와 감자는 다시 걷어냈다. 아깝지만 상상의 집으로 옮겨 키우면 그만이다. 사이버 화원에도 온갖 허브 모종과 관엽식물이 나와 있을 때였다. 거름을 할 필요도 없고 물을 대줄 까닭도 없는, 오로지 관상용이다. 이와 달리 진짜 조롱박에는 때맞춰 물을 주는 일이 중요했다. 페트병의 밑바닥에 구멍을 숭숭 뚫어 만든 물뿌리개는 그럴듯했다. 탈의실에 굴러다니던 철사 옷걸이를 이용해 지주도 세웠다. 덩굴손이 뻗어나갈 수 있게 굵은 나일론 줄을 구해다 화분에서 천장의 들보로 이어놓았다. 들보는 뼈대만 드러낸 합죽선 모양으로 나중에 이파리들이 진을 치기 좋을 듯싶었다. 주로 직원들이 퇴근한 야간에 수행한 작업들이다. 하기야 자기 일이 아니면 보아도 보지 못하는 게 넥타이 부대원들의 특성이다.

이러한 일련의 과제를 무리 없이 처리하는 데는 총무부의 마 대

리가 큰 몫을 담당했다. 건물 관리와 관련해 윗선에서 말을 들을
지 몰랐건만 오히려 거들고 나선 것이다. 원래 시골 출신이라더니
달랐다. 화분에 통기성 좋은 마사토를 섞어 넣었고 유인줄도 한
가닥으로 올리면 덩굴손이 잡지를 못한다며 두 가닥으로 벌려놓
았다. 그는 3층에서 뻔질나게 이곳을 오르내렸다. U가 방문객에
게 하듯이 믹스커피를 타주기 시작했다. 가끔은 주전부리도 내놓
아 함께 먹기도 했다.

공동의 작전이 끝났을 즈음 그녀가 메신저를 띄웠다. 이때까지
의 농사에 대해서는 모른 척 비켜서며 다른 뜻을 내비쳤다.

유라♡ˊ˜ˋ님의 말:

팀장님……. 정말 잘 쓰겠습니다. 어쩜 색깔도 딱 맞게 이리 잘

고르셨어요?

별박이님의 말:

그냥, 우리 마눌님이 보따리로 챙겨줬던 거야.

유라♡ˊ˜ˋ님의 말:

역쉬 센스 짱이셔. 마침 립스틱도 떨어졌는데, 궁상스런 얼굴이 확 펴겠

어요.

별박이님의 말:

혜라 씨는 늘, 고감도 반응이야^^(먹통도 있는데).

유라♡ˊ˜ˋ님의 말:

지난번 스카프도 넘 패셔너블한 게 이뻤거든요. 고맙게…….

**별박이님의 말:**

아 그것도…… 새삼스럽게……. 요즘은 해외 다녀와 티를 내는 게

촌티 나는 짓인데.

**유라♡′~`님의 말:**

부러워요. 저는 언제나 날아보려나 싶은 게……. 답답해^^;;

**별박이님의 말:**

꿈꿀 때가 좋은 법이야.

**유라♡′~`님의 말:**

저기……. 팀장님…….

**별박이님의 말:**

…….

**유라♡′~`님의 말:**

함 같이 가주실래요?

**별박이님의 말:**

……?

**유라♡′~`님의 말:**

물론 비밀로 하고요. 기회가 닿으면……. 멋쟁이 사모님도 뵙고 싶고.


나는 더 이상 대꾸하기가 어려웠다. 당돌한 제안이기도 했지만, 이쪽의 속내부터 훤히 드러내 보인 기분 때문이었다. 뒤늦게 그녀에게만 귀국 선물을 몇 점 더 챙겨준 뜻이 그렇다. 사실은 찾아갈 얼굴을 잃은 여분들이었다. 적당히 말을 돌리고 빠져나오며 벽 쪽

틈새의 창가 쪽에 얼비친 그녀의 옆모습을 살폈다. '∟' 자 자리 배치에, 높은 파티션이 가깝고도 먼 사이로 그녀와의 사각을 만들었다. 아직 미혼같이 길게 땋은 머리칼을 쓸어내리는 모습이 생급스럽다. 그녀가 이쪽 사정을 알 리 있을까. 아내는 홍콩으로 간 지두 달 만에 중학생이 되는 아이의 교육을 구실로 캐나다로 간 터였다. 무엇보다도 소금물 마시듯 한 쇼핑의 갈증을 채울 수 없다고 했었다. 바퀴벌레와 같은 생활이며 끈적끈적한 아열대 더위는 더욱 견디기 힘들었을 것이다. 나는 홍콩에서 근무하는 동안 본사에 이 모든 사실을 내내 감추고 지내야 했다. 지금은 아내가 딸과 함께 그곳에 남아 있는 것으로 간주되고 있었다. 내가 숨기려고 한 탓은 아니다. 사람들은 자신이 꿈꾸는 것을 누군가 대신 연기해주길 바랄 때가 있다. 또한 거울처럼 산산조각 나기를 바라기도 하면서. 아내는 잠정적으로나마 그들의 바람대로 당연히 홍콩에 있어야 하는 것이다. 나는 U의 추측 또한 액자와 같이 거기 매여 있음을 직감했다. 나는 그녀가 조금 더 띄워보려는 상상의 그림에…… 결국은 바람을 불어넣었다. 못할 일도 아니라는 본능의 소리였다.

빅토리아피크에서 본 홍콩섬의 야경은 여느 때와 달리 어둠침침했다. 탁한 수족관에 해파리, 말미잘, 히드라 따위의 강장동물이며 불가사리 떼, 만신창이가 된 물고기 비늘과 눈알이 뒤죽박죽 섞여서 둥둥 떠다니는 듯한 풍경. 그것은 결코 유난한 바람과 안개 때문이 아니었다. U를 뒤로 세우고 나서야 까닭이 분명해졌다. 한층 해말쑥한 용모의 그녀가 배경을 지우고 있었던 것이다. 아니다! 긴장과 설렘, 그리고 황홀한 기대가 배경 뒤의 배경으로 깔려 있었기 때문이다. 서로 디카를 건네며 연방 사진을 찍어대는 관광객들 속에 그녀는 오연하고 빛나는 존재였다.

"자, 찍어주세요."

그녀는 철제 난간에 비스듬히 기대 한껏 교태를 부렸다. 끈으로 된 민소매 셔츠에 풍성한 가슴이 아슬아슬하게 드러나 보였다. 도저히 U라고 믿을 수 없는 다른 여자였고 과연 준비된 애인이라 할 만했다. '여자의 변신은 무죄'라고 그녀가 미리 오금 박았듯이. 나는 양쪽 엄지와 검지를 서로 엇갈려 잇대 만든 네모 화면으로 그녀를 담았다. 디카 대신 특별히 준비했다는 '손카'에 대해 그녀는 믿음을 표했고, 각종 포즈를 취하며 그럴듯한 주문을 했다. 그 어떤 추억이며 비밀을 만들려는 자기 위안의 방식이라도 꽤나 진지했다. 찍은 사진을 보여달라고 했고 마음에 들지 않는 설명이면 곧 지우라고까지 했으니까. 어쩔 수 없이 나도 그녀가 요구하는 배경의 주인공이 돼야 했다. 구룡반도의 끝자락에서 홍콩섬을 마주보는 해안도로에 위치한 스타의 거리. 이소룡이며 류덕화, 성룡, 홍금보 등 홍콩 배우들의 핸드프린트와 동상들이 널려 있는 곳이다. 빅토리아피크에서 내려다본 야경이 홍콩섬의 뒤통수였다면 이곳에서 바라보는 풍경이야말로 생생한 정면의 얼굴이라 할 만했다.

"어마! 놀래라. 양조위 오빠 줄 알았네요. 그런데 눈빛은 영 아니다. 조명발이 전혀 안 받네. 물에 빠졌다 나왔는지…… 좀 다르게 웃어봐요. 아니…… 비웃지 마시고…… 짝꿍 앞에 있는 표정으로! 아하, 다시……."

U는 놀랍게도 그늘진 내 마음 한쪽을 족집게처럼 짚어냈다. 내가 '손카'로 그녀를 보는 것과 정반대의 형편이랄까. 휘황찬란한 배경에 더욱 까칠하게 비칠 몰골. 아닌 게 아니라 최근 들어 더욱 고민과 회의가 깊어지고 있었다. 과연 내게 가족이란 있는 것일까. 또한 돈벌이 외에 일터가 무슨 의미가 있나, 하는…… 요컨대 철저히 혼자인 현실과 잿빛 미래에 대한 불안이다. 아내와 딸에게 할 수 있는 일이란 주기적으로 돈을 보내는 것뿐이고 회사는 회사대로 찌그러들며 내게 진을 짜내는 형국이다.

근년에 홍콩에 드나들면서 한 시장개척도 실패의 큰 짐으로 남아 있다. 애당초 해적선에 짐을 선적하는 것과 같은 도박이었다. 아무리 도깨비 난장이라도 건강보조식품과 건강기구들을 네트워크 시장에 올리는 일은 만만치 않았다. 말이 좋아 네트워크 업체들이지 실상은 싸구려 다단계며 피라미드 조직과의 거래였기 때문이다. 쌓으면 무너지고, 쌓으면 또 무너지는 모래성을 지키겠다고 웡타이신 사원에 가서 소원을 빌기도 했다. 그리고 밤마다 초고층 빌딩 군락의 뒷골목에서 식은땀을 흘리며 깨어나곤 했다. 전류가 필라멘트 같은 온몸의 신경선을 다 태워놓은 듯했다. 나는 꺼지지 않는 도시의 불빛과 그 탐욕을 저주했다. 꾸역꾸역 밀려드는 관광객들조차 가엾은 부나비들처럼 보였다. 그들은 날개 비늘이 다 털리고 나서야 유리벽 도시에서 추락한다. 나 역시 그동안 먹고 마시고 쓴 모든 비용과 근근히 모은 쌈짓돈마저 다 게워내고서야 홍콩을 떠날 수 있었다.

놀라운 일이었다. 여자는 꺼졌던 홍콩의 불빛을 밝혀주고 빛나게 하며…… 아내와 처음 얼마 동안 그랬던 것처럼 롤러코스터에 앉은 느낌으로 나를 인도했다. 빅토리아피크에서 피크 트램을 타고 급경사의 산 아래로 미끄러지면서부터였다. 낮에 탔던 오션파크의 케이블카가 오로지 둘만을 위한 연등으로 바뀌어 다가오는 듯했다. 스타페리의 선상으로, 침사추이 거리로, 몽콕 시장으로……. 한 여자가 이끄는 힘이 이렇게 큰 것일까! 아니 이것이야말로 알 수 없는 감정의 작용일까. 그녀는 응당 그러리라 간주된 우리 가족의 홍콩의 집에 대해서 묻지 않았다. 이미 합의된 위선과 모험의 알리바이가 착착 들어맞고 있던 것이다. 예약한 호텔에 언제 들어섰는지도 모를 지경이었다. 나는 화들짝 놀라 여자의 시선을 맞받았다.

'맞아요. 난…… 끝까지 가보고 싶은 거예요. 당신과 함께.'

꼭 그렇게 답하는 것 같았다.

"정말 괜찮겠어?"

"네. 어떻든 너무…… 고마워요."

여자의 새근거리는 숨결이 턱밑에 다가와 있었다. 나는 거의 무너지듯 여자를 끌어안았다. 그와 동시에 반사적으로 잡아당기는 힘에 굴복했고 격정적인 포옹과 키스에 몸을 맡겼다. 혓바닥이 빠질 듯 강렬한 흡인력이었다. 여자의 몰캉한 가랑이 밑이 내 허벅지 사이로 들어왔고 꽃대 같은 가녀린 목이 바짝 젖혀졌다. 나는 뒤틀린 자세 그대로 침대에 자빠트렸다. 그 서슬에 블라우스가 벗겨지고 물컹한 느낌이 가슴팍으로 밀려들었다. 나는 허겁지겁 여자의 등허리를 더듬어 브래지어 후크를 풀었다. 뽀얀 젖가슴과 그 위에 오톨도톨 붉게 오른 유두가 한 떨기 두상화처럼 드러났다. 꽃이 아열대 바람에 흔들리듯 통째로 입안에 들어왔다가 나갔고, 또 감질나게 혀끝을 어르다 빠져나갔다. '이- 야스.' '음- 야스.' 여자는 버둥거리며 가녀린 신음을 토해냈다. 그 알 수 없는 소리로 존재의 밑둥이 불끈 달아올랐다. 나는 양쪽 젖무덤에 얼굴을 묻고 두 손을 아래로 내려 여자의 팬티를 벗기기 시작했다. 그런 어느 한순간, 복부 아래로 서서히 미끄러지던 의식이 흡사 갈고리에 채이듯 튀어 올랐다.

"그만!"

여자가 상체를 들어 올린 것이었다. 흉곽이 터지는 듯한 통증이 일었다.

"여기까지만……."

일그러진 얼굴과 달리 단호한 눈빛이었다. 그 이전에 가슴 언저리며 허리께에서 얼핏 본 검푸른 자국이 무슨 흔적인지 상처인지 모르겠다. 그것도 정말 본 것인지, 또는 느낀 것인지 알 수 없다. 여자의 눈망울에 핏발이 서며 검은자위가 빠르게 움직였다. 뭔가 깨진 형상을 급하게 수습하려는 반사작용으로 비쳤다. 나는 엉거주춤 일어나 뒤늦게 문고리를 흔드는 이성의 뜻에 따랐다.

　몇 번의 단비가 내리는 동안 박 모종은 왕성한 기세로 자랐다. 잔 솜털이 입혀진 뽀얀 줄기마다 곁가지며 덩굴손이 속속 갈라지고 하트 모양의 잎이 유인줄을 따라 서로 경쟁하듯 올라갔다. 더구나 두 개 화분에 각각 두 포기씩 심은 탓에, 천장 들보에 먼저 오르려는 선수들의 토너먼트 경기처럼 보였다. 더워지는 날씨와 함께 무성해지는 것은 조롱박만이 아니었다. 혹시, 혹시…… 하는 마 대리에 대한 나의 의심도 박의 덩굴손처럼 뻗치고 있었다.

　U가 마 대리를 이전과 달리 대하고 있다는 심증이 그 하나였다. 그에게 가끔 서비스하던 커피믹스가 차로 바뀌어 있었다. 그녀는 거름 장치가 있는 도자기 찻잔으로 손수 차를 우려냈다. 애당초 내게까지 돌리려 했던 호의를 마다한 게 잘못이다. 그게 바로 보이차라는 사실을 알았을 때 나는 은근히 부아까지 났다. 다름 아니라 내가 홍콩에서 건네준 30년산 진품 광동 보이차였다. 당연히 그녀 혼자 보약처럼 집에서나 즐기기를 바란 것. 그런데 뒤늦게 사무실에 갖고 나와 풀어놓는 그녀의 속내가 어지럽게 상상됐다. 죽은 물고기의 비늘처럼 빛을 잃고 가라앉았던 기억의 앙금이 그 차의 발효 기운처럼 우러나왔다. 나는 애써 무심한 척 고개를 돌려야 했다.

　마 대리가 가위로 덩굴을 치며 U에게 하는 말이 들렸다.

"이런 불필요한 덩굴과 덩굴손은 제때 없애줘야 해요. 그렇잖으면 덩굴손이 자기 몸이나 옆의 줄기, 잎까지 감아 올라가거든요."

이제 그는 조롱박에 대한 당연한 권리를 주장하는 듯 보였다. 또한 껑충한 키와 부드러운 목소리가 그런 주장에 힘을 실어주는 게 아닌가. 배시시 웃는 여자의 웃음소리가 와인 병따개의 스크루처럼 심장을 파고들었다.

나는 옥상 바깥으로 통하는 문을 차마 열지 못하고 슬며시 돌아섰다. 그리고 엘리베이터 앞에 설치된 자판기에서 커피를 뽑아 들었다. 화재 시 비상탈출을 위한 도구함이 눈에 들어왔다. 그런 완강기 로프에 목을 맨 어느 우울증 환자의 이야기가 떠올랐다. 얼마 전 인터넷 뉴스로 본 사실이다. 삶의 비상구에는 언제나 죽음의 유혹이 있지 않을까. 우울증은 암보다 무서운 질병일지 모른다. 자각할 수 없고 인정받기도 곤란한, 자기 연민의 병! 오로지 자기 스스로의 구제만이 처방일 것이다. 잠시 망설여졌다. 요즘들어 비상계단으로 내려가는 일이 많아졌다. 거기서야 맘 놓고 담배를 피울 수 있지만 직원들과 마주치기가 싫은 까닭이기도 했다. 기껏 잡혔던 일할 맛이 똑 떨어진 상태다. 역시 나만의 집으로 도망치는 것이 상책이라는 판단이 들었다. 나는 담배 세 대를 연거푸 피우고 돌아섰다.

홈피의 문을 여니 메일 몇 통이 와 있었다. 최근 아디다스 매장에 가서 만난 싱가포르 친구인 진룽이었다. 그는 내가 반품하려

했던 스트라이프 털실 모자를 잘도 쓰고 다녔다. 원색의 컬러풀한 스키 모자였는데 길거리에서도 잘 어울렸다. 그는 IT 분야의 엔지니어답게 두뇌 회전이 빠르고 호기심이 많았다. 그런데 틈만 나면 놀자고 붙잡는 통에 내가 슬슬 피하고 있는 중이었다. 더구나 일전에 소개한 홍콩의 바라바라까지 널름거리고 있는 게 영 못마땅했다. 본명이 '진진'이라고 해서, 내가 '바라바라'라고 부르는 오피스걸이다. 홍콩에 있던 사연으로 그녀와 통했다 싶었는데 진룡은 그 이상, 진진과 중국 본토 출신이라는 같은 뿌리로 하나가 되고 있었다. 진룡은 오후 2시쯤 도심 한복판에 새로 난 W호텔의 리빙룸에서 보자고 했다. 일전에 내가 은밀히 제의한 사업에 관심이 있는 눈치다.

짬짬이 공을 들여 베란다에 꾸민 실내 정원이 제법 풍성하고 시원스럽게 보인다. 아무리 가상의 공간이라도 내가 발을 들여놓으면 순간 모든 게 살아 움직이는 듯하다. 현무암으로 둘러친 울타리 안에 마리안느, 파키라, 싱고니움, 율마, 보스턴고사리 따위가 조금이라도 더 자기 자리를 차지하려고 들썩이는 아귀찬 모습이다. 기름이 자르르 흐르고 가위로 오린 듯한 꽃과 잎사귀 모양이 조화인 양 의심을 불러일으킨다. 욕심나는 대로 화분을 들이다 보니 웬만한 실내 조경용 관목들이며 화초들의 이름을 줄줄이 꿸 수 있게 됐다. 뭐니 뭐니 해도 역시 회사의 옥상 정원에서 구제해온 방울토마토며 감자를 키우는 맛이 쏠쏠하다. 조롱박을 심으며 버릴까 망설이다 그려놓았던 상상들이다. 물론 모종은 실물과 같은 것으로 '화원'에서 사온 놈들이다. 아무려나 똘똘한 결실을 거두리라는 생각이 굴뚝같다. 특별히 할 일이 없는 집안에서 그것은 유일한 취미였다.

정원 한쪽에 파놓은 연못에서는 송사리가 떨어진 나뭇잎을 톡톡 건드리며 놀고 있다. 한가롭고 평화로운 점심나절이다. 나는 식물이 주는 축복에 기꺼이 몸을 맡기고 심호흡을 한다. 역시 세상에 이만한 곳이 없다. 무엇이든 원하는 대로 값싸게 들여놓고 즐길 수 있다. 아무 간섭도 받지 않고 내 멋대로 할 수 있는 나만의 집. 심지어 가족마저 내가 다시 구성할 수 있지만 그것만큼은 참고 있을 뿐이다. 이 지경에서는 고독도 인스턴트 기호식품 같다. 지난밤에 읽던 책을 꺼내 읽으려다 그만둔다. 상상력과 직관력을 쌓는 우뇌 훈련법에 관한 것이었다. 눈을 감고 자기가 있던 다른 공간(집이라든가 사무실, 연인과 걷던 길, 과거의 한때 등등)을 상상하라는 게 요지였다. 따분한 설교였다. 돌아보려면 벽이 가로막는다. 나는 지금 그렇잖아도 상상 속을 부유하고 있지 않은가. 피식 웃음이 나왔다. 차라리 밖으로 뛰쳐나가 시원한 강바람을 쐬고 싶었다. 얼른 자주색 가죽 재킷을 차려입고 목에 머플러 대신 벨벳 리본을 길게 늘여보았다. 새로 구입한 '에스까다'의 보잉 디자인 선글라스도 시험해보고 싶었다. 인터넷 쇼핑몰에서 구입한 것인데 다리의 뱀피 무늬가 도마뱀 껍질 같은 게 아무래도 짝퉁으로 보였다. 그래도 기분 전환용으로는 그만이겠지.

'할리데이비슨'은 역시 믿음직했다. 1,584CC의 파워풀한 심장에서 뿜어 나오는 포효와 진동이 지축을 갈랐다. 놈은 무서운 속도로 강변 고속도로를 질주했다. 나는 울근불근 움직이는 놈의 근육질 몸뚱이에 몸을 맡기고 고함을 내질렀다. "야이, 씨발 좆같은 놈들아! 야이 개 씨발 좆나발들아!" 피의 냄새를 맡고 금세 호그 족들이 따라붙었다. "이, 개새끼! 엿 먹어라!" 쌍쌍의 행렬 중 누군가 던진 헬멧이 날아들었다. 업그레이드 된 버전으로 이 바닥에서는 흔히 하는 게임이다. 나는 반짝이는 헬멧을 되받아 던진다. 어느새 금발의 여자가 할리의 엉덩이를 차고 오르며 럭비공 같은 헬멧을 잡고 배시시 웃는다. 나는 금발을 태운 놈에게 냅다 감자를 먹이며 앞서 나간다. 놈이 들입다 쫓아 붙는다. 갈 때까지 가보라지. 나는 속도를 죽이다가 휙 돌아 역주행을 시도한다. 급작스런 장난에 호그 무리들은 혼비백산 흩어지며 비명을 내지른다. 여기서도 혼자라니…… 쩝! 나는 다리를 건너 시내로 향하며 새삼 입맛을 다셨다. 바라바라에 대한 몽환이 음모처럼 이빨 사이에 끼어들었다.

W호텔의 리빙룸은 역시 명성대로 스타일리시했다. 하우스 뮤직 계열의 팝송이 흐르고 조명이 은은했다. 보드게임에 열중한 청춘이 있는가 하면 눈을 희번덕거리며 헌팅에 여념이 없는 치도 있다. 몇몇은 마시던 병맥주를 한 손에 든 채 음악에 맞춰 춤을 춘다. 한참을 두리번거리다 나는 진룡을 찾을 수 있었다. 그는 머리까지 푹 파묻히는 반구형 의자에 앉아 동그란 안경 속에 눈알만 굴려 인사를 했다. 기선을 잡으려는 의도로 보였다. 풍성한 파마

머리의 아가씨가 다가와 주문을 받았다. 몸에 딱 달라붙는 티셔츠에 짧은 가죽 반바지, 올 굵은 망사스타킹을 한 차림이 섹시하기만 하다. 그는 가재요리와 아울러 글랜피딕 15년산을 시켰다. 요리는 그가 좋아하는 싱가포르 현지 식이고 술은 내가 비즈니스를 할 때 보통 마시는 스카치위스키였다.

"지난번에 같이 가본 해변의 별장은 잡았습니까?"

진룡이 가재 살을 살살 뜯으며 운을 뗐다.

"작자가 자꾸 왔다 갔다 해요. 별장 뒤쪽 용지까지 묶어서 넘기려는 모양인데……. 1에이커에 120달러, 너무 비싸지 않습니까?"

내가 영어를 하는 것보다, 그가 우리말을 하는 게 더 편하게 소통됐다. 유창하진 않아도 그 뜻이 분명하게 들어왔다. 과장된 제스처도 잡혔다.

"노우! 잡아요. 금방 오를 겁니다. 옥션에서 140까지 간 경우도 있어요."

"회사에서 또 분양하지 않겠어요?"

"아무래도 개발이 잘된 쪽이 낫긴 한데. 기회비용이 있잖아요. 환율도 오르고 있고."

"지금 어떻게 되죠?"

"린든 230에 1달러. 이주민들이 몰려들면서 인플레이션이 걱정입니다."

"제길! 신계지도 투전판이 되가는 꼴이에요."

"시장이란 게, 뭐 다 그렇죠."

진룡이 심드렁히 대꾸하며 연신 스트레이트 잔을 들이켰다. 실제 그의 주량이 얼마나 되는지 알 수 없지만, 아무래도 허장성세로 보였다. 똑똑하고 호기심 많은 사람들이 대개 그렇듯 참을성은 없는 듯하다. 역시 그가 먼저 본론을 끄집어냈다.

"마진을 얼마까지 할 수 있는 겁니까?"

"17퍼센트 정도."

"약한데요. 난 적어도 25퍼센트는 생각했는데."

진룡이 깎아 세운다.

"아…… 계약만 분명하다면, 어느 정도 딜이 가능한 거니까."

여느 때와 달리 또랑또랑한 눈빛이다. 그간 물밑 작업을 하며 공을 들인 보람이 있어 보였다. 내가 그를 통해 싱가포르에 구축하려는 네트워크는 성인용품 시장이었다. 홍콩에서 본 손해를 어떻게든 싱가포르에서 만회하고 싶었다. 회사의 제품으로는 승산이 없었다. 네트워크 마케팅에서는 직방의 효과가 있어야 한다. 그래서 국내외 업체를 샅샅이 뒤져 찾아낸 것이 바로 성 기능 강화제다. 기대주인 '야루화'란 제품은 여성용 애정촉진제로 오르가슴을 배로 늘려주고 바기너 기능을 강화시켜주는 크림이다. 육감적인 입술을 만들어주는 기능성 루즈와, 각종 자연산 최음향도 최신 아이템들이다.

"어떻게, 해볼 만하겠어요?"

일부러 낚싯줄을 늦춰보았다.

"아, 물론 괜찮아요. 사용해보니 팬태스틱했어요."

그가 어깨를 으쓱하며 빙글거렸다.

"그래요? 하……."

"진진이, 거의 기절해 죽을 듯하던데요."

이런, 개망나니가! 갑자기 구정물을 옴팡 뒤집어쓴 꼴이다. 그러고도 한심한 물음이 나왔을까.

"정말 만나……봤어요? 홍콩까지 가서?"

"아니요. 휴가라고 이곳에 와서 일주일 동안 지내다 갔는데……."

나는 양 손바닥으로 씰룩거리는 얼굴 근육을 쓸어내렸다. 바라바라를 위하여 진작 홍콩으로 달려가지 않은 게 잘못이다. 바라바라는 발정 난 암고양이처럼 짝을 찾지 않았던가. 그렇다고 이제와서 산통을 깰 순 없는 노릇이다. 진룡은 네트워크 마켓뿐 아니라 바라바라와 합작으로 숍도 열겠다고 기염을 토했다. 잘하면 대박이 터질지 모른다. 나는 그가 원하는 조건대로 암만암만 거래를 끝냈다.

정말 불운한 하루였다. '메인랜드'에서까지 내몰린 기분이다. 깔깔거리는 웃음소리가 들렸다. 화들짝 놀라 메시징 윈도를 닫고 고개를 돌려보았다. 노을이 비친 창에 그림자가 어른거리고 있었다. 손바닥으로 잔광을 가리고 보니 U와 마 대리였다. 분명히 현실의 존재들이 아닌가. 어깨를 포갠 모양이 기도를 하는 듯도 했고 키스를 나눈 모양으로도 여겨졌다. 나는 벌렁거리는 가슴을 쥐어 잡고 눈을 감았다. 도무지 인정할 수 없는 일이다. 진룡과 바라

바라, 그리고 U와 마 대리가 쌍쌍이 서로에게 인사를 나누고 있
다. 어쩌다 현실과 비현실의 창틀 사이에 짓찧어진 형국이다.

  마 대리는 벌써 오래전부터 U를 알고 그 주변을 맴돌았을 것이
다! 퍼즐처럼 꿰맞춰지는 확신이다. 나는 비틀거리며 다시 홍콩
의 기억을 더듬어나갔다. 침사추이 페리 선착장 앞의 남쪽 광장에
서 있는 구룡역 시계탑. 원래는 런던으로 향하는 대륙횡단 철도의
기점이었지만 언젠가부터 탑만 남아 연인들의 약속 장소가 되고
있는 곳이다. 그 시계탑 아래, 모습을 드러낸 그가 씩 웃고 있었
다. 우연히 마주친 양 나는 흠칫 놀랐다. 혼자인 줄 알았더니 묘령
의 아가씨가 옆에 붙어 고개를 까닥했다. 조금 안심이 됐다. 마 대
리의 커 보이는 키와 밝은 표정 때문인지 여자는 상대적으로 왜소
해 보였다. 여리고 단아한 얼굴이 그녀의 존재를 겨우 들어 올리
는 듯했다. 흰 재킷과 보라색 주름 원피스가 잔뜩 긴장하고 파티
장에 들어선 순박한 아가씨 차림으로 비쳤다. 홍콩이란 도시는 묘
하게 사람을 가리는 곳이다. 자칫하면 금방 뒤돌아 뛰쳐나갈 듯
겁먹은 기색이 읽혔다.
  "동생 소원 한번 크게 들어주려고요……."
  마 대리는 란콰이퐁 거리의 식당에서 그녀와의 관계를 어물쩍
소개했다. 마침 딤섬을 먹기 딱 맞는 시간이었다.
  "아, 그래? 사촌?"
  "아니요! 친동생."

그는 정색하며 목소리를 높였다.

"하! 재미없다. 어떻게 홍콩을 여동생이랑 와. 그것도 다 큰 처지로."

"아녜요. 오빠와 전 따로 다니기로 한걸요."

여자가 홍조 띤 얼굴로 그의 말을 도왔다.

"뭐…… 잠은 같이 자기로 했지만요. 하하."

"깔깔깔."

둘이 이쪽을 한참 헷갈리게 했다. 그러고 보니 키만 크게 차이 났지 고양이 같은 비슷한 얼굴로 보아 오누이 같기도 했다. 하기야 연인 사이라면 구태여 숨길 필요가 없겠지. 그런데 정말…… 숨길 필요가 있는 건 아닐까.

"딤섬은 정말 시적인 음식 같아요. 점심(點心)이란 단어 그대로, 마음에 점을 찍는다고."

주로 마 대리가 화젯거리를 띄웠다. 나도 그녀에게 알려주려는 뜻을 담아 화답했다.

"아무렴, 간에 살짝 기별이 가는 정도여야지."

"생각보다 많네요. 간식이라기엔."

"하하. 그렇답니다. 별식이고 만찬 같은…… 인간의 먹성이 만든 비극이지요."

나는 슬쩍 마 대리를 힐난했다. 소가 없는 바오[包]며, 속 내용물이 보이는 지아오[餃], 갖가지 재료로 장식이 화려한 꽃봉오리 모양의 마이[賣] 따위에 찐 것, 삶은 것, 튀긴 것, 구운 것 등을 섞어

양껏 주문하니 딤섬의 의미는 온데간데없어진 후였다. 설명하려던 욕심이 과했던 것이다.

"……그러고 보니 시와 같은 비극이네요."

그가 제법 위트 있는 말을 했다는 양 웃어졌혔다.

딤섬에 국수요리까지 해서 배를 불린 후 우리는 하버시티로 갔다. 홍콩 호텔 아케이드와, 오션 터미널, 게이트웨이 빌딩이 하나로 묶여 이뤄진 하버시티 쇼핑몰은 잘 알려진 대로 홍콩에서 가장 큰 쇼핑센터다. 이곳의 명품 가게들은 홍콩섬 센트럴의 즐비한 쇼핑몰에 비해 할인 폭이 더 큰 편이다. 아내는 이곳에서 몇 번이나 길을 잃고 전화를 하곤 했다. 처음에는 실제 큐빅 같은 공간의 두려움 때문에, 그다음에는 연이어 돈 때문이었다. 나는 오래지 않아 아내의 부름을 거절할 수밖에 없었다. 그런 아내의 그림자가 어른거리는 하버시티 이곳저곳을 다니자니 속이 쓰렸다.

마 대리가 보석가게에서 진주목걸이를 골라 얼른 계산을 끝내고 챙기는 모습을 본 것은 우연이었다. 분명 동행한 여자에게 즉석에서 진주 목걸이를 걸어준 뒤, 여자가 다른 곳으로 옷을 고르러 간 사이였다. 화장품값을 할인해주려 엿본 계산서에도 메이크업 키트가 두 개씩 들어 있었다. 동행한 여자가 정말 동생일지 모른다는 생각이 들었다. 누군가 따로 사랑하는 사람에게 전할 선물이 틀림없었다. 본사에 근무할 때, 마 대리가 독신주의자라는 둥, 전과자라는 둥 별 풍문을 다 들은 탓에 나로서는 뜻밖의 증거를 낚은 기분이었다. 쇼핑은 돈을 쓰고 마음을 쓰는 일이다. 마 대리와 여자는 각자 따로 돌고 있었고 뭔가 숨기는 듯 보였다. 여자가 먼저 기진맥진해 묵고 있다는 호텔로 떠났다. 때를 기다렸던 나는 마 대리를 이끌고 하버시티 4층의 슈퍼스타로 올라가 가리비 찜과 술을 주문했다. 긴장이 풀어지며 취기가 금방 올랐다. 마 대리 역시 고민 보따리를 풀고 싶었는지 벌컥벌컥 맥주를 들이켰다.

"……여자를 좋아하게 됐어요."

"하! 좋은 일인데……. 뭐, 그렇게 우거지상이야."

나는 기꺼이 마음으로 축하의 뜻을 전했다. 우거지상이라 했지만 사실은 들떠 있는 표정이었다.

"너무 힘들어요. 내게 이런 사랑이 찾아오다니!"

"하면 될 거 아냐?"

"할 수 없으니까! 해서는 안 되니까, 말이죠."

나는 다시 그의 눈빛을 살폈다. 눈동자 속에 희끄무레한 전혀 또 다른 빛이 떠돌았다. 아직 꺼지지 않은, 아니면 변종된 바이러스가 감돌고 있는 모양이다. 갈고리로 찍어내고 싶은 충동이 일었다.

"그런 게 어딨어? 아까 데려온 여자 아냐?"

"아니에요, 참! 그 앤……. 신경 쓸 필요 없다니까요."

"그럼…… 유부녀하고? ……놀았어?"

"형! 정말 그렇게 나올 거예요? 죽고 싶으세요?"

"흐흐흐. 잤어? 자봤구나?"

나는 한껏 놈의 대가리를 쳐댔다.

"그만! 그만요! 여기까지만! 여기까지만 할게요."

악을 쓰는 마 대리의 얼굴이 기묘하게 일그러져 있었다. 겨우 감정의 고삐를 틀어쥔 듯 비척비척 일어났다. 잠깐 후텁지근한 비가 지나고 더욱 찬란한 불빛이 바람에 휘날렸다. 나는 그의 뒤를 따라 스타페리 터미널 근처를 배회하다가 발길을 돌렸다. 누구일까, 저 남자를 끌어당긴…… 아니, 넘어뜨린 여자. 상상이 살을 붙이며 짐승처럼 들덤볐다. 막 누이동생을 덮친 정신병자가 그려졌고 회사 여직원들이 차례로 불리기도 했다. 업무 관계로 나와 가끔 통화하던 U는 그때 전혀 상상할 수 없는 대상이었다.

옥상공원에 여름이 성큼 다가와 있었다. 천둥 번개와 함께 폭풍우가 치며 조마조마한 날이 이어졌다. 이제 막 만들어지기 시작한 꽃망울이 피기도 전에 떨어지지 않을까 염려가 앞섰다. 나는 유인 줄에서 삐져나가는 덩굴손을 잘 다잡아놓고 순지르기에도 더욱 신경을 썼다. 다닥다닥 붙은 커다란 이파리에 후드득 내리치는 우박 소리가 과유불급이란 말의 의미를 되뇌게 했다. 나는 어미줄기에서부터 아들줄기로, 또 그 아들의 아들줄기로 새순이 갈라져 뻗어 나갈 때마다 튼실한 서너 개만 남기고 가차 없이 잘라냈다. 일찍이 마 대리가 일러준 순지르기의 정석이다. 수정은 살아남은 아들줄기의 각 열째 마디에서 나온 손자덩굴의 첫째 마디에서 착생한 암꽃에 시켜주라고 했다. 이제부터 어떤 일이 벌어질까. 어떻게 대비해야 하는 걸까. 설렘과 의문으로 콩닥거리는 심장에 과부하가 걸렸다. 역시 불안…… 불안의 그림자가 커가고 있던 것이다.

마 대리가 도통 보이지 않았다. 처음엔 폭우며 궂은 날씨 탓이려니 했다. 파라솔테이블도 치워지고 담배돌이들도 코빼기 한번 내밀지 않는 때였다. 상반기 실적 평가가 임박해 있었다. 나도 근무시간에 집으로 뺑소니치기가 어려웠다. 싱가포르의 진룽은 실제 돈을 입금하지도 않으면서 물건을 더 많이 보내라고 성화였다. 값싼 '메인랜드' 땅 한 조각을 떼주고 말 양으로 보였다. 바라바라는 진룽이 아무래도 사기를 치는 것 같다고 홍콩으로 건너와 보라고 했다. 그러나 그럴 계제가 아니었다. 주변의 모든 일들이 일시에 반란을 일으키듯 뒤죽박죽 바뀌고 있었다. 캐나다에 있던 아내와 딸이 미국으로 옮겨가며 더 많은 송금을 요구해왔다. 한마디 상의도 없던 일이지만 어차피 현금지급기 역할을 하던 내가 가타부타할 일은 아니었다. 이제 최후의 통고를 남겨둔 사형수 같다고 할까. 거기까지 복잡한 생각을 할 여력도 없었다. 무엇보다 마 대리의 부재로 속이 까맣게 타들어가고 있었기 때문이다. 나는 몇 번이고 송수화기를 들었다 났다 했고 슬며시 3층에 내려가 보기도 했다. 결근이다, 외출이다, 지방출장이다 했지만 그 이상 자꾸 물어보기가 어려웠다. 그쪽 직원들의 눈치가 보이기 시작했다. 또한 U가 나를 경계하는 듯이 보였다. 이전에 연가도 모르던 그녀가 부쩍 자리를 비웠다. 마 대리가 결근이라고 알게 된 날 U가 병가를 냈다. 몇 번 시도했던 핸드폰도 끝내 불통이었다. 나는 일손을 놓은 채 오후 내내 안절부절못하며 보냈다. 제때 순지르기를 하지 않았던 못난 상상 탓이다. 악몽은 결국 제 몸을 감아 모가지까지 비틀 기세였다.

조롱박꽃은 바로 이러한 어둠 속에서 활짝 피어났다. 하얗고 보송보송한 꽃들이 어두운 저녁 하늘에 뻥튀기 과자처럼 피어올랐을 때, 나는 그저 넋을 잃고 하염없이 올려보았다. 꽃들은 서로 다른 양쪽에서 부챗살 들보를 따라 올라간 줄기들에 붙어 커다란 화관을 만들었다. 이제나저제나 목을 빼고 내다본 일이 그릇된 기대였다. 조롱박꽃이 밤에만 핀다는 것도 뒤늦게야 안 사실이다. 가만히 관찰하자니 꽃망울 아래 솜털이 뽀얀 손가락만 한 아기 조롱박이 달랑거렸다. 아아, 저렇게 돼가고 있었구나! 소리 없는 큰 울림이었다. 나는 상체를 들어 올려 크게 숨을 들이쉬었다 내뿜었다. 며칠 동안은 박꽃이 등불 같은 위안이 돼주었다. 야근을 해도 누군가 밖에서 기다리고 있다는 상상이 즐거웠다. 퇴근을 할 때면 자연스럽게 옥상공원을 둘러보게 됐다. 하얀 박꽃에는 푸른 달빛과 도심의 불빛이 아롱아롱 물들어 있었다. 나는 그곳에서 빨대긴 호랑나비며 꿀벌로 변신해 이 꽃 저 꽃으로 꽃가루를 날랐다. 때론 도마뱀처럼 일렁이는 잎사귀를 타고 노닐었다. 밤이슬이 고단한 어깨를 촉촉이 적셔주었다. 고즈넉하고 아름다운 밤의 향연. 그런 밤이면 가벼운 날갯짓으로 돌아와 살포시 누운 회사 근처의 두 평 남짓한 고시원 방도 환하고 아늑한 꿈의 궁전이었다.

그러나 그 모든 평화가 또 한바탕의 전복을 위한 숨고르기였을까. U가 주말을 끼고 이틀 동안 무단결근을 한 뒤 나타났을 때 나는 들끓는 의심과 분노로 거의 제정신이 아니었다. 여자의 목에는 흑진주 목걸이가 걸려 있었다. 마 대리가 예전에 홍콩에서 동행한 여자 몰래 또 한 벌로 챙긴 진주란 사실을 대번에 짐작할 수 있었다. 한 알 한 알 빛나는 흑진주 알들이 잊고 있던 홍콩에서의 수수께끼를 다시 떠올리게 해주었다. "여기까지만……." 하며 말을 잘랐던 마 대리와 "여기까지만……." 하며 선을 긋던 U의 표정까지 하나로 겹쳐졌다. 둘은 새로운 쌍으로 이번에 그곳에 갔는지 모른다. 휴가를 거의 다 쓴 마 대리가 그만둘 거라는 풍문이 나돌았다. 잘라낸 줄 알았던 덩굴손이 다시 악몽을 만들기 시작했다. 아아, 그만! 그만! 나는 밖으로 나와서 머리통을 뒤흔들었다. 겨우 정신을 수습하니 파라솔테이블에 서너 명의 대리급 직원들이 둘러앉아 캔맥주를 들이키고 있었다.

"그 여자……. 사실은, 동생이 아니라 동거하던 여자였다지, 아마."

"그래?"

"동생이란 얘기도 틀린 말은 아니지. 고아원에서부터 같이 붙어 다녔다던데."

"마 대리가 키운 여자나 다름없지 뭐. 오랫동안 떨어져 있다가 이태 전에 합쳤다나 봐. 이 지경에 이를 줄 알았는지 결혼도 안 하고……."

그때야 나는 화제의 주인공이 누구인지 알 수 있었다. 이태 전이면……, 바로 구룡역 시계탑에 나왔던 여자 이야기가 아닌가.

"정말 안됐어. ……구강암 말기라던데."

"그러게 말야. 종양이 얼굴 전면에 퍼져 앞도 못 보는 상태래."

나는 기겁을 해 귀를 세웠다.

"그런데…… 유혜라 씨 말야. 대단한 일 아냐? 그렇게 정성으로 마 대리를 문병한다는 게."

"아니, 난 당연하다고 보는데? 사실 말이지, 마 대리가 구세주나 다름없었다고."

무슨 말일까. 이제 U와 마 대리와의 숨겨진 관계가 드러날 판이었다. 아찔한 현기증이 일었다.

"마 대리가 손본 그 인간이 남편인 줄 어떻게 알아?"

"그렇지 않고 어떻게 벌건 대낮에 여자한테 주먹질을 해댔겠어. 그것도 직장에까지 와서. 진짜 깡패에 상습범이라더군."

"솔직히 그럴 만한 여자 아냐? 질질 흘리고 다니는 꼴이. 흐흐흐."

갑자기 질벅한 비음이 깔렸다.

"나도 못 믿겠더라. 유헬랄라!"

"아, 마 대리도 구워삶았는지 몰라. 낄낄낄."

"……마 대리라고 손해 볼 게 뭐 있어?"

"그만! 너무 하는 거 아냐. 그만하자고! 난 그 새끼 생각하면 눈물 나니까……."

물구나무로 벌을 서다 그대로 머리통이 깨진 기분이었다. 뜨거운 불똥이 튀었고 짓이겨진 면상이 화끈거렸다. 나는 가까스로 사무실로 뒷걸음을 쳐 그대로 널브러지고 말았다.

　컴퓨터의 바탕화면을 옥상공원에서 찍은 사진으로 바꿨다. 무성한 녹색 이파리들과 덩굴을 배경으로 조롱박 서너 개가 둥싯 떠오르고 있다. 여름내 파라솔테이블 위 깊은 그늘을 내려준 고마운 차양 그대로의 모습이다. 열병으로 바작바작 타들어가던 마음 밭에도 길게 그늘이 드리워졌다. 화면을 보고 있자니 서늘한 느낌까지 들었다. 아니, 허전함이다. 흉곽을 짓누르던 뜨거운 돌 하나가 들썩 내려진 기분이다.

　그런 한편 또 다른 기대와 긴장감이 고개를 쳐들었다. 조롱박을 따야 할 때가 머지않았다는 예감이다. 매미 울음이 한층 자지러지고 빌딩 숲 사이에도 붉은 잠자리 떼가 출몰했다. 정확히 언제쯤 따야 하는 걸까. 박을 가르고 속을 발라내 표주박을 만드는 일은 또 어떻게 해야 할까. 마 대리의 조근조근한 설명이 새삼 간절했다. 그는 한 달의 병가를 한 차례 더 연장한 상태였다. 상조회에 그의 병원비를 돕기 위한 모금이 있었다. 이젠 가망이 없다는 게 그에게 문병을 다녀온 직원들의 얘기였다. 나는 어쩌면 마지막이 될 그와의 만남을 미루고 있었다. 어지러운 생각이, 떼어내면 다시 붙는 검불처럼 가로거쳤다. 점점 나와의 거리를 두려하는 U가 더욱 의식됐다. 기왕 문병을 가는 길이라면 한갓진 마음으로…… 희망을 말하고 싶었다. 당신이 씨 뿌리고 꽃피워, 시방 만들어낸 기적과 같은 그것에 대하여!

기분 전환을 할까 하여 모처럼 홈피의 내 집에 들어서는 순간, 나는 놀라 자빠질 뻔했다. 여기저기서 날아온 청구서며 고발장 따위가 우편함에 수북이 쌓여 있었다. 바라바라가 귀띔한 대로 진룡이 내 명의로 계정을 돌려 사고를 치고 뜬 것이다. 사이버머니가 아니라 실제 현찰로 10만 달러가 넘는 엄청난 금액이다. 하, 이렇게 개떡으로 당하다니! 이 사태를 어떻게 수습해야 할까.

나는 한동안 허깨비처럼 서 있었다. 풀어진 동공으로 베란다의 화초들이 들어왔다. 정에 굶주린 듯 누리끼리하게 말라비틀어진 꼴이다. 방울토마토들도 말린 대추처럼 빛을 잃고 쭈글쭈글했다. 계속 상상의 물꼬를 터주지 않은 탓이리라. 낙원이라도 공짜는 없는 법이겠지. 이제 세컨드 인생으로 설계했던 '사이버 랜드(www.secondlife.com)'에서도 철수해야겠다는 결론에 다다랐다. 담배를 끊는 것만큼, 아니 그보다 백배는 더 어렵겠지만······. 달리 묘책이 없다. 나는 자칼 같은 사이버 해결사를 물색하기 시작했다. 이 바닥에서의 완벽한 실종을 위해서는 최고의 해커가 필요할 것이다. 홍콩의 바라바라에게 마지막 인사를 전하려고 머리를 굴리는데 메신저가 떴다. 겉으로는 아무렇지도 않은 듯하며 애끓게 기다리던 U였다. 일주일 전 갑자기 사직의 뜻을 밝혀 못 들은 척한 터였다.

유라♡*′ ̄〵님의 말:
그동안······. 정말 고마웠습니다. 잊지 않을 게요.

**별박이님의 말:**

꼭 그렇게 그만두어야 하나? ……변한 건 아무것도 없잖아? 누가 뭐랄 것도 없고.

**유라♡′˜˜님의 말:**

아니요! 전…… 이제 혼자 설 수 있게 됐어요.

**별박이님의 말:**

무슨 말인데?

**유라♡′˜˜님의 말:**

이혼했어요. 그리고…… 아이도 갖기로 했고.

**별박이님의 말:**

뭐? 아니……. 어떻게 그런…….

**유라♡′˜˜님의 말:**

두 분 덕분이에요. ……그렇잖으면…… 벌써 전…… 아니에요.


예기치 않았던 고백에 가슴이 철렁 내려앉았다. 수련을 띄운 메신저 연못에 한동안 침묵이 흘렀다. 비단잉어가 만든 파문의 동심원만 더욱 크게 번져나간다. 말짱하게 전해지는 작별의 뜻이 아닌가. 수련의 널따란 잎에 뚝뚝 떨어지는 빗방울 소리가 들리는 듯했다. 그녀가 울고 있는 게 틀림없었다.


**별박이님의 말:**

혜라! 말해봐. 무슨 뜻이야? 무슨 일 있었어?

유라♡*′ ˜`님의 말:

아시죠? 그 사람 결국 어젯밤에…….

별박이님의 말:

마 대리? 결국, 그렇게…… 떠났구나…….

유라♡*′ ˜`님의 말:

저기…… 팀장님…… 정말 고마워요. 그 사람 사랑했어요.

별박이님의 말:

그런 줄 눈치 챘지만…….

유라♡*′ ˜`님의 말:

그 사람을 받아들일 수 있게 한 건……. 팀장님이 봄여름 내 보여

주신…….

별박이님의 말:

…….

유라♡*′ ˜`님의 말:

생명의 뜻이었어요. 나를 다시 일으켜 세우고 존재하게 한…….

별박이님의 말:

…….


가슴이 미어져 뭐라 말을 이을 수가 없었다. 수련 잎에 개구리
가 폴짝 튀어 오르고 또르르 물방울이 굴렀다. 나는 하마터면 벌
떡 일어나 그녀에게 달려갈 뻔했다. 연못가에서 돌을 던지듯 하던
그녀가 잠깐 머뭇거리다 밖으로 나갔다. 열린 문틈으로 한풀 꺾인

늦여름 기운과 건초 냄새가 스며들어왔다. 나는 그녀가 마지막으로 옥상공원을 둘러보려는 까닭을 알아차렸다. 그러나 직원들의 시선에 갇혀 옴쭉도 못했다. 아무쪼록 가장 실한 놈을 골라 고스란히 마음에 담아가기를 바랄 뿐.

처음 그녀를 보았던 장면 그대로 저녁 햇살 속에서 화장을 고치는 그림자가 희뿌여니 잡혔다. 잊어달라는 주문같이, 또는 가벼운 원망같이…… 덩굴줄기에 겨우 매달려 있던 마른 이파리 하나가 뚝 떨어져 내렸다. 말라비틀어진 꽃의 잔해로도 보였다. 마 대리도 그렇게 간 것이려니. 그렇게 빨리 갈 줄 알았으면 어떻게든 문병부터 다녀와야 했다. 그의 여동생이라던 여자도 다시 만나볼걸, 하는 부질없는 생각도 들었다.

기
수
지
에
서

토요일 오후, 혼자 칼국수로 점심을 때우고 왔는데 I는 사무실을 떠나지 않았다. 토요 휴무제를 실시하며 이러지도 저러지도 못하는 때였다. 식사를 하지 않고 그냥 간다더니 웬일일까. 특별한 용무도 없었지만 뭔가 들킨 기분이 들었다. 일부러 그녀를 만나러 오기라도 한 듯했으니까. 그녀가 입은 주홍색 마블링 무늬의 블라우스가 주말 내내 내 시신경을 잡아끌고 있던 터였다. 자극적인 색감과 형태가 꼭 짐승의 내장을 까뒤집어놓은 듯했다.

I는 그녀의 영문 이니셜이다. '아이'라니! 실은 대학교를 중퇴하고 이곳에서만 1년 반이 넘도록 아르바이트를 전전하는 숙녀다. 그녀의 아버지는 교통사고로 몇 해 전에 세상을 떴다고 한다. 언뜻 전해들은 말이다. 팍팍한 사무실에서 아무래도 기름 위의 물방울같이 지내는 게 안쓰럽게 보인다. 가끔 내 테이블 위로 녹차를 내놓거나 창가의 난초에 물을 주고 사라지는 그녀의 모습 또한

그랬다. 동료들이 그녀를 '알바'라 호칭하듯 나는 그녀에게 대놓고 이모저모로 '그 아이'라고 부른다. 형식이야 위임 계약직이지만 거기에도 못 미치는 처지에 대한 애매한 거리 두기일 수 있다. 이곳에서는 이름이 이름 그대로 불리지 않는다. 실적을 나타내는 꺾은선그래프에 오르는 점일 뿐이다. 김1, 김2, 이, 최1, 최2, 황, 전……. 그리고 계약직인 C, I, O 따위였다.

나는 곧바로 사무실 뒤쪽의 내 자리에 앉아 잠깐 멍한 상태로 있다가 우주로 사라진 컴퓨터 화면을 불러들였다. 수성을 탐사할 미국의 무인 우주선인 메신저호가 발사됐다는 뉴스. 앞으로 장장 7년여에 걸쳐 그곳으로 날아간다니 그 거리가 도무지 가늠이 안 됐다. 수성! 머리에 지식을 담기 시작하면서 들어왔던 태양계의 첫 번째 행성이다. 그런 지식은 어쩐지 기억의 퇴적층에 침하되지 않고 이미지의 궤도를 그리며 떠도는 듯했다. 마치 희미한 옛사랑의 추억같이. 해에서 가장 가까우면서, '초고온과 극저온이 공존하는 신비스런 대기의 얼음 행성'이라 했던가. 이번 탐사선은 지난 1973년 발사된 마리너 10호와 달리 태양을 중심으로 열다섯 바퀴를 돌면서 점점 수성에 접근해 간단다. 지구에서 한 차례, 금성에서 두 차례 정상 궤도를 지나치는 플라이바이(flyby)를 통해 가속의 중력을 얻는다고. 첨단 우주 시대에도 완행의 방식이 필요하다는 뜻일까. 어쩌면 지금 발사된 우주선은 내가 죽고 난 몇 년 후에도 이런저런 내 몽상을 싣고 날아가고 있을지 모른다.

마우스로 또 다른 뉴스를 찍어 발렸다. 중국의 이른바 동북공정에 대한 속보와 네티즌의 들끓는 분노가 잇따라 쏟아졌다. 중국 국무원 산하 사회과학원 직속의 한 연구기관이 추진 중인 '동북변강의 역사와 현상에 대한 연속 연구공정'이라는 프로젝트. 이는 만주 지배권 강화를 목적으로 우리의 고대사와 고구려를 통째로 빼앗아가려는 연구라 했다. 지난해 중국이 사상 처음 유인우주선을 쏘아 올리며 지구를 들썩이게 했던 기염이 되새겨졌다. 그들은 이제 흘러간 시간의 영토까지 점령하려는 야욕을 드러내고 있는 게 아닌가.

　I는 창구 한쪽 테이블에 왼팔을 길게 늘여 베고 엎어져 있었다. 낮잠에 빠져들었는지 살짝 코고는 소리까지 들렸다. 치렁치렁한 머리카락은 목덜미와 어깨로 흩어져 내려 있다. 살바도르 달리가 그린 〈기억의 영속〉이라는 그림 속에 들어간 모습같이. 흐물흐물 늘어진 시계가 그녀의 상체에 그대로 오버랩 돼 보였다. 어깨를 짓누르는 일상의 피곤과 끈적이는 시간이 그녀를 오수로 잡아끌었을 것이다. 이 건물에는 이제 1층 현관의 경비원과 8층에 입주해 있는 이 사무실의 그녀와 나뿐이다. 테이블의 유리판에 검은 그림자 하나가 휙 지나갔다. 호숫가를 경계로 하여 먹이 터를 옮기거나 넓히려는 새매나 호반새, 백로 따위의 날갯짓이다. 분지형 도시의 동서남북, 서로 다른 산봉우리 꼭짓점을 지탱하던 하늘막이 출렁거린다. 새가 날아가고 나면 도시는 기다렸다는 듯이 큰 기지개를 켠다. 그야 보이는 사람만 보고, 느끼는 사람만 느낄 뿐이다.

갑자기 블랙홀 같은 시간의 소용돌이에 빨려들 듯 어지러웠다. 어쩌면 그녀가 이쪽을 유혹하는 건 아닐까. 이곳의 총괄책임자인 지부장이 자신의 경험에 빗대 일찍이 귀띔한 바 있다. 음울하게 끌어당기는 힘이 알 듯 모를 듯 긴장감과 불안감을 만든다는 것. 지부장은 I를 오래전 시내의 어느 술집에서 본 듯하다고 의심했고, 어느 때부턴가 슬슬 피하는 눈치였다. 그러나 그의 불확실한 의심은 오히려 내 호기심을 자극했다. 일전에는 직원들이 모두 외근 나갔을 때, 일을 도와준다는 핑계로 몰래 그녀의 가슴을 훔쳐 본 적도 있다. 어지럽게 메모한 숫자를 액셀의 빈칸에 집어넣는 일이었다. 나는 작업에 열중인 그녀 뒤에 바짝 붙었다. 뱀같이 똬리를 틀어 들어간 음흉한 자세로. 무방비 상태일뿐 I는 역시 말짱한 숙녀였다. 봉긋한 유방이 브래지어 밖으로 터질듯이 드러나 보였다. 의식과 무의식이 합선된 듯한 순간 한 손이 허공을 헤집다가 어깨 위에서 주춤했다. 읍! 나는 절로 터져 나오는 신음을 가까스로 삼켰다. 눈알이 미끈거려 눈꺼풀 밖으로 떨어질 듯했고 가슴은 콩닥거리며 이윽고 발정난 개가 될 뻔했다. 그때 다행히도 한발 앞서 황이 들어와 일을 막아주었다. 입사 5년 차인 황은 그의 실적만큼 외근이 가장 잦았다. 나중에 황이 그녀와 그렇고 그런 사이라는 소문을 들었지만 아무래도 업무 때문에 난 것으로 보였다. 오히려 나는 둘 사이에 불안한 긴장이 흐르는 낌새를 눈치채고 있었다. 이곳은 자본주의 시장의 막장이라 할 만큼 삭막하고 힘겨운 곳이다. 비정상이 정상이고 바로 된 것은 틀린 것이다. 그렇게 보지 않고는 바로 일할 수가 없다. 상대가 동물의 탈을 쓴 만큼 나도 써야 한다. 진짜 인간의 탈을 쓴 듯이 행세해야 할 때도 있다.

그녀는 여느 때보다 더 한층 흐트러져 보였다. 나는 책꽂이 위의 탁상용 다이어리를 옆으로 치우고 좀 더 분명하게 그녀의 포즈를 보았다. 그녀는 이따금 긴 머리칼을 쓰다듬으면서 좌우 팔베개를 바꾸었다. 꿈속의 동작인지 의식적인지 알 수 없는 그 뒤척임이 더욱 눈길을 자극했다. 숨소리와 맥박이 그대로 내 몸 안으로 전해졌다. 일어나서, 일어나서…… 하는 부추김의 의지와 그대로, 그대로…… 하는 무의식적인 무의지가 악마의 손아귀처럼 허리께를 주물렀다. LCD 모니터 화면은 다시 우주 공간의 별들을 토해내고 있다. 아아, 더는 참을 수가 없었다. 나는 조심스럽게 혁대의 버클을 풀고 바지의 지퍼를 내린 뒤 살살 엉덩이를 깠다. 아랫도리의 그것은 뜨겁게 달아올라 금방이라도 터질 듯했다. 나는 조심스레 그것을 손안에 넣어 어루만지다가 위아래로 까불렀다. 이 일을 어쩌나, 이렇게…… 난감한 기분은 이미 걷잡을 수 없는 본능에 떠밀려버렸다. 마침 주스를 마시고 비워둔 일회용 종이컵이 눈에 띄었다. 나는 얼른 컵을 기울여 이제 막 피스톤 속에서 폭발을 해 숫구치는 체액을 그곳에 담았다. 순식간에 비 맞은 듯한 밤꽃 냄새가 물씬 풍겼다. 나는 책상 한 귀퉁이에 굴러다니던 휴지로 번질거리는 귀두를 닦은 뒤 그 뭉치로 종이컵을 살짝 덮었다. 나의 짐승 같은 의지가 이겼다. 아니, 인간적인 무의지가 이긴 것이다……

창밖으로 눈을 돌리니 갑자기 암전이다.

개천은 인구 20만이 겨우 넘는 이 도시의 시가지를 동서로 나누며 흐른다. 도시의 내장과도 같은 이 개천은, 그러나 의외로 깨끗하다. 다리 위를 걷다 보면 맑은 물결에 반사되는 햇빛으로 눈이 부시곤 했다. 이른 봄 개나리가 필 무렵부터 날아온 백로들은 이곳에서 여름내 살을 찌우며 짝짓기를 하며 노닐다가 서리가 내릴 때쯤 떴다. 어쩌면 그렇게 많은 백로들이 무리를 지어 개천을 뒤덮다시피 할까 궁금해 다리 밑을 찬찬히 헤집어보니, 세상에! 새까만 피라미 떼가 겹겹이 물결을 거슬러 오르고 있다. 물줄기 자체가 백로들의 거대한 식탁이었던 셈. 다리를 건널 때마다 눈을 할퀴던 빛은 그러니까 피라미 떼가 버둥거리며 내는 은비늘 광채였던 것이다.

시내 중심부의 다리는 대략 1킬로미터 간격으로 세 군데에 걸쳐 있다. 위쪽은 역에서 법원으로 가는 길이고, 중간에는 내 거처에서 근무지로 곧장 이어진 것, 아래쪽은 호반으로 빠지는 뱃놀이장의 다리였다. 가끔 자전거를 타고 시내에 들어갈 일이 있을 때면 일부러 위아래 둑길을 따라 돌아서 이들 다리를 건너곤 했다. 시원한 바람을 맞으며 볼 수 있는 풍성한 눈요깃감 때문이다. 생명이 또 다른 생명을 삼키고 내뱉고 돌려주는 자연 그대로의 풍경. 물결은 겹겹의 바람결을 빌어 어룽거리는 그림자에 살을 붙였다. 나는 그 모습을 물끄러미 내려다보며 일상의 피곤을 씻곤 했다. 나에게 개천은 마치 뇌 속의 실핏줄 같은 기억의 원류다. 어느 곳을 가든, 개천의 물길을 따라 많은 추억이 여울졌다.

아주 어렸을 적, 방학을 맞아 홀로 내려가는 고향의 시골길은 꿈길과 같았다. 조붓한 들길은 무지갯빛 동심과 어우러져 이윽고 갈래갈래 실개천과 도랑으로 이어졌다. 소년은 그 어떤 졸였던 감정이 가슴팍에서 피처럼 새어 나와 어느덧 그 개천에 풀어지는 걸 보았다. 때론 노래를 부르며 걷다가, 때론 달리다 뒤돌아보고는 자지러졌다. 꽉 차 있는 줄 알았던 세상이 텅 비어 있는 것이다. 소년을 호려 간을 빼려는 백여우 짓일까. 눈을 질끈 감았다 뜨면 산비탈에서 희끗거리는 머릿수건이 보였다. 그것은 산그늘을 따라 오르락내리락하다 사라졌다. 눈을 치켜뜨고 보니 어느새 산짐승을 내쫓고 개울을 건너는 할미였다. 소년은 두 손을 뻗쳐 할미에게 담쏙 안긴다. 할미의 젖가슴에선 배리착지근한 강낭콩 냄새가 풍겼다. 소년은 울컥 쏟아지는 설움으로 무너져 내린다. 그토록 안타깝고 서럽게 그린 대상이 바로 할미였을까. 그 할미 안에 도사리고 있는 무엇을 그린 것일까. 할미는 그 마음을 다 헤아리는 듯이 볼에 뺨을 비벼댔다. 그리고 요술을 부리듯이 뚝딱 풍성한 밥상을 차려 내왔다. 개다리소반에는 고봉 한 그릇의 보리밥과 갖가지 산나물이며 버섯과, 예외 없이 참게장이 올라왔다. 할미는 기다릴 것 없이 소년이 가져온 됫병의 소주를 막사발에 따라 목을 축였다. 그것이 그들, 할미와 손자가 방학이면 재회하는 방식이었으니까. 소년은 할미가 해주는 대로 참게 속살에 비빈 보리밥을 아귀아귀 먹었다. 그리고 나서야 겨우 할미의 수저를 살폈다. 할미는 빙긋 이쪽을 쳐다보곤 기어이 탄식을 흘렸다.

"워떠? 달달하고 시원하니 꿀맛이지? 그래도 여럿이 둘러앉아 먹어야 제격인디, 어째 이 기맥히고 좋은 걸 버리고⋯⋯."

그것은 종적 없이 세상을 등진 할아버지와 소년의 어미를 두고 하는 원망이었다. 소년이 머리통이 여물 무렵 알게 된 사실이다. 어미는 어느 해인가 지아비를 꼬드겨 서울로 도망갔다고 했다. 소년과 두 살 터울인 딸을 낳은 뒤, 모진 시집살이며 뼈 빠지는 농사를 참지 못한 탓이었다나. 그리고 몇 년 안 돼 오줌통이 결딴나 죽었다던가. 할미가 고약스럽게 말하는 병이란 뒤에 전해 듣기로 요독증 따위인 듯했다.

"이것이 왜 이렇게 맛있냐면, 민물과 바다를 오가는 '긔'니께 그런 거여. 제 몸땡이를 소금물로 절궜다 풀었다 하는⋯⋯. 사람도 그래야 쓰는 벱인디, 암. 맹탕 제 팔자를 모르고 아무 데나 나가면 쓸모는커녕 제명에도 못 살게 마련인 겨."

소년은 할미의 중얼거림을 아무려나 흘려들었다. 찌그러진 입매에서 흘려지듯 한 '긔'란 소리만이 귀에 걸렸다. 보통 어른들이 '그이'라고 부르는 게를 말하는 것이다. 그래도 할미가 일컫는 긔는 다른 것 같았다. 체로 거른듯 꼬들꼬들한 흙이 묻고 잔정과 한이 배어 있는 소리로 들렸다. 추수가 끝날 무렵 살진 긔들이 까맣게 개천을 덮었다든가. 그것들을 소년의 어미와 버선발로 뛰어나가 앞다퉈 잡았다고 했다. 할머니의 옛날이야기는 등잔불 아래서 한없이 이어졌다.

　이제 유년에서 한참 떠내려온 낯선 도시의 개천에 서 있다. 침침한 어둠 속에서 갑자기 불려나와 벌거벗겨진 기분이다. 나는 물결 속에 드러났다 사라지는 잔영을 어떻게든 끄집어내려 애썼다. 파삭– 피라미 떼들이 흩어진 곳에 잔 여울이 맴놀이 같은 파형을 만들어냈다. 나는 사무실에서 가져온 종이컵 안에 물을 조금 붓고 손가락으로 내용물을 휘저었다. 그리고 조심스럽게 컵을 기울여 점액질의 뿌연 체액을 물에 풀었다. 어떤 강압된 지시나 충동질에 그대로 따르듯이. 한껏 일어난 감각의 착란일까. 밤꽃 냄새가 개천을 뒤덮는 듯 진동했다.

　회사는 흡사 지반이 가라앉으며 한쪽으로 기울기 시작한 빌딩을 수천 마리의 개미가 떠받치고 있는 형국이었다. 업계의 선두를 다투던 때가 불과 삼사 년 전인데 급전직하로 곤두박질 친 상태. 그 자체로는 회생 불가능한 마당에 수많은 가입자를 미끼로 외국계 인수자를 찾고 있는 것이다.

　이야말로 사상누각이 아니고 무엇인가. 시장 바닥에 널린 화수분 같은 마그넷 화폐! 모두가 정신 나간 듯 빨려 들어가 그 자력에 옴쭉 못했다. 정부는 외환위기 후의 침체된 경제를 살린다고 부채질했고 기업은 기업대로 거저 주는 듯 뿌려댔으며 개인은 개인대로 신 나게 긁어댔다. 마구 뿌리고 마구 쓰다 보니 뿌리부터 너나없이 흔들리기 시작한 것이다. 내 처지 역시 그와 다름없었다. 나중에야 어떻게 되겠지 하며 그냥저냥 은행에 손을 벌렸다. 알량한 아파트 한 채를 담보로 아이 둘을 유학 보내기까지. 살림을 할 태생이 아니었던 아내를 처음부터 잘못 본 게 화근이었다. 이윽고 빚에 빚으로 고리에 고리를 엮고 다른 대책이 없다는 사실을 확인하고서야 아내와 나는 갈라섰다. 일단 연대채무라는 폭탄을 피하고 보자는 계산이었다. 무엇보다 내 자신의 목에 걸린 올가미부터 벗어버려야 했다. 승진을 앞뒀던 내가 굳이 이 전쟁터와 같은 지점 근무를 자청한 까닭이 거기 있었다.

나는 전산프로그램에 드러난 대로 직원들의 실적을 꼼꼼히 살폈다. 비교적 짧은 기간의 채무를 담당하는 단기 팀과 대개 1년 이상의 연체를 다루는 장기 팀, 그리고 특수 업무를 수행하는 별동대 등……. 매월 설정된 각 개인의 목표치를 얼마나 달성했나 보는 것이다. 각자의 실적은 또한 팀이며 지부의 실적으로 산정돼 본사에 올라갔다. 거기에 따라 인사이동이 이뤄지고 성과급이 지급됐다. 이곳은 지난 분기에 바닥을 기어 지부장까지 목이 잘릴 지경에 몰려 있었다. 사실 아무리 위세 당당해도 연말이면 쥐도 새도 모르게 사라지는 게 지부장들의 처지였다. 어차피 떠나야 할 처지이건만 1년이라도 더, 한 달이라도 더, 가능하다면 하루라도 더……. 살아보려고 발버둥치는 스트레스가 얼마나 심할까. 또한 그 몸부림은 고스란히 아래로 전해지기 마련이다. 연쇄적으로 내려가서 결국은 채무자들에 대한 발길질이 되리라.

그래프를 보니 어느 팀보다 별동대의 실적이 눈에 띄게 떨어져

있었다. 별동대란 속칭 특수업무팀으로, 악성 채권을 담당하는
쪽. 까다로운 일인 만큼 정예 요원이 맡았고 고위험인 만큼 수익
도 높았다. 아무래도 팀의 핵심 전력인 황의 영향이 큰 것으로 보
였다. 지난 연말에 포상을 받기까지 그는 매월 추심율이 70퍼센트
를 넘는 최고의 선수였다. 야구로 말하자면 5할 이상을 때리는 괴
력을 발휘한 셈. 그런데 두어 달 전부터 비실비실 대더니 이젠 아
예 혼이 빠진 모습이다.

지부장과 대판 붙은 게 결정적이다 싶었다. 그 뒤로 황은 땡볕
이 내리쬐는 옥상에 우두커니 서 있고는 했단다. 지부장은 아무래
도 놈이 이상하니 잘 관찰하라고 나에게 단단히 당부한 터였다.
드러내지는 않았지만 저러다 이 곳을 떠버릴까 두려워하는 눈치
가 역력했다. 뿐만 아니라 황에게 전과 경력이 있다는 사실까지
귀띔했다. 그게 도대체 어떤 일이었는지, 어디서 주워들었는지는
함구로 일관했다. 책임질지 모를 일이 생길까 지레 경계하며 만일
의 사태에 대비하려는 뜻일까. 놈이 갑자기 사표를 냈지만 받아들
이지 않겠다는 말도 슬며시 흘렸다. 아니, 사표를 낼 자격도 안 되
는 게 쇼를 했다고 극언했다. 황이 매월 월급의 반을 차압당하고
있는 마당이니 과연 그 말이 맞을 법도 했다. 지부장은 그래도 혹
시나, 하며 눈을 찡긋거리며 오금 박았다. 어떻게든 놈의 사의를
무마시키고 다시 뛰게 만들라는 주문이었다. 직원들 앞에서 황의
능력을 치켜세워주며 똥구멍을 간질여주던 때와 영 딴판으로. 어
쩌면 그렇게 표변할 수 있을까 소름이 끼칠 정도였다.

돌아보면 바로 눈앞에 벌어진 일처럼 생생했다. 외근을 하고 돌아오니 지부장은 핏대를 올리며 황을 조지고 있었다. 그동안 당근을 먹고 게을러진 모양이니 이제부터는 채찍 맛을 보라는 듯이. 대낮부터 된서리를 맞게 된 직원들은 책상에 코를 처박고 눈알만 굴렸다. 나 역시 지부장과 황 사이에 서서 머리를 굴려야 했다. 한편으로는 내가 못 드는 채찍을 지부장이 대신해주는 게 기꺼웠다. 그렇지만 또 한편으로는 황이 한심하게 여겨졌다. 내가 저를 옹호해준 만큼 한 번쯤 지부장을 물어뜯어주었으면 했기 때문이다. 지부장이 휘두르는 채찍에 나 또한 머리 뚜껑이 열릴 지경이었으니까. 그래도 당분간은 질기게 버티며 지내야 할 형편인데 누가 누구를 봐주고 말 게 실상은 없다.

"야, 이 한심한 놈아! 그렇게 할 일 없어? 엉뚱한 짓이나 하고……."

"……."

"그런 쓰레기들한테 무슨 얼어 죽을 동정이라고. 도대체 왜 그랬던 거야? 왜 그렇게까지 된장이나 풀고 다녔냐고!"

황은 끝내 입을 열지 않았다. 시위인지 체념인지 가늠할 수 없는 태도였다.

"말을 해봐! 말을! 별동대 업무가 도대체 뭐냐고? 어떻게든 값이 될 만한 재활용 쓰레기를 잘 처리하라는 거 아냐. 누가 네 멋대로 나누고 불 싸질러버리라 그래?"

이글거리는 지부장의 눈빛이 돌연 이쪽으로 돌려졌다.

"한 부장인지 두 부장인지, 이봐! 언제부터 별동대가 빵끼칠이나 하기 시작했어?"

"……."

"파일에 왜 딱지 붙였냐고? 이, 이거 당신하고 짜고 한 짓이야, 아니면 대신 콧구멍 후벼준 거야?"

지부장은 움켜쥐고 있던 서류뭉치를 테이블에 패대기쳤다. 눈에 들어온 대로 붉은 포스트잇과 부전지가 붙은 것들이었다. 뺨이라도 한 대 맞은 것처럼 얼얼한 상태에서도 나는 사태를 알아차렸다. 황이 악전고투하며 다루다 상각손실 쪽으로 젖혀놓은 파일 때문 아닌가. 물론 내가 모른 척하고 넘어갔던, 아니 일부러라도 알려고 하지 않았던 사항이었다. 알아봤자 골치 아프고 나중에 책임지기도 어려우니까. 도저히 해결할 수 없는 지경에서 폐기 처리와 마찬가지로 시간에 묻어버린 것. 지부장의 결재를 받지 않았으니 직무유기라 해도 할 말이 없었다.

"이 썩다리들! 야, 임마. 너 정신이 있어 없어? 도대체 어디다 혼을 팔고 다니는 거냐고!"

황이 움직인 건 그때였다.

"우이 씨!"

쾅!

황은 외마디를 내지르고 지부장 앞에 있는 테이블을 주먹으로 냅다 내리쳤다. 그리고는 뚜벅뚜벅 사무실 문밖으로 나갔다. 한바탕 소동 뒤에 사무실은 눅진한 침묵으로 빠져들었다. 점점 꺼져

들어가며 소용돌이치는 늪과 같은. 그날 오후 내내 아무도 숨을 쉰 사람은 없었을 듯싶었다. 황은 그때 처음으로 옥상에 올라가 몇 시간 동안 땡볕에 서 있었던 모양이었다.

어디서부터, 무엇이 잘못됐는지 나는 직감했다. 그래도 입 밖에 내놓을 일이 아니었다. 다만 고공의 곡예를 하다가 떨어진 황의 심경에 잔뜩 신경이 쓰였다. 지부장의 얘기가 아니라도 내가 살려면 황을 달래야 했다. 나는 뭉개진 황의 표정과 함께 귓가의 환청을 떨쳐내며 전산 화면으로 눈을 돌렸다. 대환론 심사에 맞춰 올리도록 한 시재가 떴다. 역시 바닥이 훤히 드러난 꼴이다.

추수가 끝나고 들녘의 허수아비가 시린 어깻죽지를 끄덕거릴 즈음. 바람 탄 개울은 오히려 빠각빠각 부풀기 시작한다. 이제나 저제나 둑 너머를 엿보던 이들은 마치 가을운동회에서 달리기에 나선 듯 그리로 뛰어간다. 잡는 게 아니라 그저 주워 담으면 그만인 참게 잡이 경주다. 바다에서 올라온 놈들이 봄여름 내 개울 구석구석에서 살을 찌워 토실토실하다. 도톰하게 알을 밴 암컷들이 산란처를 찾아 다시 바다로 내려가는 계절. 이맘때면 너나없이 좁은 물길에 싸릿대로 엮은 통발을 놓거나 이엉을 덮어 만든 게막을 치고 개울에 들어앉았다. 혹은 관솔불을 밝히며, 몰려드는 게를 주워 담느라 어른, 아이 할 것 없이 밤새 닥다글거렸다. 그와 동시에 마을은 온통 간장 냄새로 절어 들었다. 잡아온 참게로 곧바로 참게장을 담그는 것이다. 토실토실한 참게를 잘 씻어 독에 넣고 간장을 넣은 다음, 며칠 후 간장만 퍼내 가마솥에 달인 후 다시 마늘이며 생강 따위와 함께 붓는다. 그리고 다시 꺼내 달인 다음 붓고, 이러길 예닐곱 번씩 하면 점점 게장이 익어간다. 그 옛날 소년은 장독대 주변을 맴돌며 달착지근한 냄새를 즐겨 맡았다.

소년이 기억하는 그 가을은 또한 산막의 그늘 같은 계절이었다. 그 어두운 그늘은 이부자리에까지 늘어져 누린 흔적을 남기기도 했다. 청계천 변의 시장에서 옷감 재단을 하며 근근이 살림을 꾸려 나가던 아버지가 새장가를 들었다. 그리하여 남매 중 위쪽인 소년을 떼어놓으려 한 것이다. 소년이 이제 어른들의 세상을 훤히 알기 시작한 초등학교 6학년 때 일이었다. 소년은 그 가을, 달랑 책가방만 꾸려 시골로 내려와야 했다. 마을에 참게 잡이가 한창인 바로 그때, 소년도 그나마 개울에 발을 담그고 서글픔을 잊어야 했다. 보름달 빛이 뒷방의 창호지를 푸르게 물들일 때면 으드득 으드득, 가볍게 뼈를 으스러뜨리는 소리가 들려왔다. 대청마루에 걸터앉은 할미가 게장의 삭지 않은 집게발을 씹어대는 것이다. 낮의 냄새와 달리 비릿한 냄새가 진동했다. 그럴 때면, 할미가 아니라 수달이나 오소리 같은 짐승으로 여겨졌다. 수천 마리 참게를 잡아먹은 수달이 도깨비가 돼 방문의 문고리를 잡아당기는 듯했다.

할미는 이쪽이 아직 잠들지 않은 낌새를 눈치채고 이야기를 이어갔다.

"늬 할아비는 말이다……. 그러니께…… 거 뭐냐……. 왜정 때, 이곳이 원래 고향이었던 할아비의 아비 손에 이끌려 만주로 떠나갔지. 왜놈들이 내선일체라며 제 나라 사람들을 끌어들이기 시작하면서부터였던 겨. 그렇지만 늬도 핵교서 배웠겠지? 거기가 옛날 고려 짝부터 우리 땅이었다지 않느냐. 말허자면 늬 할아비의 할아비, 그 더 웃적 할아비로 대대로 올라가면 그렇다는 얘기여. 하늘 같고 바다같이 넓은 땅댕이가 그곳이라니. 늬 할아비의 웃어른들은 거기 쓸다리 읎는 땅을 일궈 사람들을 불러 모았다지. 그래 해방을 맞던 해 겨울, 늬 할아비는 고향에 남았던 나머지 일가를 마저 데려 가려 이곳에 잠깐 온 겨. 그러다 남북이 갈라지고 즌쟁 터지는 통에 여기 혼자 남게 된 거라……."

할미의 옛날이야기를 종잡을 수 없었다. 창호지에 비친 푸른 달빛에 어른거리는 그림자가 무섭기만 할 뿐. 소년은 홑이불을 코끝까지 끌어당겼다.

"내 이제사 말이다만, 내는 말이다 참말루, 늬 할아비가 즘부텀 홀몸으로 내려온 줄 알았더니라. 아녈 말루 나중에 얘기만 제대로 했어두 누가 시비할 것도 아닌디……."

그게 무슨 뜻인지 소년은 한참 커서야 알 수 있었다. 할아버지가 중국의 관광객으로 가서 객사를 했다는 그 대목. 중국으로의 여행이 한창이고 북한에 있는 피붙이며 친척들과의 만남이 은밀히 이뤄지기 시작하던 때였다. 할아버지는 무슨 까닭인지 당신의 마지막 재산인 예금통장까지 해약해서 홀쩍 사라졌던 것. 할미의 한은 그리하여 분으로 바뀌었을 법했다. 그야 나중에 소년이 성인이 되고 나서야 확신한 사실이다. 아무것도 모르는 소년은 낮게 달빛이 부서져 들어오는 문지방 사이로 할미의 모습을 살피곤 했다. 할미가 그토록 좋아하는 그를 너무 많이 먹은 탓일까. 그래서 정말 긔 귀신이라도 들러붙은 것일까. 마루에 양손을 짚고 납작 엎어지다시피 달을 쳐다보는 그 모습은 정말 거대한 '왕긔'같이 보였다. 아니, 개울에서 썩은 물고기며 개구리, 뱀 사체를 먹고 백 년 묵은 긔일지 모른다. 죽음의 냄새가 솔솔 새어드는 듯해 코를 싸매야 했다.

"자는 겨?"

할미는 나지막이 불렀다. 소년은 실눈을 뜨고 침을 꼴깍 삼켰다.

"이 할미는 죽을 때가 되면 짠물로 갈란다."

무슨 말씀일까? 돌아가서도 바다로 나가 긔를 드시겠다는 걸까. 아니면…… 미안하시니까, 죽어서는 긔의 밥이 되시겠다는 말일까. 그렇게 뜯어먹힌 살로 바다에 묻히시겠다는 뜻인가. 달빛에 비친 할미의 은비녀가 게의 더듬이처럼 번쩍였다. 소년은 터질 듯한 오줌보를 쥐어 잡고 할미 몰래 뒷문 아래 댓돌로 내려섰다. 싸리 울타리를 따라 졸졸졸 흐르는 계곡 물소리가 싸늘하게 몸뚱이를 휘감았다.

황과 나는 중국집에서 배갈 몇 병을 들이켠 후 다리 난간에 비스듬히 걸터앉았다. 소주 한 병을 더 챙겨 들고 뭔가 기어코 담판을 짓겠다는 식으로. 지부장의 주문대로 나는 어떻게든 그에게 사직의 이유를 떠보고 막아야 하는 처지였다. 이제 막 지상의 어둠이 솜 뭉텅이처럼 가뭇가뭇 개울에 풀어지고 있다. 난데없이 긔가 살아 올라오는 걸까. 뭔가 거꾸로 기어오는 듯이 눈을 어지럽게 했다. 할미의 망령일까.

'가을에도 얄궂게 비가 올 때가 있자녀. 그때 그이막 앞에 하얀 차돌을 깔아. 그러면 검은 것이 붕붕 떠오는 거여. 그렇다고 긔가 그냥 더퍽더퍽 오냐면 그것도 아녀. 의심을 겁나게 해서 찬찬히 내려오다가, 인기척을 알고 착 가라앉기도 하구 워떤 놈은 도로 올라가는 것도 있지. 그이막으로 올라가 돌아다니는 놈도 허다하니, 하여간 푸짐했어. 늬 물도깨비 들어봤간? 그이막을 치면 밀게 떡이라도 해놓고 제를 지내야지. 안 지내면 도깨비가 심술을 부린다는 겨. 오츠케 심술을 부리냐? 긔 잡는 저그 우에서 소똥을 잔뜩 집어다 떠내려 보내는 겨. 냇가시에 소를 많이 놔 길렀잖여. 그러니께 아래선 소똥을 긔인 줄 알고 얼릉 잡잖여. 밤새 소똥만 치우니께 환장하는 겨.'

한동안 어릴 적 개울에 대한 추억담이 오갔다. 황은 고집스럽게 개천과 개울을 구별해 썼다. 도회지의 물길이 개천이고 시골의 물길이 진짜 개울이며 또 다른 이름으로 시내라고 했다. 서로 다른 기억의 물줄기는 굽이굽이 엮이고 풀어지기를 반복하며 강을 이뤄갔다. 그는 장마 때면 둑이 무너질까 조마조마하게 보낸 개천 변의 게딱지 같은 집 이야기를 들려줬다. 나는 구들장을 흔드는 개울 물소리로 잠자리를 설치던 시골 초가를 어두운 기억에서 쓸쓸히 끌어냈다.

"이 개천도……."

"이 개울은……."

뭔가 말꼬리를 이으려고 거의 같이 내지른 소리였다. 아직도 각자의 개울을 거슬러 올라가고 있었던 셈이다. 두 사람의 서로 다른 상념이 잠깐 꼬였다 풀어졌다. 현실을 일깨우려는 듯 왜가리 몇 마리가 꽥꽥거리며 개울 한쪽으로 날아들어 먹이 사냥을 하기 시작했다.

"지긋지긋하게 못난 인간들을 끌어들이고 목줄을 죄고 있네요."

"무슨 얘기지?"

"그전에 말 안 했어요? 개천 사람들! 개같이 천한 사람들!"

그의 말투가 아무래도 야릇한 원망의 기색으로 들렸다. 그가 맡은 지역은 바로 개천 변을 따라 양쪽으로 올망졸망 남아 있는 낡은 주택가였다. 아파트 군락이 도심 안쪽과 구릉지의 신시가지를 중심으로 버짐처럼 들어오다 멈춰선 곳. 여기에 이 도시의 빈민가와 유곽이며 고물상 따위 폐기물 처리장들이 그 나름대로의 완고한 세력으로 자리 잡고 있는 것이다.

"미안하네. 자네 능력을 믿고 거길 떼준 것이……."

"뭐, 상관없어요. 이 바닥 일이란 게 그런 거 아닙니까. 지부장 말마따나 쓰레기 분리수거 하는 짓! 그렇지만……."

그 악성파일들에 대한 말이겠다. 지난해 그는 전임자가 '회수 불가능'으로 판정한 파일 다섯 개를 퍼펙트하게 처리했다. 그것도 모두 사망자 관련 건들이었다. 그야말로 짐승같이 무서운 집착과 저돌적인 공격의 결과였을 것이다. 그런데 올해 들어 왜 발굽이 빠져 비실거렸던가. 나는 막장에 몰린 황이 까뒤집어낼 사실에 긴장했다. 내가 끝내 모른 척하려 했던 그 파일.

"정말 더러운 일이었어요. 어떻게든 피하려고 했지만⋯⋯."

그가 고백한 문제의 채무자는 서른두 살짜리 미혼의 택배 직원이었다. 카드 대금 1,800만 원을 15개월 연체 중으로 이미 망자인 상태. 오토바이를 타고 다리의 난간을 들이받아 사망한 탓에 어디서도 보상금을 받지 못한 것으로 파악됐다. 전임자는 이사한 가족의 사글셋집을 겨우 찾아냈다가 며칠을 잠복근무하며 그 어머니를 겨우 만났다고 한 적이 있다. 이후에도 망자의 여동생까지 몇 번 만났으나 속수무책이었다는 보고를 남기고 파일을 방치했었다. 파일을 넘겨받은 황은 염렵하게 공략했다. 오토바이는 다리를 박은 게 아니라 택시와 정면충돌했다는 사실이 밝혀졌다. 경찰서 민원실을 통해 채무자의 정확한 교통사고 진상을 확인하고 그 가족이 택시조합으로부터 합의금을 받은 사실까지 파악한 것. 결국 황은 그 어머니를 압박해 전액 현금을 받아냈었다. 바로 그게 문제인 모양이었다.

"그거야 깨끗이 처리된 파일 아냐?"

황은 마지막 술잔을 털어 넣고 손을 내저었다.

"그게 애당초 그렇게 처리될 일이 아니었던 겁니다! 나중에 알고 보니 전임자였던 정이란 놈이⋯⋯."

황은 격앙된 목소리로 손을 내젓다가 기우뚱거렸다. 자칫 다리 아래로 떨어질 듯한 상황에서 나는 그의 팔을 낚아챘다. 그 서슬에 그가 내뱉은 말의 중동이 잘렸다. 죽은, 그것도 죽어 오래된 망자의 빚을 받아낸다는 일이 새삼스러울 건 없다. 그렇다면 무엇이 그를 저토록 불안하게 하는 것일까. 아무래도 더 이상 말문을 열 것 같진 않았다. 그는 지금 사산을 한 탯줄 같은 이 도시의 끈끈한 물줄기를 저주하고 있는지 모른다. 언젠가 그는 자신이 어렸을 적 두려워했던 서울의 한 개천이 이젠 구청과 고층아파트업자의 힘을 빌려 돈을 처바른 금천(金川)이 됐다며 놀라워했다. 그리고 거기 벌레 알처럼 빌붙어 있던 무허가 벽돌집과 판자촌이 쫓겨날 처지에 몰려 있다는 것. 개천 맞은편 주상복합단지 주민들과 생존권 투쟁을 벌이고 있다는 얘기를 무슨 전설처럼 내비쳤었다. 지부장이 내게 귀띔한 그의 전과란 그 와중에 벌어졌던 폭력사건과 연관된 듯싶었다. 황은 혹시 망자의 빚을 잘못 받아낸 자책을 부풀려 이 도시의 개천도 금천이 되기를 꿈꾸고 있는 것일까. 그렇게 이 도시를 훌쩍 떠나고 싶어하는지 모른다. 그때야 나는 참았던 궁금증을 끄집어낼 수 있었다. 요즘 부쩍 걱정이 되는 그의 얼빠진 행동에 대한 것.

"요즘도 옥상이나 길에서 해바라기를 하는 모양이던데……."

"으음. 부장님도 내가 어떻게 된 줄 아나 보죠?"

"아니 뭐……. 스트레스 때문에 심호흡하는 줄 알겠지만."

나는 둘러대면서도 신경을 곤두세웠다.

"내 그림자가 잘 있나 보는 거죠. 흐흐흐."

황이 놀리듯 목소리를 깔았다.

"얼마 전에 읽은 건데요. 『그림자를 판 사나이』라는 책에서……. 슐레밀이란 작자가 금화를 만드는 주머니를 얻으려고 그림자를 팔아요. 그러고 보니 내가 꼭 그런 인간 같아서……."

그럴듯한 얘기였다. 일벌레인 줄만 알았더니 책을 읽다니! 게다가 자기 넋이 빠진 게 아닐지 가끔 살펴본다는 게 아닌가. 소문처럼 그가 정신 나간 건 아니라는 판단이 들었다. 그림자야 팔아먹었는지 모르지만.

시시각각 어둠이 깔리며 이제 개천 인근의 가로등 빛이 물결 위에 바늘을 만들고 있다. 백로의 날개가 마치 검은 도화지에 본을 떠 오려낸 듯 희뿌연 음각으로 빗겨 있다. 가만히 일어서 허리를 굽혀 보니, 꿈틀꿈틀 기어 오는 주먹만 한 형체들. 나는 머리를 흔들었다. 그러나 여전히 꿈틀거리며 올라오는 그것, 제법 큰 피라미의 대가리 같기도 하고, 부서진 달빛 같기도 하고, 가물거리는 의식의 끝자락 같기도 했다. 두려움에 떨며 오줌보를 터뜨렸던 어릴 적 기억대로, 나는 다리의 난간 사이로 오줌을 내리갈겼다. 어느새 다가온 황의 오줌발이 내 것과 'X' 자를 그으며 더욱 높게 허공에 뿌려졌다.

"부장님이야말로 짐 쌀 때 되지 않았습니까?"

"무슨 말인가?"

"아, 소문 다 알고 있어요. 부장님 시골이란 데 말예요. 일전에 수도 이전한다는 바람에 벼락같이 오른 바로 그 외곽 지대라고. 똥값이나 다름없던 땅값이 금값이 되고, 개천이 금천이 됐다던 데……."

제길! 나는 속으로 욕을 내질렀다. 아주 오래전 실없던 땅 몇 뙈기를 팔아 서울 살림 차렸던 아버지의 인생 유전이 새삼 원망스러웠다. 아버지는 이제 새엄마라는 여자에게서 내쫓겨 여기저기 전전하는 신세였다. 그 아버지와 마찬가지로 나 역시 이곳 개천 변에서 유예된 삶을 살고 있는 줄 누가 알까.

참게가 시골의 개울에서 자취를 감추기 시작한 건 내가 대학을 졸업하고 직장생활을 한 지 네댓 해가 지난 즈음이었다. 나는 이미 성인이 돼 독립된 생활을 하고 있었다. 할미를 떠났고 참게 맛을 되새길 염이 없었다. 그러다 할미가 위급하다는 연락을 받고 허겁지겁 시골로 내려가서야 개울의 반란을 전해들은 것이다. 아버지가 댓바람에 얼굴만 삐쭉 내밀고 다녀간 연후였다. 할미의 쪼글쪼글한 안면 근육에 겨우 매달려 있는 눈알이 금방이라도 떨어질 듯했다. 가래에 고약한 비린내가 나고 피가 섞여 나와 병원에 모시고 가니 늑막염이라고 했다. 수십 마리의 폐디스토마가 할미의 허파를 갉아 먹고 있었던 것이다. 콧구멍에다 호수를 끼고 누런 코 같은 복수를 빼내는 데 꼬박 일주일이 걸렸다. 같은 마을 노인 몇이 비슷한 증세로 치료를 받으며 보건소에서 역학 조사도 벌였다. 금강 하구둑이 생기며 바다로 돌아가지 못한 게들이 문제일지 모른다고 했다. 누구는 청양장에 흘러든 외지의 가짜 참게들 때문이라고 설명했다. 그러나 뻔히 짐작되는 일이었다. 참게들이 강 하구에 콘크리트 장벽을 넘을 수 없는 노릇일 테니까. 돌아갈 곳을 잃은 참게에게 병이 난 것도 당연한 일이 아니었던가. 할미의 얼굴은 망가질 대로 망가져 그야말로 게딱지를 뒤집어쓴 형상이었다.

"늬 어릴 적 등잔불 밑에서 긔장 먹던 기억나냐?"

"암요. 껍데기 안에 가득 차 있던 번지르르한 노란 알 덩이들을 닥닥 긁어 밥에 얹어주셨는데……. 지금도 군침이 도네요."

"그러니께 이 할미가 쇠주 들이키며 떠든 얘기도 기억하겠구면?"

"……."

"이제 텄어. 죽을 때가 되면 냇가를 따라 바다로 가겠다고……. 이 할미 태어난 곳으로 가보겠다고 했더니, 인저 그만인 겨! 갈 길이 콩그리 뚝방으로 막혔는디."

사람을 안다는 게 얼마나 우스꽝스러운 일인가. 그때까지 나는 할미의 고향이 당연히 그곳 개울가 어디쯤이거나 산비탈 어디쯤으로 알았으니까. 할미가 태어난 곳은 뜻밖에 어느 작은 섬마을 갯물이라고 했다. 할미의 어미가 만삭의 몸으로 갯일을 나갔다가 애를 떨궜다던가. 할아버지의 아비가 만주에서 늑대를 때려잡았다는 믿거나 말거나 얘기였다. 그러고 보면 할미는 할아버지를 잊은 게 틀림없었다. 아예 일부러 기억에서도 지웠는지 모른다. 할

106

아버지가 제 갈 곳으로 갔듯이 할미 역시 기어코 태어난 곳으로
돌아가려는 것이겠지.

"할머니! 그래도 돌아가는 길이 있을 거예요."

내가 할 수 있는 위로의 말은 그뿐이었다. 할미의 비린 숨결에
선 죽음의 기운이 풍겼다. 할미의 조글조글한 눈가에 달려 있던
노란 눈곱이 게의 눈물처럼 흘러내렸다. 할미는 어쩔 수 없는 시
간의 방죽에서 안절부절못하는 내 속마음을 눈치챘을 것이다.


I가 죽었다. 시신은 안개 낀 개천의 맨 아래쪽, 호반으로 빠지는
뱃놀이장 다리 밑에서 발견됐다. 널브러진 시신 주변의 자잘한 병
들로 보아 음독인 모양이었다. 월요일 아침, 출근하자마자 경찰의
연락을 받고 지부장과 나가 보니 그 알바가 맞았다. 접근금지의
빨간 나일론 줄이 쳐 있는 모양이 물에서 건져 올린 사체 그대로
였다. 머리를 개울 쪽으로 한 자세가 허겁지겁 물을 들이키려 한
자취로도 보였다.

지부장의 얼굴은 잔뜩 일그러져 있었다. 그러고 보니 I는 여직
원의 정복 차림이었다. 아마 퇴근하며 갱의실에 벗어둔 한 여직원
의 정복을 바꿔 입었던 모양이다. 지난 토요일 황과 다시 사무실
에 되돌아온 후 그녀는 내내 앞쪽 책상에 엎어져 있었다. 나 역시
기진맥진한 상태로 일상의 궤도를 지나쳐 플라이바이를 했
고……. 주홍색 마블링 무늬가 어른거렸다. 이런 일이! 얼굴에 불
덩이가 들러붙고 앞이 깜깜했다. 등골에 진땀이 나고 다리가 후들

후들 떨렸다. 눈앞에 시신이 시신 같질 않고 그냥 그때의 자세를 달리한 모습 같았으니. 수사관 한 사람이 지부장과 나를 잡아끌어 반대쪽으로 세웠다.

'정성만을…….' 그녀가 교각에 분필로 써놓은 글씨. 지부장이 움찔 놀라며 신음을 터뜨렸다. 정성만이라면, 이전에 개천 변을 담당하던 그가 아닌가. 황에게 마지막 악성파일을 넘기고 그만둔 작자. 영락없이 너구리 탈을 쓰고 다니는 듯한 모습이 어른거렸다. 그의 이름이 이제 지하계로부터 호명된 것이다. 분필로 몇 자 갈겨진 그의 죄목이 희끄무레하게 보였다. 정성만이 남겼던 파일의 주인공이 바로 I의 오빠였다는 사실이 곧 드러났다. 질질 끌던 카드 연체를 내팽개쳐두고 끝내 제 몸뚱이를 저승에 배달한 고약한 채무자. 아, 그런 일이! 나는 직감했다. 술에 취해 '짐승 같은, 짐승 같은…….' 하며 전임자에게 퍼붓던 황의 비명이 뒤미처 고막을 할퀼 듯했다. 짐승 같은 그놈이 올가미에 걸린 여자에게 또 그 짓을 하고 튄 것이다. 만약 황이 전산자료의 메모에서 조금이라도 그런 냄새를 맡았다면, 혹은 적어도 전임자의 비리에 대한 지부장의 언질만 있었어도 추심 작업을 중지했을 것이다. 황이 뒤늦게 망자의 어머니에게 기술적으로 돈을 받아낸 것은 이 업계의 관행상 나무랄 바 없다. 그러나 그 이전에 날강도에 의해 그 어머니의 딸이 받았을 수치며, 이중의 배신감, 분노가 얼마나 컸을까. 그렇다고 어디에다 대놓고 말하거나 하소연 할 방도도 없이.

지부장은 갈고리로 찍듯 내게 물었다.

"쟤 아비가 몇 해 전에 죽었다고 하지 않았어?"

"주민등록상 아버지가 없었고, 알바라서 별 관심 없이⋯⋯."

"이거 봐! 오빠라잖아. 오빠가 죽었던 거야. 거 말야, 쟤 아비는 노름에 빠져 어디 나뒹굴고 있는지도 모르고. 내가 조심하라고 했지? 저거⋯⋯ 지 오빠 빚을 몸으로 때우려다 안 되니 이놈 저놈 쑤시러 들어왔던 거야. 채용할 때 진작 확인을 했어야지! 별 미친년 때문에 골 좀 썩겠어."

사이렌을 울리며 구급차가 다리 이쪽으로 건너오자 개천의 백로 몇 마리가 훌쩍 날아올랐다. 그중 한 마리의 긴 부리에 퍼덕이는 물고기가 물려 있었다. 맨눈으로 처음 보는 삶과 죽음의 갈마듦이다.

다리 아래까지 내려와 구경하던 한 여자가 옆 사람에게 소곤거리는 소리가 들렸다.

"글쎄, 저 여자가 남부교회 심 권사 딸이라지 뭐야? 거기 목사도 불려온 모양인데⋯⋯."

"지난번 권사로 취임하며 동네방네 자랑한 그 푼수 여자 말야?"

"누가 아니래, 원 망측한 일도!"

"왜, 아직 코빼기도 안 비친대?"

"밖으로 성지순례 갔다지 뭐야."

나는 등골이 빠진 것처럼 가까스로 서 있었다. 어차피 그녀는 자기 목적이 아니었어도, 누군가 뒤를 밟아 숨을 끊어놓아 죽지 않았을까. 바로 이다음 차례가 내가 아니라고 할 수 없듯이. 그래, 당신이 죽인 거야! 어느새 악마의 낄낄거리는 비웃음이 귓속을 파고들었다.

둑 위에서는 황이 다른 구경꾼들 사이에서 이쪽을 내려다보고 있었다. 그는 사태가 이 지경에 이를 줄 이미 알고 있지 않았던가. 희미하게 서 있는 그의 모습이 실재가 아닌 다른 존재의 그림자로 보였다. 막 중천을 밝히는 햇빛으로 부스스 일어난 바로 그런 물 그림자와도 같이.

고인돌의 부름

그를 처음 만난 곳은 베드타운이라 일컬어지던 광명시의 한 아파트에서였다. 하기야 처음엔 그보다 그의 껍데기를 먼저 보았다고 하는 게 맞겠다. 쪼그라든 알몸뚱이가 빠져나간 키틴질의 껍데기 같은 것. 그는 내놓은 아파트의 열쇠를 부동산에 맡기고 나다니는 모양이었다. 부동산중개사의 어디를 보아도 믿을 구석이 없었는데, 임대아파트를 팔려는 그는 더 의심쩍었다. 나는 계단을 뒤따라 오르며 경계심을 떨치지 못했다.

　중개업자는 뒤따르는 사람은 안중에 없다는 듯이 연신 담배를 피워댔다. 갑자기 화투장을 놓게 된 불편한 심기 때문일까. 이제 막 중개사니 컨설턴트니 하는 그럴싸한 직함이 통용되기 시작한 때였다. 수도권의 아파트들이 봇물처럼 쏟아지며 부동산업도 활황이라 자격을 따려는 이들도 줄을 섰다.

　"새살림 차리는군요. 마침 한 달 전부터 신혼부부를 위해 남겨둔 집이 있는데……."

그게 아니라고 말할 계제가 아니었다.

"임대라니 얼핏 감이 오지 않는데요."

"그래도 13평이면 무슨 일을 하고도 남을 겁니다. 허허허."

'무슨 일을 하고'라니. 손님을 기다리게 한 미안함을 그렇게 너스레로 돌리려 했지만 그건 오히려 모욕으로 들렸다.

"정말 생뚱맞은 데까지 쫓겨 왔군."

애당초 서울을 떠나려 한 게 잘못이면 잘못이지. 아내는 수도권 학교에 근무하면서도 장거리 출퇴근을 그렇게 힘들어하지 않았다. 그런데 조금 더 넓은 집으로 가자고 들썩거리다 사달이 난 것이다. 서로가 경쟁적으로 남의 집들이를 몇 번 다녀온 후였다. 그런데 벌써 두 번의 셋집을 전전하며 살림만 축났고 이사 노이로제에 걸리다시피 했다. 결국 이번에도 제 꾀에 제가 넘어갈 공산이 컸다. 가정의 울타리란 게 결국은 이런 성가신 절차를 거치며 만들어지는 것일까.

중개업자는 이쪽의 불편한 심기를 눈치챈 듯 뜻밖의 정보를 던져주었다.

"여기 살던 장 박사는…… 거, 무슨 천체물리학을 연구하는 분이라는데 곧 미국에 교환교수로 간답디다."

집주인이 누구니까 믿어도 된다는 뜻이었다.

"그런 집이 여태 안 팔리고 있었다니요."

아내는 금방 반색하며 그런 영광된 물림이 어떻게 우리에게까지 왔느냐는 식의 속내를 드러냈다. 아닌 게 아니라 '천·체·물·리·학'이란 각 분절음은 희한하게 내 쪽에도 반짝이는 의미로 전해졌다. 거래를 잘하려면 무릇 그런 빛나는 상징어를 유효적절히 구사할 일이리라. 나는 빠른 기분 전환을 느끼며 다시 임대아파트의 개념을 물었다.

"걱정 마십쇼. 후년 가을에 임대기간이 만료되면 고스란히 소유권 이전 등기를 받을 수 있으니까. 그때쯤이면 다락같이 오를 겝니다."

오르면 얼마나 오를 것이며 득을 보면 또 얼마나 보랴. 하지만 아내와 중개업자는 벌써 좋은 쪽으로 각자의 속셈을 마친 듯 쑥덕거렸다. 지금은 전세값에 거래하지만 일단 제집으로 분양을 받으면 시세 차를 톡톡히 볼 수 있다는 것이다. 그저 앞당겨 '내 집'을 가질 수 있다는 계산이 구미를 당겼다.

물론 그렇게 두드려 확인한 정보라야 애초 천체물리학자의 등장에 비견할 무게는 아니었다. 그러한 천체물리학자가 혼자 살고 있다? 나는 호기심으로 집안을 일별했다. 무엇보다 거실에 있는 철제 책상과 그 위의 금빛 휘황한 지구본이 부조화해 보였다. 부엌의 벽 쪽에 걸린 여러 스테인리스 칼과 조리기구들도 전시용 같았다. 거실 겸 방으로 사용하기 위한 덧문은 차라리 없는 게 좋을 듯싶었고, 화장실로 가서는 번듯한 욕조가 없다는 사실이 마음에 걸렸다. 보통 그게 있어야 아파트라 생각했기 때문이다. 겨우 움직일 만한 공간에 동글납작한 좌변기는 임대 13평의 한계를 고스란히 드러내주었다. 아내의 얼굴엔 잠깐 낭패의 빛이 어렸다. 이전에는 셋집에 살아도 책상과 책장이 들어갈 창고 같은 방만큼은 확보하고 살았기에 더 그랬다.

"생각보다 넓어도……."

아내의 촌평은 중개업자의 허세로 금방 가로막혔다.

"이만한 데서 사글세까지 놓고 사는 집을 보시면 기겁하시겠네. 허허허."

끝으로 안방 문을 열어본 순간 어떻게 그 현장이 하나의 사건으로, 그러니까 무슨 불상사의 흔적처럼 비쳐졌는지 알 수 없다. 침대에서 홑이불이 흘러내려 총 맞은 짐승의 내장처럼 나뒹구는 꼴이며 이것저것이 눈에 거슬렸다. 방 한 가운데는 걸리버가 신었을 법한 신발 모양의 붕붕카가 가만히 있다. 이제 한참 귀엽고 짓궂은 개구쟁이가 발을 구르며 쌩쌩 내달렸을 파란 앉은뱅이 차. 그것은 반쯤 열려진 호마이카장과 문갑 위에 삐뚜름하게 놓인 텔레비전 수상기와 마찬가지로 아무렇게나 방치돼 있었다. 영락없이 주인을 잃은 형상이 아닌가! 아무래도 썩 좋지 않은 느낌이었다.

그의 껍질은 그렇게 언짢게 물림됐다. 껍질만은 확실히 곤충의 번데기나 파충류가 벗었음 직한 불투명의 자취였다. 이미 간파했지만 붕붕카는 그런 따위의 음울한 흔적과 다름 아니었다. 그 집은 부부간의 별거로 말미암아 비워 있었던 것이다. 중도금을 치른 후에서야 중개업자는 그런 귀띔을 해주었다. 주인은 한동안 밖에서 전전하는 중이라 했다. 짐작건대 그런 이유로 팔리지 않던 집

이었고 중개업자는 물정 모르는 우리를 그 불운의 그림자에 잡아
넣은 모양이었다. 그 해체된 가정의 그림자로 들어간다는 사실이
얼마나 께름칙한 일인가. 그런 줄 모르는 아내는 그저 천체물리학
자의 후광만을 염두에 두는 듯 보였다. 다른 사람의 행복과 불행
에 관한 여자의 직감이 남자의 것보다 뛰어나다는 속설은 믿을 바
가 아니다.

그런데 이삿날에야 겨우 나타난 그림자의 주인은 간단한 인사
뒤 도대체 아무런 말이 없었다. 뭔가 하자가 있는 물건을 넘기는
입장에서 미안한 기색이라도 보여야 당연한 게 아닌가. 그의 이삿
짐이 놀랍게도 바로 5층으로 옮겨질 때에야 나는 그의 심드렁함
을 이해했다. 그는 '떠나마' 하고 작별을 고한 뒤 금방 되돌아온
객과 같은 처지였다.

"마침 이 동 위층에 사글셋방이 나서 계속 얼씬거리며 살게 됐
습니다."

"그럼 식구들은 벌써 미국으로 보내셨나 보군요."

중개업자의 '교환교수 운운'한 것을 고스란히 믿었던 아내의 아
는 체였다. 그러자 그는 얼뜬 표정으로 고개를 갸우뚱했다. 그 모
습이 어쩌면 그렇게 우화적으로 보였던가. 누구더라, 기억을 더듬
어 보니 미국의 찰스 슐츠란 유명한 만화가가 특허 낸 족속, 그
'스누피'였다. 나와 불과 다섯 살 차인 30대 후반이라 믿기 어려운
훌렁 대머리에 까만 쥐눈이콩을 박은 듯한 눈, 통배추 밑둥치를
연상시키는 턱은 영락없이 그 견공의 모습이었다. 천문학자란 그

가 망원경으로 밤하늘을 올려 보다 몽상에 빠져드는 꼴이 우스꽝
스럽게 상상됐다.

그런 이웃집 장 박사와 피치 못할 어울림은 자전거를 고리로 했
다. 그의 자전거는 보통 말하는 생활용으로, 위아래 파이프와 호
크 부분의 검은 무광택 칠이 벗겨진 상태인 반면 내 것은 변속장
치까지 갖춘 바이올렛빛 사이클이다. 나는 핸들바를 위로 꺾어 간
단히 그와 보조를 맞춰 페달을 밟기 시작했다. 이 동네에서 자전
거 운동의 선취권은 그에게 있던 터였다. 나는 적당한 거리를 두
고 그의 뒤를 따랐다. 대개 그런 식이 편했고, 일종의 처세법이기
도 했다. 바로 위층으로 옮겨간 그를 피해 곡예를 하기보다 차라
리 그의 그림자 속에 숨어버리는 게 낫지 않을까. 그가 만들지 모
르는 성가심을 피해보자는 속셈이기도 했다. 그래 봐야 그와 함께
하는 자전거 운동은 주말과 일요일을 포함한 일주일에 한 두 차례
뿐이었다. 낮에 무슨 일을 하는지 모르지만 그는 대개 저녁 어스
름 때나 밤늦게 쏘다녔다. 야근이 많고 늦출근하는 나로서는 퇴근
길에 전철역에서부터 그에게 따라붙기 일쑤였다. 마치 올빼미족
이 된 듯한 기분은 페달 밟는 재미를 더해주었다. 그는 앞장서서
아파트 근처의 공한지 쪽으로 코스를 잡곤 했다. 그곳은 어느 재
개발조합주택이 들어설 부지로 갓 포장한 아스팔트 도로도 거기
까지 뻗다가 끝난다. 주택지 초입에는 4층 건물이 오롯이 남아 있
었다. 어떤 일이 있어도 꼭 그 자리에 있어야 한다는 듯이. 허물어
진 발코니 위쪽에 '프뢰벨 놀이방'이란 간판이 보였다.

"얼핏 듣기로 장 박사님은 천체물리학을 하신다는데 궁금한 것이 많습니다."

"어허 그 과장된 소개를 믿고 계셨군요."

"뭐라고요?"

"학위는 중도에 포기했고, 그전에 기상청에서 근무한 일이 그렇게 와전된 모양입니다."

나는 또 한 번 그의 어두운 그림자에 빨려드는 느낌으로 물었다.

"왜 그만두셨는데요?"

"의사 말로는 한쪽 눈의 필름이 떨어져서라는데, 갑자기 세상이 뿌옇게 보이기 시작한 겁니다. 세상이 온통 안개로 뒤덮이니 내가 예보할 수 있는 건 엉터리 안개주의보뿐 아니겠습니까. 후후후."

"그랬군요."

"이제는 계단을 오르내리는 것도 불편한 정도인데다, 그나마 호구지책으로 하는 번역 일도 감감하고……. 암흑입니다."

그의 정체는 그렇게 황당하게 드러났다. 그래도 나는 그에게서 박사란 호칭을 거두지 못했다. 천체에 관해서는 아니라도 그가 보여주고, 입증할 세계는 그 이상이리라 짐작했다.

그날 밤, 어찌어찌하다 그가 보여준 구경거리도 그러했다. 아스팔트에서 혹처럼 붙는 'ㄷ' 자형 소로는 그의 말대로 덫이었다. 허리춤까지 이르는 개망초가 듬성듬성 돋은 구도로에 정차된 승용차 곁을 스치며 보게 된 질펀한 풍경이란! 상하로 움직이는 희부연 몸뚱이로 차체는 심하게 요동쳤고 괴성까지 흘러나왔다. 멀리

LPG 가스충전소에서 흩뿌리는 나트륨등 불빛까지 질탕한 분위기를 더해주었다. 나는 장 박사가 알려준 요령대로 아주 천천히 자전거를 몰며 차 안을 훔쳐보았다. 장 박사는 그런 식의 사냥을 '본의 아니게' 즐겼다는데 과연 그럴 수밖에 없었으리라. 나 역시 며칠 뒤 연이어 그쪽으로 자전거가 가자는 대로 따라가며 재미에 빠져들었으니까. 깜깜한 공한지에는 그런 승용차가 자주 등장했으며 단골 구경꾼도 보였다. 어느 때는 멀쩡하게 서 있던 관광버스까지 갑자기 흔들거리며 눈요깃거리를 제공했다.

장 박사와의 네 번째 야간 운동은 광명시 쪽과 구로공단을 가르는 안양천 제방코스에서였다. 물론 이 경우도 예정돼 있던 것이 아니라 위, 아랫집 간의 당연한 조우로서 비롯됐다. 이번에는 어깨를 축 늘이고 집으로 들어서던 그가 되돌아서 내 꽁무니에 달라붙었다. 새로 난 다리를 거쳐 둑길로 접어드니 개천의 악취가 눈알까지 아리게 했다.

"온통 썩어가는 냄새군요."

"썩어가는 것이 아니라 썩어서 갈 데 없는 냄새지요. 진행형이 아니라 완료형이란 겁니다. 이 개천은 이제 아무것도 수태할 수 없는 석녀나 다름없어요."

"석녀라고요?"

나는 하필이면 그 비련의 주인공을 어찌 이 더러운 상황에 비할 거냐는 식으로 반문했다.

"그 옛날, 비 온 뒤 이 개천을 건널라치면 발밑에 고기들이 미끈

120

미끈 밟힐 지경이었습니다. 그땐 이 내를 건너 학교를 오가는 일이 큰 일과였지요. 어른들은 이 안양천을 물이 차고 큰 내라 하여 한천이라고도 불렀답니다."

"아주 토박이시군요."

"더 아는 체하자면 '광명(光明)'은 말 그대로 해와 달이 다른 곳보다 환하게 비추는 마을이란 뜻에서 유래됐고, 여기 '철산리(鐵山里)'는 저 뒷산이 쇠머리를 닮았다고 해서 '우두리(牛頭里)'라 불린 것이 바뀌었답니다. 쇠와 철(鐵)이 같은 뜻이라 해서 바뀐 이름이라나, 아마 그렇지요. '너부대'란 곳은 정월 들판에 쥐불로 넓게 퍼진 불꽃이 장관을 이루어서 붙여진 이름이고, 저 아래쪽 '가학리(駕鶴里)'는 마을 동산에 있는 지석묘 위에서 학이 떼 지어 살았다는 데서 유래된 것이랍니다."

나는 그가 사방을 가리키며 신명 나게 하는 설명에 '아~ 네, 아~ 네' 하는 가벼운 반응을 곁들여주었다. 그렇지만 해와 달에서 쇠머리, 철, 쥐불, 지석묘로 이어지는 그 생경스러운 전설의 지명은 최근에야 콘크리트 도시로 입성한 내게 별다른 느낌을 전해주지 못했다.

"거 왜 토기무덤이라는 거 아십니까? 어슴푸레하지만 이 근처에서 모자 쓴 한 떼거리 사람들이 그 원시인의 쓰레기통을 파헤치는 걸 본 적도 있어요. 아마 고고학 발굴단이었을 성싶습니다만⋯⋯. 우린 토제 그릇 조각들을 집어다 냇가에 화덕을 만들고 생선을 구워 먹곤 했답니다."

"이곳에서 장 박사님의 거주 기간을 말하자면, 그런 유구한 역사의 터럭에 불과하겠네요."

"아무렴요. 거기다 도시가 한창 개발되고 거 뭐냐, 베드타운이 형성된 요 몇 년 새 일은 도통 기억나지도 않구."

가쁘던 그의 호흡과 말소리가 석수역 부근의 반환점을 돌면서 끊어졌다. 스누피의 몽상이 어둠과 매연의 미립자에 사위여가는 걸까. 안장 위의 까부라진 내 몸도 내 몸이 아니다. 콜타르 같은 점액질 폐수에 어른거리는 공장 불빛은 처연하고 건너편 아파트 단지는 아무래도 일련의 병동 같기만 하다. 침대가 아니라 병상이 기다리는 저곳으로 사람들은 기를 쓰고 들어가려고 한다. 우리가 잠자리를 찾아간다는 것은 병상에 다시 몸을 맡기는 일이 아닐까. 잠과 잠을 징검다리로 해서 저 먼 곳에 죽음이 기다린다. 어쩌면 잠이 주는 약효로 우리는 온갖 고통과 슬픔과 수모와 핍박과 피곤 또는 절망 따위를 잊고 사는 것이 아닌가. 한 번쯤 죽음의 유혹에서 벗어나보면 어떨까. 장 박사와 나는 '오늘만큼은'이란 단서를 달고 마음껏 마셔보자고 했다. 하긴 장 박사로서야 헝클어진 집안으로 들어가는 것이 여간 고역이 아니었을 터였다. 둑길에서 벗어나 전철역으로 빠지며 장 박사가 먼저 포장마차를 찾아서 들어갔다.

장 박사 자신에 대한 이야기는 자못 심각하고 놀라운 것이었다. 그는 미국으로 떠나려는 아내의 이민 수속을 돕기 위해 서류상 이혼 상태에 있었으며, 실제 별거는 집안에 변고가 생긴 올봄부터였다고 밝혔다. 미국에서 기반을 잡은 장 박사의 손위 처남이 그녀를 초청한 모양이었다. 기혼자로서는 초청 이민이 거의 불가능하다는 이유 때문에 형식적인 이혼이 먼저 이루어졌다는 것이다. 이로 미루어 중개업자가 '장 박사의 교환교수 운운'한 것도 전혀 근거가 없는 편은 아니라 여겨졌다.

"그런데 서류는 무서운 힘으로 그걸 현실로 만들더군요. 지난해 가을 무렵 눈에 안개가 껴 이곳저곳 전전하면서부터 이혼은 기정사실이 되고……. 나는 어쩔 수 없이 집을 정리하는 데까지 몰린 겁니다."

그는 작정한 듯 한스러움을 토로하고 호소했다. 아니, 쌓였던 감정이 봇물처럼 터진 꼴이랄까. 어쩌다 내가 그 상대가 됐을 뿐이겠다. 그 자신 스스로 격해진 감정을 어찌하지 못해 어깨를 들먹거렸으니까. 주거니 받거니 하던 술잔에 아랑곳없이 어느새 자작을 하고 있는 게 아닌가. 연거푸 소주잔을 비우면서, 또 한편으로는 포장마차의 쇠파이프에 걸어놓은 두루마리 휴지를 뜯어 눈가를 훔쳐내며 그는 괴로워했다. 풀기나 자존심이라곤 전혀 찾아볼 수 없는 그의 모습을 나는 거의 방관자의 입장으로 보았다. 아무래도 그는 절대 도움이 필요한 스누피에 불과했다.

그러다 그가 돌연 고개를 들어 눈을 부라렸다.

"나는 꼭 고인돌을 찾고 말 거요!"

아니, 고인돌이라니? 너무 의외였고 단호한 외침이었다. 장 박사는 그 절실한 문제 때문에 본인의 신상 이야기를 그렇게 장황하게 한 것이었다. 처음엔 이 스누피 씨가 술김에 엉뚱한 짓을 하려나 긴장했다. 그런데 그런 간단한 얘기가 아니었다.

놀이방에 다녀오던 그의 아들이 네 달 전에 유괴됐다는 것이다. 아이는 그때까지 놀이방에 종일 맡겨지고 있었단다.

"아, 그 프뢰벨 놀이방이란 곳 말이군요."

그와 함께 갔던 공한지에 볼썽사납게 서 있던 건물이 그것이었다. 그가 고상치 못하게 밤 풍경을 보러 그쪽으로 간 게 아니라는 사실을 뒤늦게 깨달았다. 그는 아이의 혼령에 이끌려 밤마다 그곳을 배회했을 터였다. 고인돌에 끌려간 아이의 생사를 아직도 모르고 있다는 사실은 내게도 적잖은 충격을 주었다.

"놈은 분명히 고인돌로 찾아오라며 전화를 끊었어요."

"경찰에 신고는 했고요?"

"결국은 그렇게 했고 아파트 단지 내 온 주민이 나서서 전단을 뿌리고 도와주었지만……."

그러니까 우리가 이사 오기 전까지 석 달여 동안 그런 소동이 있었던 모양이었고, 경찰 수사도 지지부진해졌다는 얘기였다. 아내와의 별거도 사실은 그 때문이라고 했다. 애지중지 키우던 아이를 잃은 그녀는 불면증을 호소하다가 결국 본가로 들어갔고 고인돌에서는 아무런 전화가 없다고 했다. 그것은 석연치 않고 불길한 조짐이었다. 아이의 명이 이미 어디선가 끝났는지 모를 일이기 때문. 돈을 요구한 것도, 장 박사 부부가 특별한 보복에 연루될 일도 없었으므로 사건은 미궁으로 빠졌다.

"우리 아인 꼭 돌아올 겁니다. 이곳 집과 전화를 또랑또랑 기억하고 있으니!"

장 박사가 집을 처분하고도 멀리 이사를 가지 않은 이유는 결국 그러했다. 언젠가 자신이 살던 집으로 아이가 돌아올 것이라는 막막한 기대 때문에. 그 하늘 같은 믿음과 순진하기 이를 데 없는 희망이 그나마 그를 지탱시켜주는지 모른다.

"이제 아무 연락도 없다는 얘긴가요?"

"경찰이 그렇게 부산을 떨었는데……. 그건 끝난 일이에요."

배터리에 연결된 꼬마전구의 불빛이 수명이 다한 탓인지 파르르 떨렸다. 장 박사의 낯빛은 금방 발굴된 고대 토기의 회백색처럼 창백하게 바뀌었다. 아하! 그 순간, 나는 수수께끼에 감춰진 함정을 생각할 수 있었다.

"혹시 아이가 유괴당한 것이 아니라, 사고를 당해서……."

그다음은 차마 할 말이 못됐다. 이를테면 교통사고라든가, 해서 죽었을지도 모를 일 아닌가. 범인은 유괴를 가장해 마지막 일말의 양심으로 유기처를 알려주는 건 아닐까. 경찰의 수사가 이미 이러한 쪽으로 기울었을지 모른다는, 직업적 관성에 의한 추리였다.

"범인이 아이의 집 전화를 어떻게 알았을까요?"

그는 골똘히 다른 생각을 하며 화제를 돌리려 했다. 그 어떤 불길한 생각을 떨쳐버리려는 양 뭉툭한 머리를 흔들었다.

"그 전에 놀이방 앞쪽에서 교통사고가 났다는 말이 있어서 경찰이 조사한 적이 있지만……. 도무지 목격자가 나타나지 않았어요.

우리 아이였다면 누구든 보았을 텐데."

누구든 보았을 터라니. 나는 스누피 씨의 부정이 무엇을 뜻하는지 짐작했다. 그는 어떻든 현실일 수 있는 그 악몽에서 도망가고 싶어하는 것이다. 나 역시 더 이상 그를 자극할 필요는 없었다.

그래도 나는 장 박사를 도와 의문의 고인돌을 찾아 나서지 않을 수 없었다. 그래 봤자 밤의 순례를 지속하는 정도라 할지라도. 자전거 바퀴가 가자는 대로 재밋거리를 보러 공한지로 가는 일도 끊었다. 나는 그때까지도 사냥개처럼 사건과 사고를 찾아다니는 내 정체를 그에게 드러내지 않았다. 그랬다가는 그가 어떻게 나올까 은근히 겁도 났다. 만약 보도를 염두에 둔다면 충분히 주의하고 냉정히 추적해야 할 사건이기도 했다. 아무리 경천동지 할 일이라도 남의 일은 역시 남의 일인가 보다. 더구나 어쩌다 비번일 때 밤에만 동행하는 그 도움이란 그를 동정한다든가 위무하는 정도에 불과하겠다. 그나마 장 박사가 나의 동행을 기꺼워한 점이 다행이라면 다행일까. 그는 한나절 고인돌을 찾아 심인 전단을 돌리고 잠깐 번역 사무소에 들렀다가 밤이면 다시 미개척지로 출정했다. 자신의 말마따나 '안개주의보' 상황에 처한 장 박사는 그 무모한 도전으로 아예 생의 암흑을 자초할 기세였다.

그런데 뜻밖에도 문제는 고인돌을 찾기 힘든 게 아니라 너무 많다는 사실에 있었다. 카페, 단란주점, 살롱, 간이식당, 책방, 심지어는 포장마차에까지 갖다 붙인 게 그 이름이었다. 한때 역사책을 신비롭고 무겁게 했던 고대의 유물이 이렇듯 값싼 이름으로 떨어질 수 있을까.

고인돌! 누구나 여기서부터 처음으로 역사의 걸음마를 시작하고 그 지식에 눈을 뜬다. 누가 그 희미했던 지식의 보물창고를 잊겠는가. 금석병용시대나 청동기시대는 BC 5~4세기의 지나간 시대가 아니라 언제고 우리가 돌아가야 할 때처럼 기억의 한자리를 차지했다. 미술 책에 소개된 영국 솔즈베리에 동심원상으로 놓인 스톤헨지나 지중해 지방의 돌멘, 멘히르, 크롬레크 등 거대한 석조물은 우리가 배워야 할 세계의 무한성을 예고하는 이정표와 같았고 무문토기니 마제석기니 세형동검이니 청동거울이니 하여 암기된 유물은 그것대로 호기심의 집을 채워주는 부속 장치들이었다. 그러고도 시험 때면 오른편에 '선돌'과 '고인돌', 왼편에는 '경계표시'와 '부족장의 무덤'을 서로 줄 잇기 하는 문제를 틀리곤했다. 이 줄 잇기 문제로 '애니미즘—영혼불멸 사상', '샤머니즘—무당', '토테미즘—동물숭배' 따위를 맞춰야 했다. 그 아련한 고대의 거물이 지금 이 시대 문명지에서 철저히 상품화되고 있는 것이다. 명멸하는 네온사인 속에 고인돌의 추억은 천박한 웃음거리가 되고 있다. 사랑하는 사람들은 한결같이 똑같은 형태의 사랑을 한다. 같은 장소에서 엇비슷한 생각으로 사랑한다고, 사랑한다고, 그 의미를 되새김질할 시간도 갖지 못한 채 되풀이해 고백하고 몽유상태로 빠져든다. 그것이 고통이나 슬픔의 구렁인 줄도 모른다.

돌아보면 나 역시 한때 그러한 곳에 빠져 허우적거린 적이 있었다. 그러니까 군에서 제대를 한 후 3학년 2학기 복학을 하고 지내는 동안 내가 시간을 죽이던 지하 '고인돌' 주점은 각 칸막이 공간이 장방형 석실을 연상시켜주는 그런 곳이었다. 아무리 밝은 대낮에도 그곳에 입실하면 음습했고 안온했다. 머리가 닿는 천장의 투박한 석편 장식과 한쪽으로는 비스듬히 내려앉은 흰 석벽, 며칠 밤을 모아놓은 듯한 어둠에 깜박이는 등잔불, 그 어스레한 빛에 길쭉길쭉 어른거리는 그림자들. 서너 평 정도의 밀폐된 공간에는 막걸리의 비린내와 감자 썩는 냄새가 무름하니 퍼졌다. 그 냄새처럼 녹음된 통기타 노래가 직직거리며 울리기도 했다. 내가 즐긴 것은 사실 토속적인 맛보다 데카당스한 분위기였다. 바로 맞은편 캠퍼스에서 아무리 시위가 격해지고 최루탄 가스가 난무해도 괴괴한 석실은 떠도는 영혼을 불렀다. 그 한계 공간에서 무기력증에 빠져 시간 퍼내기 작업을 한 것이다. 퍼내면 찰랑찰랑 차오르는 시간, 온갖 사념, 상상, 억측을…… . 퍼내고 또 퍼냈다. 남들은 이미 취업을 해 기성세대란 허울에 편입했고 더러는 결혼을 해 아이까지 생산한 마당에 공부라니, 요는 뒤늦게 따라온 대학생활에 적잖은 회의를 느끼고 있을 때였다. 불꽃같이 타오르는 민주화의 세례도 못 받고 군대에 들어가 어름어름 세월을 보냈다는 것이 무슨 화인처럼 스스로를 옥죄었다. 깡그리 포기하고 무엇이든 다시 시작할까, 하다가도 제풀에 널브러져 혼자 술을 홀짝이곤 하던 참담한 계절이었다.

그런 한편 마지막으로 무언가 마음 붙일 대상을 바랐던가. 무덤 같은 적요와 허무를 사를 수 있는 그런 사랑…… . 언제나 석실의 벽면을 보고 앉아 혼자 술잔을 기울이거나 담배를 피우던 여자가 그 촛불이기를 바랐다. 정해진 시간에 꼭 같은 자리에서, 그녀는 석벽을 마주하고 자신만의 의식을 치르는 것이었다. 어둠 속에서 뭔가 은밀한 작업을 하는데 그것이 딱히 무슨 일인지 알 수 없었다. 단지 긴 생머리가 불빛에 빗겨져 고혹적이게 느껴졌다. 무슨 사연이 있는 것일까. 누구를 기다리는 걸까. 어느덧 그녀는 내게 수수께끼 이상의 존재로 부풀려졌고, 나는 한 걸음씩 그녀에게로 가까이 다가가기 시작했다.

어쩌면 그녀가 먼저 기다리고 있을지 모른다. 그렇게 유혹하는 듯 보인다. 그림자가 말없는 말을 건넨다. 그녀를 상상하는 시간은 길어만 갔다. 석실을 가득 채우고도 남을 정념이었고 바람이었다. 나는 그녀의 빈 시간, 빈자리를 노렸다. 그러한 음충맞은 탐색 끝에 발견한 흰 석벽의 낙서 네댓 줄, 그것은 나의 의식을 송두리째 잡아챈 낚시 바늘 같았다.

오늘 저녁 이 좁다란 방의 흰 바람벽에
어쩐지 쓸쓸한 것만이 오고 간다
이 흰 바람벽에
희미한 십오촉 전등이 지치운 불빛을 내어던지고
때글은 다 낡은 무명샤쓰가 어두운 그림자를 쉬이고
그리고 또 달디단 따끈한 감주나 한잔 먹고 싶다고 생각하는
내 가지가지 외로운 생각이 헤매인다

처음에는 낙서로 보았지만, 이내 그것은 전율로 다가왔다. 시가 아니라면 울릴 수 없는 내면의 떨림. 그것을 고스란히 메모지에 옮겨 도서관에 가서 찾아보고, 이곳저곳 수소문하기까지 내 머릿속은 깜박깜박 바람에 흔들리는 불빛으로 어지럽기만 했다. 이윽고 그것이 백석(白石)의 시란 사실을 알았을 때 기쁨이란! 당시 그는 공안당국에 의해 월북 시인으로 낙인찍히다시피 하여, 시집 『사슴』은 아예 금서로 지정돼 있었다. 때문에 학생운동권의 정서적 교본이기도 했을까. 나는 후배를 통해 조악하게 인쇄된 그의 시들을 접하고 영혼의 갈증을 축였다.

낙서의 주인공을 만나고 싶은 열망은 그만큼 더 커졌다. 고인돌에 들러 끈끈한 시간을 거슬러 오르며, 온갖 꿈을 꾸고, 까마득히 절망하는 날이 늘어갔다. 꼭 만나야 할 이유가 없는 것이, 바로 이유가 돼갔다. 무의미는 의미를 불러들였고 무망은 희망을, 부재는 존재를 불러들였다. 그런 의식의 자맥질이 자살 충동이 아닐까 두렵기까지 했다.

그러나 부딪친 석실의 주인공은 내가 멋대로 상상한 그런 여자가 아니었다. 처음 그녀를 본 순간 나는 놀라서 거의 나자빠질 뻔했다. 치기 어리게 이러저러한 만남을 예상했던 내게 충격은 차라리 공포였다. 무덤인 줄 모르고 기어들어간 젊음의 유랑터에서 실제 저 아득한 시대의 미라를 만난 꼴이랄지. 언뜻 보아 콧등이라고는 없는 코와 눈이 달라붙어 까맣게 탄 얼굴은 도저히 사람의 형상이 아니었다. 그것은 〈프랑켄슈타인〉이나 〈플라이〉란 영화에서 볼 수 있었던, 실패한 실험의 희생자로서의 처참한 재현이었다. 여자는 바로 그 실험관에서 금방 기어 나온 듯 보였다. 얼굴을 잃어버린 그 여자를 감히 바라보지 못하고 그녀 또한 줄곧 고개를 숙인 상태로 우리는 그저 몇 마디를 나누고 헤어졌다. 그녀의 흉측한 얼굴 화상은 '불 꽃병'이 지척에서 잘못 터져 맞은 벼락이라고 했다. 군부독재를 타도하겠다고 날리던 저주의 화염병! 아, 그것이었다.

"난 정말 오갈 데 없는 너무 위험하고 급박한 경계선에 있었거든요."

"갑작스런 불행을 이해하겠습니다."

"모두 이해한다고, 바라지도 않는데 친구들은 언제까지나 같이 있어주겠다고 맹세하더군요. 어리석은 자선일 뿐이죠."

나 역시 그녀에게 그렇게 비쳐질 대상이었다. 뭐라 웅얼거렸는지 몰랐다. 눈에 보이는 현실이 저주스럽기만 했다. 다시는 고인돌에 들어오지 않으리라. 그녀가 그나마 편히 숨 쉴 곳일 테니까. 무엇보다 도망자 같은 죄책감이 스스로를 견딜 수 없게 만들었다. 나는 한 마리 노래기에 불과했다.

"으음, 정말 아픈 일이었군요."

장 박사는 모처럼 고개를 끄덕거렸다.

나는 그와 함께 탈진한 상태로 주점을 나섰다. 고인돌을 나서면 언제나 전신이 하나의 덩어리로 뻗어지는 느낌이다. 수많은 아이들의 신음과 원성이 무덤 속에서 삐져나오는 듯했다. 페달을 밟는 발목도 삐걱댄다. 스쳐 지나가며 흐물거리는 직육면체의 구조물들. 헤드라이트는 먹잇감을 노리는 올빼미처럼 눈알을 번뜩인다.

장 박사가 찾는 허묘는 과연 존재할까. 있다면 아직도 그의 아이를 잘 보호하고 있을까. 어쩐지 그 묘는 어린 생명을 보호하고 있다기보다 희롱하고 있을 성싶다. 이 시대에 고인돌은 버려지는 것의 마지막 집하장이 아닐지. 그곳에 가서 무엇을 찾고자 한단 말인가. 그의 아이가 어떤 이유로 고인돌로 유인됐든 이제 그 문제는 중요치 않게 보였다. 그의 고인돌 찾기는 한갓 끝까지 가보고 싶은 무모함, 그것이 아닌가. 그저 움직이고자 하는 무의식적인 의지 같은.

애당초 아내에게 야간 운동의 실상을 말하지 않은 것이 실수였다. 물론 나로서는 장 박사의 비운을 떠벌릴 계제도 아니었다. 가뜩이나 해체된 가정의 껍데기에 들어온 것을 께름하게 여기던 판에 변고까지 드러낼 필요는 없었으니까. 만약 어느 가정의 길흉이 그 집터의 방위나 운세에 있다는 풍수지리를 믿을라치면 장 박사의 불운은 우리에게 내림 될 수도 있을 터이다. 그러한 이유에서도 나는 웬만하면 입을 다물고 있을 생각이었다. 다만 이제 어떻게 그 무모한 미아 찾기란 동업에서 빠져나올까 하는 데 신경이 쓰였다.

그러나 꼬리가 너무 길었다. 아내는 밤마다 허둥대며 들어오는 내게 결국 고인돌의 이야기를 끄집어내게 했다. 나는 그와 함께 장 박사의 실체에 대해서 낱낱이 전해야 했다. 아내는 깜짝 놀라면서도 더욱 뜻밖에 사실을 흘렸다. 고인돌이 자기가 근무하는 중학교의 뒤뜰에도 있다는 것. 그리고는 곧장 장 박사의 아이에 대해 끈질기게 물고 늘어졌다. 어떻게 그런 일이, 그런 일이, 하면서 미구에 우리에게도 액운이 닥치지 않을까 두려워하는 눈치였다.

"고인돌이 학교에 있다고?"

나는 이상스런 예감을 감추고 다시 물었다.

"그래도 우리 학교의 명물이에요."

아내에게서 학교 고인돌의 내력을 소개받는 동안 이상스런 예감은 불길한 쪽으로 기울었다. 깔때기 속으로 모아지듯 명징한 추론이다. 동료들이 치켜세우는 대로 나는 역시 '징그러운 예감'을 갖고 있음에 틀림없다. 지난 몇 주간 머릿속을 떠나지 않던 의문, 즉 유괴범이 도대체 아무것도 요구하지 않고 고인돌을 찾으라고 한 점이다. 쉽게 말하고도 꼭 그 위치를 밝히지 않은 까닭은 사건이 금방 드러나는 데 따른 위험 때문 아니었을까. 이 생각 역시 범죄를 전담하는 수사관으로부터 엿들은 상식의 일단이다. 혹은 장 박사가 자기 확신대로 범인의 말을 흘려들었을 수도 있다.

나는 처음으로 위층의 장 박사의 집에 올라갔다. 다음 날은 연휴로 이어진 공휴일이었다. 그에게 나는 다짜고짜 수수께끼 같은 제안을 했다. 진짜 고인돌을 찾았으니 그곳을 탐색해보자고 한 것. 자세한 설명은 현장에 가서 하겠노라 단서를 달았다. 장 박사는 솔깃해하면서도 끝내 질문을 참는 눈치였다. 하긴 그 스스로 직접 보지 않고서야 더 이상 놀라거나 기대할 일이 있을까. 그를 위해 나는 어떤 모험이라도 감행하고 싶었다.

날이 밝은 이튿날, 학교에서 본 장대한 석조물! 그것은 나도 여태 본 적이 없는 진짜 고인돌이었다.

鐵山洞 支石墓

향토문화유산 제1호

지금부터 2천여 년 전 선사시대 부족장의 무덤으로 보이는 북방식 지석묘이다. 蓋石은 석영이 많이 섞여 있는 화강암으로 長軸인 동서 길이는 292cm, 남북의 길이는 185cm 두께는 72~88cm이다. 지석의 마구리 돌은 빠져나가 없고 남북지석이 개석을 받치고 있다. 발굴 당시 석실 내부의 흙 속에는 瓦片, 白磁片, 靑磁片 등이 뒤섞여 있었으나 후에 교란된 것으로 보인다. 이 지석묘가 원래 위치하고 있던 鐵山洞 462-33 번지는 민가가 들어선 지역이었으나 그 일대가 도시개발 사업지로 지정됨에 따라 유적발굴단에 의뢰, 여기 이전해 관리하기에 이르렀다.

햇빛에 반사된 스테인리스 안내판의 기록이 그 옛날 역사의 편린을 찬연하게 되살려주었다. 고인돌 주변을 덮은 민들레며 쑥부쟁이, 시금초, 고들빼기 등속은 수천 년의 호흡인 듯 푸르고, 한없이 질겨 보였다. 어린아이의 조막손 같은 환삼넝쿨들도 개석을 들어 올릴 기세다. 이 삭막한 콘크리트 도시에 아직 어느 원시 족장의 흔적이 남아 있었다니! 나는 거듭 감탄하며 양팔을 벌리고 지 그시 눈을 감았다. 수천 년 동안 아직 맴돌고 있는 혼령이 있다면 만날 수도 있으려니……. 그러나 허전했다. 햇볕을 머금은 돌의, 그만한 따스함조차 느껴지지 않았다.

폐부를 할랑이게 하는 숨을 몇 번 뱉어낸 후, 나는 이곳저곳을 살폈다. 장 박사의 아이가 이곳 어딘가에 유기돼 있지 않을까. 어 느 곳보다 산을 깎은 언덕바지에 의심이 갔다. 교사 뒤쪽으로 늘 어선 미루나무 때문에 어느 쪽에서도 전혀 노출이 안 되는 사각지 대였다. 그렇지만 어떻게 그것을 확인할 수 있단 말인가. 장 박사 는 고인돌 주변을 어정거리면서 줄곧 고개를 주억거렸다. 그럴 리 가 없다는…… 없다는, 혼잣말을 되뇌며.

집에 돌아와서 나는 이틀 내내 그동안 모았던 자료를 검토했다. 설득력 있게 신고 내용을 마무리하고 경찰 쪽과 연락을 취했다. 다행히 관할 서에서는 아직 이 사건을 완전히 놓지 않고, 언제든 재수사를 할 의지가 있다는 사실도 확인했다.

고인돌의 부름은 그렇게 이루어진 것이다.

장 박사의 부인은 화장기 없는 민얼굴에 평상복 차림으로 나타 났다. 장 박사보다 훨씬 아래 또래 나이에 곱고도 천연스러운 모 습이다. 그동안 장 박사가 말한 게 거짓으로 여겨질 정도였다. 그 녀는 경찰의 부름에 따라 오전에 간단한 조사를 받은 터였다. 그 런데 현장까지 나오리라고는 상상할 수 없는 일이었다. 어쩌면 저 렇게 야유회 나온 연인 사이처럼 보일까. 장 박사에 대한 의심 이상으로 일말의 배반감까지 들었다. 저들이 한통속으로 누군가를 시험하고 있지 않는가 하는. 아무래도 그녀가 장 박사를 두고 어디론가 떠나리라 믿어지지 않았다. 아마 주위의 극성에 따라 휘둘리며 그들도 모르는 소문에 빠져 허우적거리는 건 아닐지. 아니라면 장 박사가 지레 헤어지는 악몽을 연출해왔는지 모를 터다. 진짜 고인돌 앞에서도 어리둥절해하는 모습이 충분히 그러한 추측을 가능케 했다. 경찰의 수색이 시작되자 그들은 정색을 하며 따졌다.

"우리 아이가 왜 이런 곳에 와 있어요? 말도 안 되는 억지 같으니라고."

장 박사 부인은 적의를 드러낼 정도였다.

수색대가 숲 속을 샅샅이 뒤질 때도 그들은 남의 일 보듯 했다. 아니, 그들은 아이를 주검으로서가 아니라 최소한 망각으로 버려지길 바랐을지도 모른다. 어떠한 경우든 아이의 주검을 상상할 수 없다는 간절한 몸부림, 그것이리라. 이 또한 세상의 하고 많은 일이 아닌가. 나는 이 사건이 혹시 토막 기사로라도 처리될 수 있을까 가늠해보았다. 경찰의 성가신 심문도 충분히 예상할 수 있는 일이다.

해가 뉘엿뉘엿 져갈 때쯤 누군가 소리를 쳤다. 이윽고 얕게 묻혀 있던 아이의 형체가 드러난 것이다. 뒷전에서 딴청을 부리던 장 박사 부부가 먼저 달려왔다. 몸뚱이는 썩어 문드러져 거의 사라지고 옹송그린 골격만 보였다. 죽어서도 두려움에 떨며 망령에 쫓기는 모양이 아닌가. 비극과 저주의 냄새가 천지에 진동했다. 허벅지 아래 끊어져 없어진 한쪽 다리는 끝내 찾지 못했다. 영락없는 뺑소니 교통사고의 흔적이다. 아이는 유괴를 당한 게 아니라 악마의 차에 갈린 것이다. 인근의 공단을 오가며 밤이면 개천 안쪽 개활지에서 출몰하던 레미콘이라든가 화물차 따위가 퍼뜩 떠올랐다. 경찰은 이미 예견한 대로라며 책임을 면하는 데 급급한 인상이었다. 장 박사 부부가 일찍이 유괴 쪽만을 고집해 초동수사에 실패했고 주검마저 제때 수습하지 못했다는 것이다. 그랬었구나! 나는 장 박사가 어떤 덫에서 빠져나가려 했는지 그때야 분명히 알았다.

장 박사 부부는 땅바닥에 엎드려 일어날 줄 몰랐다. 영원히 그런 모양으로 굳어지길 바라는 듯이. 그때, 나는 장 박사의 손아귀에서 삐죽 나온 노란 비닐의 명찰을 똑똑히 볼 수 있었다. '장초롱'. 그 이름처럼 피어났을 들판의 꽃이려니, 반짝였을 새벽녘 별이려니. 나는 몇 번이고 그 이름을 웅얼거렸다. 이름 아래는 '618–××××', 또렷한 전화번호가 마치 지금이라도 호출해주길 바라는 듯 드러나 있었다. 뺑소니 범인은 사망한 아이의 연락처를 거기서 알아냈을 것이다. 목덜미에서 관자놀이께로 자르르 소름이 끼쳤다.

이 처참한 비극에서 내가 증명할 일은 무엇인가. 고인돌은 결코 자신의 목격담을 드러내놓지 않으리라. 껍데기만 갖고 위용을 자랑하는 고인돌이 무슨 영험이 있을까. 가짜와 진짜, 상상과 현실이 뒤범벅된 세상에서. 그렇다! 나는 가짜를 더 많이 보아왔으며 망상의 늪에 허우적거렸으며 이제 오랜만에 진짜 고인돌을 보고 있다. 그러나 그 고인돌은 너무 무력하게, 아니 박제된 짐승의 아가리처럼 아무런 말이 없다. 누가 그 속에 어린 영혼이 잠들었으리라 상상했을까.

악귀들이 깝신거리는 세상이다. 어디로 숨어야 할지, 어디로 쫓기는지 모르는 운명이다. 나는 머리를 맞대고 흐느끼고 있는 장박사 부부를 무연히 바라보며, 저들이 이제 흰 바람벽 속에 채워질 존재들이라 단정했다.

비
올
바
람

희! 이곳은 내가 늘 꿈꾸었던 개인 글방과 같은 도서관입니다.

몇 달 전 이 도시로 이사 왔을 때 놀란 세 가지를 말했던가요? 산으로 둘러싸인 살기 좋은 도시라는 건 잘 알려져 있지만 곳곳에 공원이 널려 있다는 사실에서부터, 웬 교회가 그렇게 많은가 하며……. 상가 주변은 물론 길거리 어디에도 포장마차가 없다는 것까지. 살기 좋은 듯하면서 뭔가 부족하다는 게 점점 현실로 다가왔죠. 그런데 도심의 외곽인 이 동네에는 대단위 아파트 뒷길로, 단지의 부속 건물처럼 붙은 도서관이 그만이었습니다. 뭐랄까, 결핍을 채워주려는 비타민공장 같달까. 그냥 도서관이 아니라 최신식 '정보과학 도서관'이라고, 웬만한 대학 도서관과 다름없는 장서와 개가식 열람실을 갖춘 곳입니다. 그것도 공원으로 둘러싸여 있어서 4층의 한산한 자리에 앉아 밖을 보면 활자의 욕조에서 반신욕이라도 하는 양 편안함이 입니다. 그 맛을 안 나는, 시간 날 때마다 몸을 맡기기 시작한 겁니다. 그런 관성에 따라 오늘 여기로 곧장 왔습니다.

오늘 오후 당신에게 밖으로 바람을 쐬러 나가자고 했던가요? 이 경우, '밖으로'란 의미를 굳이 숨길 필요는 없겠지요. 그저 연애 욕망이라 넘겨짚는대도 할 말이 없습니다. 농지거리로 간주될 수 있다는 것도 충분히 예상했고. 사실은 바람의 언덕에서 당신과 함께 쉬고 싶었습니다. 그래도 혹시 받아주지 않을까. 괜히 잘못한 게 아닌가, 잘못되는 게 아닌가, 노심초사하고 번민하며 지난 며칠 동안 기진맥진한 상태로 있다가…… 내내 기다리던 오늘, 한나절이 지나고 나니 지금은 편안합니다. 며칠 전 회사의 창립기념 행사가 있던 날, 내가 먼저 제의했지요? 내가 금요일에 연가를 내니 당신은 그 오후에 예정된 바깥 일정을 빨리 마쳐보라고. 마침 함께 탔던 엘리베이터 안에서 은밀히 제안했죠. 공사 불문하고 그쯤이야 이런저런 일로 할 얘기가 쌓이고 쌓인 마당에 받아들일 수 없을까. 뜻밖에 당신은 힘들어하는 표정으로 거부감을 표했습니다. 그때 뭐라 말했는지 기억이 잘 나지 않지만, 내 귀에 들어온 단어는 마치 납덩이 같은 것이었습니다.

'피폐'……. 요즘 피폐한 상태라고! 당신은 올 초에 아이의 돌을 치른 서른다섯의 미즈입니다. 이 회사에서는 드물게 6개월간의 육아휴직을 하고 작년 가을에 복귀했죠. 그런 한창 때의 여성이 주워 올린 '피폐'란 말이 왜 그렇게 가슴 저리게 다가왔던지. 그것은 10여 년 전 내가 당신과 같은 나이에 사랑했던 어느 여자에게 마지막으로 들었던 단어였거든요. "나 지금 너무 피폐한 상태예요." 그녀는 울먹이면서 말했지요. 가정을 위해서 다시 돌아가야겠다고. 다른 어떤 말로도 대신할 수 없는 그 호소에 나는 그녀를 보내야 했습니다. 그녀가 가정으로 돌아간다는데 나 역시 가정으로 돌아가야 하는 거겠죠. 그렇지 않는다면, 그건 내가 여태 그녀를 진정으로 사랑하지 않았다는 뜻 아니겠습니까. 나로 인해 너덜너덜해진 그녀의 몸과 영혼을 보는 짐승의 눈빛을 당신은 상상할 수 있을까요? 당장은 그렇게 스스로를 규정하고 마음을 삭이려 애썼지요. 그런데 이상하지 뭡니까. 한참을 뚫어지게 보고 있자니 샘솟는 서글픈, 분노의 감정이란! 내 존재는 이미 당신 속에 녹아들어 더 이상 혼자일 수 없는데 느닷없이 가시겠다니……. 고까운 미련이 나를 또다시 돌려세웁니다. 사랑에 빠져 있을 때와 판이하게 달라진 저 여자의 눈빛. 곡절을 알 수 없는 눈물. 저 헤아릴 수 없이 복잡하고 미묘한 심사. 저것은 진정 속죄이며 평안에 대한 열망일까, 아니면 또 다른 배반의 속임수일까. 끝없는 의혹과 불안, 번민과 갈등이 의식을 마비시킵니다. 짐승은 그날 얼음장 같은 땅에 배를 붙이고 밤새 울부짖다 널브러졌습니다. 아아, 온몸의 진액이 다 빠져나간 이런 극단의 상태를……. 당신이 과연 이해할까요?

그런데 당신은 그 단어로 나를 그로기 상태로 내몰고 옴쭉 못하게 했습니다. 당신을 그렇게 만든 까닭은 무엇이었을까? 비단 직장 문제 때문이 아니라는 건 분명합니다. 그렇다면 나 때문이었을까? 아니면 정말 다른 무엇 때문일까. 지난 몇 달 동안 당신에게 무슨 일이 있었던 건지 이곳에서 차분히 짚어보려 합니다.

*

숙은 그전에 중견 직원인 최 대리가 다른 곳으로 옮기고, 당신이 산후휴직에 들어가며 홍보팀의 공백이 커지자 뽑은 경력직 사원이었습니다. 팀장인 나는 신입을 들이기 원했습니다만 인사부의 방침은 분명했습니다. 희, 당신은 이곳에서 고경력에도 불구하고 별로 인정받지 못하는 처지였지요. 여기 관례로 보면 당신은 곧 대리로 올라서야 마땅할 위치입니다. 그런데 당신을 제치고 대리급을 뽑겠다니……. 알고 보니 당신에 대하여 부정적인 상부의 의중이었습니다. 왜 그렇게 비쳤을까 의아심이 들었지만 나는 그들의 뜻을 따르지 않을 수 없었습니다. 나 역시 2년짜리 두 번의 경력 계약직을 면하고 팀장으로 발령 난 때였으니까. 이전에 버젓한 일간지의 차장 경력도 약발이 떨어진 지 오랩니다. 오히려 감추고 싶어지는 과거일 뿐이지요.

나는 실기시험을 주관하고 몇 차례 면접관으로도 참여했습니다. 수십 명의 경쟁자를 거르고 걸러서 남은 최종 면접자 중에서, 나는 사실 숙을 반대했습니다. 경력의 대부분이 외주 제작을 하는 편집기획실 쪽인데다, 무엇보다 당신보다 한 살 위인 싱글이었기 때문입니다. 그럴 바에야 아예 헤드헌터를 통해 나이 든 남직원을 스카우트하자고 간청했지만 허사였습니다. 임원들은 숙의 둥근 얼굴에 재기발랄해 보이는 면면을 높게 치며 기꺼워했습니다. 아닌 게 아니라 걀쭉하고 까칠하게 보이는 당신의 인상과는 사뭇 대조됐지요. 면접위원들은 드러내놓고 당신과 그녀를 비교하는 것이었습니다. 당신은 졸지에 정글 속에 비실비실한 음지식물 같은 존재로 밀려버린 겁니다. 누군가 당신을 '쉰 고사리' 같은 여자라고 비유하며 낄낄거리는 소리도 들었죠. 채용과정에서 숙은 당신과 같은 직급이 주어졌습니다. 그때만 해도 나는 두 사람을 똑같이 내려다보는 입장으로 위의 뜻을 받아들이려 했던 게 사실입니다. 당신이 승진의 사다리에서 밀려나간대도 나에겐 이미 많이 보아온 나 자신의 경험대로, 그렇고 그런 하고많은 세상일의 하나로 치부될 것이란 말이죠.

그렇게 들어온 숙과 당신이 한솥밥을 먹으며 서로 돕고, 경쟁하며, 질시하며, 갈등하고……. 거의 피를 말리는 신경전을 펴며 지내온 데 대해서 다시 언급할 필요는 없겠지요. 그것은 이미 내가 우려하고 피하고 싶었던 최악의 현실이니까요. 조직은 맷돌에 갈 듯 당신들 둘을 최대한 갈아 무엇이든 최고를 뽑아내려 하지 않았던가. 너무 심한 비유일까요? 하다, 하다 못 하면 깨지고 부서지기를 바라는……. 그것이 비정한 조직의 생리이기도 하지만, 어쩌면 그들이 버려야 할 카드를 만지작거리는지 모른다는 상상까지 들었지요. 나는 극과 극을 오가는 당신들과 똑같이 정신없는 하루하루를 보내왔습니다. 얼굴과 외모만큼 판이한 성격이 빚어내던 기묘한 변주와 엇박자들에 대해서는 누구보다 당신들이 더 잘 알 것입니다. 디자이너들이며 사진기자며, '있으나 마나 한' 차장과 여타 다른 직원들은 안중에도 들어오지 않았지요. 우리 셋은 홍보팀의 핵심 전력으로 말하자면 전기밥솥을 주력 상품으로 내세우는 회사답게, 고구마처럼 통째로 밥솥에 쪄져야 했다는 겁니다.

그나마 그럭저럭 잘해나가던 작년 가을이 한바탕 축제의 계절이었던 듯합니다. 초등학교의 운동회나 학예회와 같이 생생하게 떠오르며 이젠 그립기까지 하다니. 그러니까 당신이 회사에 복귀해 숙과 손발 맞춰 일하기 시작한 때죠. 팀워크라는 비선형 구조가 흔들리며 아연 활력과 긴장이 넘쳤습니다. 고리타분한 병렬식의 자리 배치를 다이아몬드형으로 바꾼 것도 두 사람의 제안이었죠. 서로 마주 봄으로써 의사소통을 잘하자는 암묵적인 타협과 동등한 지위를 획득하려는 숨은 계산이 악수를 한 형태랄까. 머리를 짜낸 덕에 만들어진 빈 공간에는 기능성 식물이라는 산세베리아를 얻어다 놓았죠. 이전에 흐트러졌던 업무 분장도 각각의 무게를 천칭에 올려 나누듯 가져갔고, 홈페이지도 새 둥지처럼 말끔히 개편했죠. 때맞춰 신기술의 '서라운드 IH 밥솥' 출시와 함께 만든 각종 브로슈어와 광고물은 새로 짜인 홍보팀의 역량을 시험할 수 있는 절호의 기회였습니다. 음성메시지가 담긴 카드 형태의 매뉴얼은 당신의 아이디어였죠? 그리고 '싱싱 맛남' 블로그 만들기는 숙의 아이디어였고. 숙은 이벤트라든가 영상물 쪽에 강했고, 당신은 텍스트와 관련한 작업에 강했습니다. 대조적인 성격과 취향을 그대로 업무에 투사시켜 드러나게 하는 재주도 불꽃 튀었습니다. 나는 빗자루로 쓸어 담듯 당신들의 의욕과 재능, 그것이 합성해내는 고분자화합물을 주워 담으며, 임원들에게 칭찬 아닌 칭찬을 들었죠. 팀원들을 들고 뛰게 흔들어서…… 부싯돌에서 번갯불을 만들고 있다던가. 그 말은 숙이 만든 방송광고용 카피이지만, 밥솥이 아닌 홍보팀을 표현한 문구가 되고 말았습니다.

  너무나 복에 겨운 불만이랄까. 당신들을 위해서라면 고마운 말이지만, 내게는 공치사로 들렸습니다. 나날이 발전하는 밥솥 기술을 한번 살펴봅시다. 오래전 '열판식'은 밥솥 바닥의 히터에 의해 열판이 가열되는 단순한 것이었습니다. 맨 아래 열판에서 위쪽으로 열이 전달되며 밥이 되는 거죠. 값도 싸고 고장 없고, 고장 나더라도 금방 고칠 수 있는 '밥통', 그겁니다. 그런데 인덕션 히팅의 'IH 전자유도 방식'은 어떤가요. 통을 둘러싼 전기 코일에서 발생되는 열에 의해 안쪽 솥이 통째로 가열되는 겁니다. 전통적인 가마솥의 원리를 들였다는 선전 그대로, 물론 차지고 윤기 나는 밥이 보장됩니다. 이번에 새로 출시된 '서라운드 입체가열식'은 더욱 놀랍습니다. 다단 IH 기술로 아래쪽과 함께 측면과 상단까지 내솥 전부를 코일로 감아 1,800와트의 고화력으로 가열하는 식이죠. 솥 안에 강력한 대류 현상을 만들어 최고의 화력이 쌀 한 톨 한 톨에 스며들도록 한다는 겁니다. 고객은 지상 최고의 밥맛을 즐길수 있다고……. 이 또한 선전이라고만 할 수 없는 선전입니다. 이 정도 기술이라면 어떤 쌀로도 가히 집 밥의 참맛을 전해주지 않을까. 여기다 요즘은 취사 시간을 10분에서 5분대로 단축하기 위한 기술 경쟁도 치열하다던가. 그러고 보면 우리의 소화기관인 '밥통'은 진짜 바보 '밥통'일지 모르겠습니다.

당신들이 너무 잘 아는 사실을 왜 새삼 들먹이는 걸까. 하긴 당신은 손수 밥을 지으니 경험적으로 더 잘 알겠고, 아직 미혼인 숙은 매뉴얼로 더 정확히 알지 모르겠군요. 굳이 내가 당신들보다 좀 더 아는 쪽이라면 밥솥의 안전에 관한 문제 따위일까. 안전과 품질에 대한 대외 홍보를 각별히 내가 맡고 있으니 당연한 일이기도 합니다. 여하튼 막 뜨거운 증기에 쪄질 당신들과 내 이야기를 하려니 그 밥솥을 언급하지 않을 수 없네요. '호랑이 굴에 들어가도 정신만 차리면 된다'고 하는데 밥솥에 들어간 고구마들은 과연 어떨까? 다시 쓴웃음이 납니다만.

이제 숙과 둘이서 그 영화, 〈벤자민 버튼의 시간은 거꾸로 간다〉를 몰래 본 일에 대해 말하겠습니다. 그녀와 내가 냉전을 벌였던 설날부터 한 달여간을 기억할 겁니다. 극도의 긴장감을 참지 못한 숙이 먼저 과욕을 부린 게 화근이었달까. 연초 인사에서도 대리급 승진이 이뤄지지 않자 그녀는 초조해하며 히스테릭한 반응을 보이기 시작했죠. 그 일차적인 타깃이 나였습니다. 연말에 준 근평 점수가 불만이었던 듯합니다. 숙과 당신의 평점은 크게 차이 나지 않았죠. 물론 업무의 공백이 없던 만큼 절대량으로 치더라도 그녀가 당신보다 몇 점 앞선 건 사실입니다. 휴직을 마치고 뒤늦게 풀

가동한 당신으론 억울할 수 있는 대목입니다. 당신도 90점 이상 '우수'한 등급으로 매겨졌습니다. 절대 공정한 심판관이고자 한 내가 1점 더 보태거나 뺄 수 없는 점수였죠. 조직의 상대평가치라든가 임원들에 대한 눈치를 고려하지 않은 거의 절대평가치였습니다. 그런데 숙은 나 때문에 입사 때 예약한 것과 다름없던 승진을 놓쳤다고 어필했습니다. 당신과 우열을 확 벌려줬어야 2차 평점도 달라졌을 거란 논리죠. 팀장의 계량적인 공정성이란 나약하고 희미한 불공정일 뿐이라고 반박하며 노골적으로 나를 기피하기 시작한 거죠. 입사 때 내가 다른 경쟁자를 밀었다는 소문까지 보태졌으니 더 말할 나위 없죠. 그동안 그녀가 보여줬던 재기발랄함과 살가움, 재치, 충성심, 열정과 능력이 병적 징후였다는 듯이 한데 뒤엉켜 사나운 돌풍처럼 몰아쳤습니다. 당신은 맞은편에서 그녀를 잘 관찰하며 한편으론 부러워하고, 다른 한편으론 속을 끓이지 않았던가요.

그녀가 처음에 어땠나 보세요. 아침이면 함박꽃처럼 방긋방긋 웃으며 나타나 큰 제스처로 나를 흔들었죠. 한 달에 몇 번씩 차의 종류를 바꿔가며 손수 타다 주고, 오후에는 한차례 귀가 번쩍 뜨이는 뉴스와 화제를 들려주고……. 퇴근길이면 몇몇을 꾀어 술자리를 마련해 나를 중심에 띄워주기도 하며 부서의 중견 역할을 톡톡히 한 게 사실입니다. 당신은 도무지 그렇게 못하는 조용한 처신대로 거기 반주를 맞추거나 질시 어린 눈길을 보냈죠. 오히려 사무보조원과 손님 집대용 찻진을 씻는다든가 신문 스크랩을 하는 따위로 기꺼이 애매한 중간 입장을 감수하는 듯했습니다. 야속할 만큼 당신은 한 번도 내게 일부러 무엇을 대접하듯 한 적이 없습니다. 당신은 내 스타일을 너무 잘 아는 양, 오로지 정면으로 승부를 거는 쪽이었다고 할까. 그러면서 기껏 답답한 마음을 니코틴이나 알코올 기운이라든가 인터넷 채팅으로 푸는 듯했습니다. 만약 작년 평가에서 절대평가가 아닌 '상대적으로' 숙에게 2, 3점 더 갔다면 바로 그것 때문일지 모릅니다. 당신은 바로 위 직속 상사인 팀장과도 진솔한 대화를 나눌지 모르는 고집 센 여자이자 지나친 과업지향형이기에, 임원급으로부터 '쉰 고사리'라는 평가를 받는 겁니다. 당신이 부지불식간 조성하는 불안한 긴장과 우울은 전염될까 피하고 싶은 벽을 만듭니다. 오후 한때 사무실 밖의 베란다에서 당신이 조심스레 피우는 담배, 그 연기처럼. 이만하면 아실까요? 숙이 홍보팀에 얼마나 활력을 불어넣었고 내 그늘진 삶에 새로운 빛으로 다가왔는지. 아무튼 이쪽을 들었다 놓았다 하며 어떤 장난도 애교로 보일 만큼 상대해주었단 겁니다.

어쩌다 둘이 퇴근길에 강변의 카페에도 갔습니다. 그녀의 술잔을 마구 받아들며 나는 호기롭게 떠벌렸습니다. 이전의 언론사를 전전하며 산전수전, 공중전, 육박전까지 치르며 보냈던 시절의 이야기를 무용담이랍시고 구구하게 흘립니다. 이 얼마나 터무니없는 자기 연민이자 투정이었던가. 그녀는 메신저 프로그램을 깔아주고 나를 '구구새'로 불렀죠. 듣든 말든 저 혼자 떠들어대는 멧비둘기 같다는 별명입니다. 밖에서 둘이 만날 때면 영락없이 그렇게 간주됐는데 그것도 '잘 봐준' 애칭이라니. 살가움을 넘어 아양을 떠는 듯한 그녀와의 거리는 점점 가까워졌습니다. 당신과 대화를 나누고 싶다는 생각도 숙과 허구한 날 메신징을 하며 사그라졌네요. 당신은 전임 최 대리가 나가도록 중견으로 크지도, 인정받지도 못한 그 모양대로 또다시 관리자의 안중에서 벗어나고 있었던 셈이겠지요. 나는 숙과의 다양한 대화와 거래를 통해 아직 유효한 젊음과 함께 팀장이란 지위를 새삼 인식하게 됐지요. 어떻게 그만큼 서로 죽이 맞아 떠들 수 있었을까. 누군가 '둘이 사귀냐'고 물어볼 정도였으니, 지금 돌아보면 얼굴이 화끈거릴 정도입니다. 어쩌면 그늘 속의 당신을 유인하기 위한 본능의 장난이었을지도 모르거든요. 그러다 연말 인사를 계기로 뻥, 터진 것입니다. 나로서는 달갑지 않지만 결코 바라지도, 마다하지도 않은 인사였습니다.

그 뒤 숙이 내게 보인 그 표변함과 교활함, 이악스러운 짓에 대해서는 당신이 또 너무 잘 알 것입니다. 숙은 나를 제치고 다이렉트로 본부장과 업무를 협의하고 결재를 올립니다. 물론 내가 연가 중이거나 출장 때를 교묘히 택하고 시침 떼기 일쑤죠. 부서 간식이라며 떡볶이와 튀김 따위를 시켜 나를 곤란하게 만들거나 다른 실장들을 끌어들여 시시덕거리기도 합니다. 하루에 몇 잔씩 거푸 올리던 커피도 뚝 끊고 뭐라 불러도 항상 뿌루퉁한 표정입니다. 나는 당황하며 큰소리를 치다, 오히려 망신을 당한 채 허둥댔습니다. 숙은 제 기분대로 반도체처럼 이쪽과 통했다 말았다 하며 속을 뒤집어놓았습니다. 아아! 그 쓰라린 고통과 수모를 어찌 표현

할 수 있을까. 직원 하나 컨트롤하지 못한 내가 위에서 볼 때는 정작 버리는 카드일 것입니다. 그렇다고 비겁해지거나 제 발로 포기할 수는 없는 노릇이죠. 기회를 보아 반전을 시도했습니다. 사보의 독자란에 들어가는 피드백을 허위로 만들어놓은 일이었던가. 나는 숙을 슬쩍 찔러 더 이상 사술을 부리지 못하게 만들었습니다. 눈치를 보던 직원들도 뒤로 물러서고 떡볶이 파티도 중지됐습니다. 차라리 침묵으로 휴전을 선택한 셈 아니었던가. 곁눈질하던 당신이 보인 건 그때였습니다. 당신이 뒤늦게 나를 메신저 친구로 추가해 대화를 건네왔을 때, 나는 거의 숨이 막힐 지경이었죠.

비 올 바람≈ 님의 말:
팀장님, 요즘 힘드시죠?

Carpe-diem 님의 말:
으응…… 이런……. 그렇게 비치고 있었나?

비 올 바람≈ 님의 말:
이숙 씨 오버하는 거 빤히 다들 알아요. 억지로 될 일이 아닌데…….

Carpe-diem 님의 말:
그렇지? 그래서…… 인희는…… 비 올 바람인가?

비 올 바람≈ 님의 말:
제가 원래 우울 모드 좋아하잖아요. ㅎㅎ 저기…… 생각해봤는데요, 다음 호 사보 〈포토에세이〉 말이죠. 팀장님이 가보시면 어때요? 골치 아픈 일들 털어버리시고.

Carpe-diem 님의 말:

편집안 주제가 뭐였더라?

비 올 바람≈ 님의 말:

'바람'이었잖아요. 진짜 바람을 잡아보자고…….

Carpe-diem 님의 말:

아…… 그렇지. 바람……. 이야기가 있는 바람…….


당신과 첫 대화는 거기까지였습니다. 갑자기 핸드폰이 부르르 떨렸습니다. 다급한 듯 연이어서. 확인해보니 뜻밖에 숙의 메시지였습니다. 숙이 당신과 나 사이의 메신징을 방해하고 나선 것이었죠.

'구구새, 뭐해요? 나 좀 밖에서 봐요. 먼저 나갈 테니 삼성역 1번 출구에서…….'

퇴근 무렵이었죠. 그때, 당신과 숙의 눈빛이 허공에서 날카롭게 부딪치는 걸 보았습니다. 비단 내 느낌이었을까. 아무튼 나는 묘한 흥분과 긴장감을 감추고 슬며시 자리에서 일어났죠. 당신, 그날 눈치챈 건 아닌가요? 아직도 알 수 없고 미안한 일이지만 나로서는 정말 어쩔 수 없는 선택이었습니다. 나는 코뚜레로 꿴 늙은 소처럼 그녀가 끄는 대로 갈 수밖에. 가보니 강변역 근처의 영화관이었지요. 그즈음 한창 화제가 돼, 그러잖아도 아내와 함께 보려 했던, 〈벤자민 버튼의 시간은 거꾸로 간다〉였지요. 베스트셀러 소설이 원작이라는 데만도 구미가 당겼죠. 그녀는 여태 아무 일도 없었다는 듯이 쾌활하게 웃으며 나를 안심시켰고, 오히려 부끄럽게 만드는 것이었습니다. 나는 그녀의 표현대로 '쪼잔한' 구구새였다는 얘기.

아시죠, 그 줄거리? 태어날 때 80대 노인으로 태어난 벤자민 버튼이 시간을 거꾸로 살아가면서 겪는 판타지적인 삶과 사랑 이야기. 특히 사랑하는 연인 데이지와 엇갈린 시간 속에서 고통받는 주인공을 통해 인생의 의미를 되새겨보게 됩니다. 앳되고 순수한 어린 데이지를 한 걸음 물러서 바라보던 늙은 모습의 벤자민, 세월이 지나 젊은 모습의 벤자민을 똑바로 쳐다보지 못하는 데이지. 그 엇갈린 시간의 교차점에서 숙연하고 아찔한 감상이 일었습니다. '누군가는 강가에 앉아 있는 것을 위해 태어난다. 누군가는 예술가이고…… 누군가는 수영을 하고…… 누군가는 단추를 잘 알고…… 누군가는 셰익스피어를 알고…… 누군가는 어머니다. 그리고 누군가는 춤을 춘다.' 엔딩 자막을 보며 숙과 나는 손을 잡았습니다. 누가 먼저랄 것도 없이 팔걸이에 올린 손과 손이 공감과 화해의 악수를 나눈 것입니다. 그리고 영화관 근처의 포장마차에서 자정이 넘도록 술을 마시며 영화의 잔잔한 여운을 풀었습니다. 숙은 열댓 살이나 위인 나를 아주 친한 동료처럼 툭툭 치고 놀리며 말했지요.

"앞으로도 잘만하면…… 알았지, 구구새!"

나는 그녀가 '아' 하고 입을 벌리게 해서 넣어주는 가리비구이를 흥감이 받아먹었습니다. 진한 술기운보다 알 수 없는 젊은 기분이 그녀의 애교를 앞서 반기는 겁니다. 모두가 인정하듯 나는 실제 나이보다 훨씬 젊은 40대 초반으로 보이는 동안 아닙니까. 그녀는 '헌 세대'라는 40대 후반인 내 나이를 종종 잊게 해주었죠.

"무슨 일이 있어도, 오늘…… 벤자민의 단추만은 꼭 생각할게."

그것만은 진심 어린 마음이었지요.

직장 상사와 부하 직원이 함께 영화를 보러 가는 것이 무슨 대수겠습니까. 그러나 이 경우, 영화를 보게 된 과정과 그 내용에 너무 각별한 의미가 있었고……. 뒤늦게 감흥 못지않은 별스런 생각이 뒤따랐습니다. 그녀가 이 일을 비밀로 해달라고 한 까닭만은 아닙니다. 하기야 알려진다면 좋지 않은 소문으로 변질될 뿐 아니라, 숙에게는 치명적으로 불리하게 작용할지 모르죠. 나는 신신당부하는 그녀를 안심시켰습니다. 오히려 이룰 수 없는 관계에서 밀회를 즐긴 듯한 죄책감이 뒤미처 나를 흔들기 시작했으니까요. 아아! 이건 여태 지키려 했던 트라이앵글의 균형을 저버린…… 일종의 배신이 아닌가. 당신에 대한, 그리고 나 자신에 대한. 그런 심연의 목소리였습니다. 나는 숙을 집에까지 바래다주고 택시에서 내려 오랫동안 새벽의 거리를 배회했습니다. 뭔가에 붙잡혔다 놓였는데 정작 갈 곳을 잃어버린 영혼이, 영화처럼은 다시 오지 않을 아까의 저녁과 그 이전의 시간으로 돌아가고 싶어한 탓인지 모릅니다.

다행히 당신에 대한 미안하고 쓰라린 감정을 무마할 기회가 곧 찾아왔죠. 창립 30주년을 기념한 홍보영상물을 만드는 데 주축이 되는 실무자로 당신을 내세운 것입니다. 팀으로서도 막중하지만 개인적으로도 빛을 낼 수 있는 프로젝트였죠. '있으나 마나 한' 차장은 숙을 밀었습니다. 당신과 숙 사이를 왔다 갔다 하며 잔재미를 챙기던 그의 속셈을 왜 모르겠습니까. 그러나 이때만큼은 나도 양보하지 않고 본부장에게도 내 논리를 앞세웠습니다. 롤플레잉을 바꿀 때가 됐다고. 본부장은 의미심장하게 고개를 끄덕였죠. 숙의 막후공작에도 불구하고 그녀에게는 브로슈어며 세미나 자료 제작 같은 텍스트 과업이 주어질 수밖에요. 이건 진짜 에누리 없는 경쟁일 수 있습니다. 탁구 시합에서 왕왕 그렇듯 잘하는 것만큼 실수가 없어야 하는 경기이기도 합니다. 창립기념일 행사를 통해 그 반응과 승패가 확연히 갈라질 터. 나 자신은 솔직히 스릴과 함께 걱정도 앞섰습니다. 본인들의 취향과 정반대의 과제를 던진 것이니까. 산통이 깨지면 내가 다 뒤집어쓸 일이기도 하죠. 예컨대 당장 숙의 경우를 보세요. 내 딴에는 선물이라고 몇 번 엄선해 준 책들을 그냥 책꽂이에 쑤셔 박아 놓았고……. 당신이 그렇게 재미있게 읽었다는 〈베로니카 죽기로 결심하다〉도 너무 지루해서 중간에 덮었다더군요. 입때껏 당신들은 대부분 호불호에 따라 케이크를 나누듯 업무를 분담한 편이기도 했죠. 안 그런가요? 숙은 아무래도 케이크의 크림을 즐기고 당신은 빵을 찾는 쪽이란 것. 그러니 내 의도와 달리, 당신에게도 역시 영상물 제작은 버거운 모험일 수 있었습니다. 나는 두 마리 말이 끄는 마차를 타고 시간의 광산으로 달려갑니다. 노을이 지는 황야에서 초조한 마음에 채찍을 휘두르죠. 그런데 어느 순간, 마차가 거꾸로 가는 것을 느낍니다. 머리가 깨지고 몸이 옥죄는 통증으로 깨어나니 당신들이 웃고 있는 꿈속의 꿈입니다.

의외로 당신은 홍보영상물 작업에 흥미를 붙이고, 그야말로 아껴둔 재능을 발휘하는 듯했습니다. 주제 선정에서부터 시놉시스며, 시나리오, 촬영, 편집에 이르기까지 당신은 '주머니 속의 송곳 솜씨'를 보였다죠. 외주를 맡은 'MTV'의 제작 감독은 레토릭이 아니라며 그렇게 당신을 치켜세웠습니다. 본부장 앞에서 대놓고 그쪽의 구성작가며 맨파워를 폄하하며 당신을 띄우기까지 했습니다. 그야 기분 좋게 받아들일 수 있는 얘기죠. 기획 단계에서 딱지 맞은 시놉시스를 당신이 완전히 새로 꾸몄다면서요? 나도 공감했듯이 회사의 이력을 내세운 초안보다는 밥솥의 내력을 중심으로 'TT홈시스'를 부각시킨 콘셉트가 제격이더군요. 사실 당신은 이 회사의 밥솥에다 꿈도 찔 수 있는 프로입니다. 저쪽에서야 밥통의 내솥을 들어내듯 당신의 머릿속을 고스란히 빼내고 싶었을 겁니다. 나는 한 주에 몇 번씩 제작사를 오가고 야근을 하며 애면글면 하는 당신의 노력을 넌지시 위에 전하려 애썼습니다. 그런데 당신이나 나나 크게 당황한 대로 가편집한 영상물 첫 시연회는 실패이지 않았습니까. 임원들의 인상이 구겨지고 사장은 불만스러운 기색으로 아무 말도 없었죠. 이런 경우 첫 단추가 잘 꿰어져야 한다는 불문율대로 마지막을 기약하기조차 난감했지요. 외주 제작사가 애당초 왜 당신을 그렇게 기대며 물고 들어갔는지 그때서야 감지한 겁니다. 그들은 일이 어그러졌을 때 쥐어틀어야 할 고리도 필요했던 셈이죠.

지금, 나는 사뭇 분석적으로 되고 있습니다. 당시에는 그저 한창 솥에 쩌지고 있던 판이랄까, 맷돌에 갈리고 있던 우리들이니 앞뒤를 돌아볼 겨를도 없었죠. 그렇지만 지금 그때를 곰곰이 되짚어보니 그렇다는 말입니다. 당신은 세 번, 네 번 수정에 수정을 더하며 기진맥진하고 실의에 빠지기 시작했습니다. 짐작건대 숙이 곁눈질을 하며 텍스트 작업을 소리 없이 해나가고 있는 게 더욱 견디기 어려웠겠지요.

퇴근 후에 당신이 내게 전화를 한 적은 그때가 처음이었죠. 여의도라고……. 마치 외딴섬에서 SOS 신호를 보낸 듯이 멍멍하게 들렸습니다. 하긴 올 들어 처음 공습한 황사가 온 도시를 뒤덮은 날로 기억합니다. 당신은 오후 내내 'MTV'의 스튜디오에서 그쪽 피디와 함께 흐트러진 영상을 짜 맞추느라 곤죽이 됐지요. 종합편집에 이어 곧 더빙에 들어갈 단계였던가. 그런 마당에 격려를 한다고 오리고깃집에 갔으니, 원! 당신과 나는 훈제오리 한 마리도 채 먹지 못하고 일어섰습니다. 대신 연거푸 술잔을 비우고 그 기운으로 2차를 시도할 수 있었죠. 출렁이는 불빛의 강물을 한눈에 굽어볼 수 있는 빌딩 최상층의 와인바가 운 좋게 당신과 나를 맞았습니다. 호젓한 룸에서 통유리창으로 본 야경은 아름답지만 쓸쓸한 도심의 내면으로 비쳤습니다. 아니, 흔들리며 갈피를 잡지 못하는 당신의 실체로 잡혔습니다.

아니나 다를까. 와인을 몇 잔 더 비우고 당신은 무너지기 시작했습니다. 그렇게 콧김 세고 냉랭하고 당당하던 당신 아닙니까. '쉰 고사리'인지 '된 고사리'인지 잘 몰라도 내게는 적어도 그렇게 보였던 당신입니다. 당신은 이 직장에서 나나 숙보다 선임자이며 그 누구에 의해서가 아닌, 당신 스스로가 자리를 만들어간 커리어 우먼이었습니다. 우스갯소리로 직장인의 성공 요건 네 가지라는 '쌍기역[ㄲ]'으로 볼 때, '끈'은 없어도 '끼'와 '꾀', '깡'이 있는 편이라 여겼죠. 그런데 풀 죽은 목소리로 자기를 드러내놓은 겁니다. 점점 힘들어지는 직장에서의 과업에다 개인적인 일까지. 밖으로 나도는 남편과 아이를 똑같이 돌봐야 하는데 요즘엔 건강까지 자신 없다는 얘기였죠. 점점 감정이 격해지며 울먹이는 당신을 바라보고 있으니…… 마음이 짠해졌습니다.

어느 결에 나의 몸도 당신 곁에 바짝 가 있었습니다. 한 손으로 당신의 어깨를 감싸고 감정의 전이에 따라 다른 손으로 당신의 손을 잡았습니다. 그 포즈란 사람과 사람의 전압 차를 해소하려는 본능의 코드와 같은 형태였겠죠. 아주 자연스럽고…… 오래오래…… 흐르고 스며드는 감정의 교류입니다. 아아! 사랑이 그런 차원이라면 얼마나 편할까요? 그러나 인간의 감정이란 또 다른 감정의 역류로 뒤엉킵니다. 당신의 손가락이 꼼지락거리는 것을 느꼈을 때 당연히 반가워해야 할 머리는 혼탁해지고…… 몸통 아래에 단단히 박힌 뿌리 같은 것이 흔들리는 겁니다. 거의 숨을 쉴수 없이 나는 당신의 손을 어루만지며 더 어쩔 수 없는 마음을 보듬습니다. 그런 한참 뒤에 당신은 슬며시 내 손을 놓아주었죠. 아니, 내가 놓쳤다는 게 정확한 표현이겠죠. 그리고 온몸에 맥이 빠진 기분에 사로잡혔습니다. 취사를 하는 전기밥솥의 상태가 꼭 그렇겠지요. 터질 듯한 압력의 마지막 순간에 증기가 배출된 꼴이랄까. 다행한 일이지만 헛헛한 느낌으로 가슴이 할랑거렸습니다. '이제부터 증기가 배출됩니다. 안전에 유의하여 주십시오.' 뜸을 들이기 전처럼 밥솥의 음성멘트가 환청처럼 들리더라고요. 이럴 때 놀라거나 화상을 입지 않도록 주의할 일 아니던가. 나는 바삐 마음을 추스렸습니다.

"인희 씨……. 한참 그럴 때야. 충분히 이해해."

네, 자못 신사적인 응대입니다.

"팀장님! 아니, 선배! 이렇게까지 해나가야 할까요?"

당신의 눈빛은 짧고 강렬한 용접 불꽃처럼 빛났습니다. 아, 그런데 날보고 선배라고 불렀나요? 웬일인지 귀가 번쩍 뜨였습니다. '구구새' 따위가 아닌 선배라는 호칭이 그렇게 살갑고 맹랑하게 들릴 수 없었습니다. 적어도 당신에게만은 그런 입장이고 싶었던 게 사실이었으니까.

"그럼……. 그런 게 과정이지. 그렇게 이루어지게 마련이니까."

이루어진다고, 했던가요? 맞습니다. 당신은 이미 나와 동류라는 까닭으로 허우적거리며 고통과 상처를 받고 있지 않나요. 인생

160

의 텍스트를 어디까지나 자기 스스로 완성하려는 당신 아닙니까.

　마치 예정된 수순이었던 듯 당신과도 영화를 보게 됩니다. 겨우 결재가 떨어진 홍보영상물의 납품을 며칠 앞둔 때였죠. 다른 누구보다 당신과 나의 파트너십을 자축하자는 의미로 내가 제안했던 거죠. 이런 경우, 왕왕 그렇듯 최종 성과품에 대한 치사란 외주업체에서 대부분 가져가게 마련 아닙니까. 당신을 챙겨줘야 한다는 이유 외에도 나는 사실…… 당신과 다시 밖에서 만나고 싶었습니다. 아무도 모르게 만나는 만남을 완성하고 싶은 기대와 꿈을 아실까요. 그렇게 기회를 엿보며 몇 번을 망설이다가 용기를 낸 것도 사실입니다. 당신은 이전의 첫 만남 후로 다시 온전한 당신의 자리로 돌아가 있었기에……. 한편 불안, 불안하기도 했지요. 당신의 마음을 읽었다는 게 나만의 착각은 아니었을까. 9중, 10중 안전장치를 해도 터질 수 있는 게 첨단 신기술의 허상이기도 하니까. 불안한 망상이 거미줄처럼 뻗어 나가면 나갈수록 당신을 다시 만나야 한다는 조급증도 심해졌죠. 어쩐지 숙이 자꾸 당신과 나 사이를 쿡쿡 찔러보려는 기색이 역력했죠. 당신은 나의 대화 요청을 받지 않고 늘 다른 누군가와 채팅을 나누지 않았던가요. 당신의 폐엽을 태우는 담배 연기는 더욱 하얗게 탈색된 상태로 보였습니다. 당신의 불안이 곧 나의 불안으로 옮겨지는 겁니다. 그런 기우를 말끔히 씻어주듯 당신은 결국 나의 프러포즈를 받아주었죠. 그날 다 늦게 당신은 외주 제작사에 가야 했고 나는 제품안전혁신 세미나를 마치고 돌아오는 길이었습니다. 우리는 접선을 하듯 몇 번씩 시간을 바꿔 강남의 한 독립영화관에서 만났습니다.

당신이 숙을 통해서 들었다는 영화 〈엘레지〉. 사랑을 믿지 않는 문학비평 전공의 노교수 데이빗과 순수하면서도 매력적인 그의 제자 콘수엘라의 잿빛 로맨스 이야기죠. 예고편에서 캐치한 줄거리란 그저 그렇고 그런 것이었습니다. 데이빗은 노회한 인생 역정과 감정대로 콘수엘라를 욕망의 대상으로 보지만 그녀는 달랐죠. 요컨대 그에게서 섹스 이상의 진정한 사랑을 느끼고 미래를 꿈꾸었던 겁니다. 콘수엘라가 그런 사랑을 원하자 데이빗은 마음과 시간의 장벽으로 고통받습니다. "난 당신에게 어떤 의미죠? 질투나 소유욕은 소용없어요. 어린애들도 장난감이 싫증 나기 전까지는 그런 감정을 느끼니까요. 우리 관계도 그런 건가요?" 그녀는 묻습니다. 데이빗은 회피할 수밖에 없습니다. "당신과 난 서른 살이나 차이가 나. 당신의 앞날은 창창하고⋯⋯. 그걸 깨닫는 건 시간문제일 뿐이지." 둘은 엇나간 감정으로 결국 헤어지게 됩니다. 그 뒤 2년 동안 데이빗은 때늦은 후회 속에 사랑을 찾게 됩니다. 어찌 보면 통속적인 드라마 같지만 파워풀한 메시지와 영상미가 진한 감동을 전합니다. 특히 유방암을 선고받은 콘수엘라가 수술을 받기전, 데이빗에게 사진 촬영을 부탁하며 보여주는 풍만하고 아름다운 가슴은 뜨거운 전율로 다가왔죠. 당신은 정말 '많은 걸 생각게 하는' 영화라고 평했지요. 나는 '별로'라고 마음에 없는 소리로 미끈미끈한 감정을 감췄어요. 그렇게 황당한 나이 차이에 사랑이라니! 지중해의 신비한 매력이 물씬 풍기는 페넬로페 크루즈와 대조적으로 너무 늙고, 닳고 닳은 듯한 상대역에 화가 날 정도였습니다. 그런 한편에는 영화를 선정한 내 의도가 불순하게 비쳐질까 저어한 면도 있지요.

그러고 보니 이전에 숙과 보았던 〈벤자민 버튼의 시간은 거꾸로 간다〉와 당신과 본 〈엘레지〉, 둘 다 시간 앞에 무력하고 쓸쓸한 사랑의 의미를 담고 있네요. 당신들과 버거운 나이 차를 의식하는 나로서는 뜨끔하고 가슴 아픈 이야기이기도 하고. 이제 고백하지만 〈벤자민 버튼의 시간은 거꾸로 간다〉는 숙과 본 뒤 아내와 다시 보았고, 〈엘레지〉는 아내와 먼저 보고 당신과 보게 된 겁니다. 물론 아내에게나 당신에게나 처음 보는 척했고 실제 그렇게 보려 했죠. 아무튼 나는 숙과 비밀리에 영화를 보았듯이 당신과도 그런 행사를 완성한 겁니다. 적어도 시소의 가운데 서서 균형을 잡으려는 안간힘으로……. 그렇게 나를 합리화하고 마음의 짐을 벗으려 했나.

그날 밤 술집에서 나와, 나는 당신의 마음을 만졌습니다. 차 안에서 순식간에 이루어진 일이었죠. 아니, 당신이 내 손을 당신의 마음으로 가져다주었던가. 생전 처음으로 대리운전이란 걸 통해 당신을 분당 어디까지 모셔다주고 돌아오는 새벽녘, 나는 거의 울어버렸달까요. 낮과 같은 초승달이 가슴을 엘 듯했으니까.


바람의 언덕으로 오릅니다. 백두대간의 허리춤에 위치한 태백시의 매봉산 언덕배기. 산 정상으로 난 길이지만 주변에 고랭지

채소밭이 널려 있어선지 꼭 민둥산 자락 같습니다. 마침 꽃샘추위를 몰고 온 무서운 한랭전선이 막아선 때였지요.

여기 오르니 과연 강풍에 몸이 휘청거립니다. 수천만 년, 수억 년 전부터 불어온 시원의 바람이라 생각하니 뼈 속까지 저릿저릿한 느낌입니다. 풍력발전을 한다는 말대로 거대한 몸뚱이의 공룡들이 날개를 까불리며 바람을 먹고 있습니다. '위잉~ 위잉~' 하는 소리 또한 무시무시합니다. 함께 동행한 태백시청의 관리자가 이 공룡들의 체급과 실력에 대해 설명합니다. 이놈들이 바람을 먹고 만드는 전력으로 태백시 가정용 전기의 20퍼센트 이상을 공급한다나. 여기서는 바람도 그냥 바람이 아닌 겁니다. 그야말로 천연자원이고 돈이라는 말씀. 이곳에는 연중 풍속이 8.3미터퍼세크로 국내에서 가장 품질 좋은 바람이 분다네요.

"예전에는 바람을 그냥 스쳐 지나가는 것으로 느꼈습니다. 그렇지만 이젠 바람이 잡힙니다. 그것도 좋은 바람, 나쁜 바람 하는 식으로."


바람이 부는 대로, 발길 닿는 대로 돌아다니며 그린 '포토에세이'였습니다. 당신이 떠밀다시피 해서 모처럼 콧구멍에 바람도 넣고 머리도 식힐 수 있었죠. 아니, 내 자신을 텅 비우고 혼자일 수 있던 시간이었습니다. 그런데…… 정말 혼자이지 않은 혼자였다고, 지금 실토합니다. 출장을 가기 전에 당신이 슬며시 MP3 파일로 들려주었던 어느 여가수의 노래 때문이었달까. 처음엔 얼떨결에 고마워했을 뿐이었죠. 당신이 즐겨 하던 일을 내가 챙긴 듯한 생각도 들었으니까. 하지만 그 흐느끼듯 호소하는 음률과 가사가 어느 순간 귓전에 맴돌기 시작하지 뭡니까. '바람이 분다. 서러운 마음에 텅 빈 풍경이 불어온다. 머리를 자르고 돌아오는 길에 내내 글썽이던 눈물을 쏟는다……. 바람에 흩어져버린 허무한 내 소원들은 애타게 사라져간다……' 솔직히 그때는 몰랐습니다. 이게 바로 당신의 흔들리는 마음인 줄.


비울바람≈ 님의 말 :

내가 좋아하는 아침이에요. 근데 닉네임이 바뀌셨네. 'Carpe-diem'이었다가 얼마 전엔 'Benjamin Ryu'라더니^^

On~ the hill 님의 말 :

아, 그거……. 좋았는데 왠지 장래가 두려운 느낌 때문에 ㅋㅋ

비울바람≈ 님의 말 :

글 바람 시원했어요. 이제껏 에세이 중에 단연 으뜸!

On~ the hill 님의 말 :

괜히 띄우는 거 아냐?

비울바람≈ 님의 말 :

그렇지만……. 내 가슴에 쌓인 슬픔은……. 그렇게 바람처럼 날아가지 않네요.

On~ the hill 님의 말 :

…….

비 올 바람≈ 님의 말 :

왜 일까? 왜 그럴까요?

On∼ the hill 님의 말 :

한바탕 쏟아내야겠지. 비 올 바람이니 ㅋㅋ

비 올 바람≈ 님의 말 :

아! 그렇지. 바람의 언덕에……?

On∼ the hill 님의 말 :

언제든……. 터뜨리고 싶다면…….

비 올 바람≈ 님의 말 :

글쎄……. 그런 일은…… 없어야겠지만…….


대화는 끊겼습니다. 갑자기 본부장이 들어와 홍보팀을 둘러보는 가운데 유달리 숙과 당신을 번갈아 봅니다. 창립기념일 행사와 관련한 판정이 내려질 순간입니다. 이미 임원회의에서 공로 직원에 대한 논의가 있었으니 본부장으로서는 은근히 위세를 드러내고 싶겠지요. 나이트클럽에서 스텝을 밟듯 그의 발걸음이 숙 앞에 가서 멈췄습니다. 뜻밖에 개그 같은 대사가 튀어나올 줄이야.

"그 뭐냐, 이숙 씨 '고다이버' 아주 좋았어!"

이런저런 말 속에 슬쩍 끼워 넣은 췌언이었죠. 이전에 밸런타인 데이 때 초콜릿을 선물 받은 것을 얘기한 겁니다. 당신도 물론 했으리라 생각하지만 굳이 언급된 그의 말에는 묘한 여운이 묻어났습니다. 그 초콜릿에 배어 있는 에피소드 때문일까. 11세기경 잉

글랜드의 코벤트리라는 곳에서 알몸으로 말을 타고 시위를 했던 전설적인 레이디 '고다이버' 말입니다. 남편인 레오프릭 영주가 농노들에게 지나친 세금을 부과하는 데 항의하며 벌인 일이라죠. 그래서 관행이나 상식, 힘의 역학에 불응하고 이를 대담한 역의 논리로 뚫고 나가는 정치를 '고다이버이즘'이라 부른다던가. 부서원 모두 본부장의 말을 흘려들었어도 당신은 놓치지 않았죠. 나중에 당신이 내게 귀띔해주었듯이. 어쩌면 숙이 숭고한 뜻과 다른 타락한 '고다이버'의 모습을 보인 건 아닐까. 의심에 의심이 꼬리를 물며 머릿속이 하얘지더라고요.

마지막으로 당신이 충분히 오해할 만한 일에 대하여 설명하렵니다. 아니, 변명이라는 게 맞을 테지만. '랑방 에끌라', 그 향수 말입니다. 숙의 기대에 맞춰서 내가 사준 게 맞아요. '기대에 맞추'느라 힘들기도 했지만 그 비싼 값에 아직도 속이 쓰릴 지경입니다.

당신의 마음을 만지고, 당신에게 마음을 주고도 나는 숙의 고삐에서 벗어나지 못합니다. 그녀는 역시 나 같은 얼치기를 다루는 탁월한 전문가다웠죠. '벤자민 버튼' 때 그녀가 내게 제안한 대로 나는 재미 삼아 별표를 따기 위해 애썼습니다. 내가 팀장으로나 윗사람으로서 잘하면 칭찬의 별표를 주겠노라고. 나에 대한 부하 직원의 평가인 셈이죠. 한 달에 세 개 이상을 받으면 보너스를 주겠노라고. 사실 가끔 있었던 오후 간식으로 피자 파티나, 퇴근길의 즉흥적인 술판은 그런 보상으로 만들어진 것이었습니다. 팽팽한 긴장감이 감돌던 팀 분위기도 사뭇 부드러워졌죠. 나는 숙의 그런 능력을 인정해야 했습니다. 차장도 그 맛에 코를 벌렁벌렁해댔고. 밸런타인데이에 이어진 화이트데이란 별쭝난 날 보았죠? 그녀의 책상에 그득했던 형형색색의 사탕 꾸러미들. 나 역시 당신에게 준 것과 같은 추파춥스 한 통을 올려놓았더랬고. 그때 당신도 들으셨을 겁니다.

"팀장님은 그래도 좀 달라야 하는 거 아녜요? 고작 사탕이라니……."

생전 듣도 보도 못한 '랑방 에끌라'라는 향수는 그렇게 탄생한 겁니다. 향수의 종류는커녕 그 기능도 모르는 나에게 그녀는 몇 번이고 그 이름을 따라 외우도록 했죠. 그래 봤자 또 말장난인 줄 알고 모두 웃어넘겼지만, 그녀는 웬일인지 한 달이 넘도록 은밀하게 채근했답니다.

당신은 이제 숙과 나 사이의 그렇고 그런 푼수 없는 짓들을 다 안다는 양 메신징에 빠져들어 있었죠. 뜨끔하면서 염려가 되기 시작하더군요. 이제 지겹고 소모적인 경쟁에 질려버렸을까. 아니면 다른 재미에 빠져든 걸까. 아닌 게 아니라 다른 부서의 대리급들과 술자리가 잦아지고 당신 주변에 이상한 열기도 느껴졌습니다. 자리를 뜨는 일도 많고 당신을 찾는 누군가도 늘어갔죠. 그게 누구인지는 당신이 A형 간염에 전염되었다는 사실로 확인됐지요. 먼저 병원 신세를 지고 나온 기술개발과의 성 대리가 주인공이었군요. 핸섬하고 다정다감한 당신의 동기라던가. 당신은 주사를 맞듯 연가 며칠을 쓰며 조용히 치료를 했지요. 그거야 한 번 앓고 나면 항체가 생겨 평생 걸리지 않는다는 것이니 별거 아닐 터. 나는 당신을 의심하며 한편 배신감을, 또 한편으론 안도감을 느꼈습니다. 열심히 뛰어도 모자랄 선수가 다른 곳을 기웃거리다니! 그래도 아주 포기한 건 아니구나 하는. 병원에서 당신은 핸드폰으로 문자메시지를 보내왔죠. '미안해요, 선배님. 좀 쉬고 나가 샤방샤방……. 다시 뛸게요.' 나는 문자를 확인하고 바로 그 번호로 통화 버튼을 눌렀습니다. 그런데 위로와 격려의 어떤 말도 제대로 만들어지지 않더군요. 그저 목이 메기만 하고.

당신이 쾌차해 나온 날, 모처럼 셋이 점심을 했습니다. 전략적인 휴전의 의미일 수 있는 점심의 반주로, 나는 정도 이상 맥주를 마셨죠. 숙은 휴전을 반대하듯이 자꾸 술을 권하며 삐뚤어진 감정을 보이지 않았던가. 기분이 상했지만 나는 자칫하면 이상하게 비칠 당신과의 관계에 유의하지 않을 수 없었습니다. 관계? 우습지요. 아무것도 아닌 일방적인 감정의 흐름일 수 있고, 전혀 다른 프레임의 착각일 수 있는 걸.

그날 오후 나는 백화점을 찾았습니다. 핏기 없는 당신의 얼굴에 격려를 주고 싶었답니다. 순서상으로 보자면 물론 '랑방 에끌라'가 먼저이긴 했죠. 얼굴을 붉혀가며 물어, 당신을 위한 색조 화장품으로 콤팩트 파우더를 샀고 그곳에는 '랑방 에끌라' 매장이 없다고 해서 다른 백화점에서 향수도 챙겼죠. 그게 왜 그렇게 비싼 거냐고요? 주차장을 빠져나오다 내 과실로 상대 차량을 박아 50만 원이 넘는 수리비를 물어주게 된 것. 마치 숙이 나의 잔생각을 간파하고 심술을 부린 듯해 식은땀이 날 지경이었지요. 기왕 내킨 걸음이니 어쩌랴. 그 이튿날과 다음다음 날에 걸쳐 특공작전을 써 가까스로 물건을 전해야 했네요. 둘 다 서로 몰라야 할 비밀이니까 말입니다.

그런데 나의 의도와 바람은 보기 좋게 빗나갔죠. 월요일 아침부터 사무실에 물씬 진동하는 야릇하고 심상찮은 냄새. 처음에는 누군가 블랙베리니 워터멜론이니 하는 기능성 음료수를 흘린 줄 알았지요. 숙이 일어나 살짝 윙크를 하고 다시 자리에 앉았을 때, 나는 그만 자지러졌죠.


우리 함께 ☺☺☺님의 말:

팀장님~ 감동받았잖아요, 에끌라!

On~ the hill 님의 말:

아…… 숙제처럼 미뤘던 거니까…….

우리 함께 ☺☺☺님의 말:

이 감동 오늘 하루 죙일 이어가도 되겠죠?

On~ the hill 님의 말:

좋으실 대로……. 하지만…….

우리 함께 ☺☺☺님의 말:

뭐 그런 반응이에요? 아무튼 오늘 하루 죙일 이 감동 간직하면서 팀장님을 대하고 싶어요. 그니까 오늘은 미운 짓 하시면 안 돼요!

On~ the hill 님의 말:

겁나네 zz`````

우리 함께 ☺☺☺님의 말:

지금 한 번 더, 살짝 팀장님 자리로 가서 한 바퀴 돌아볼게요.


아, 향수란 게 그런 건 줄 꿈에도 생각 못 했던 겁니다. 아니, 그렇게 쓰이는 줄 몰랐다는 편이 맞을까. 머리가 지끈거리고 속까지 뒤집어지게 만들더군요. 며칠 뒤 당신 책상 위에 파트리크 쥐스킨트의 『향수』란 책을 보았을 때, 나는 또 한 번 놀랐더랬죠. 당신은 사태를 파악하고 있으리란 전율이 자르르 등골을 타고 내렸습니다. '분명 나를 오해하고 있구나' 하는 일말의 억울한 기분도 들고. 그러나저러나 당신은 그때 무서운 집중력으로 독서에 열을 올리거나 메신징에 빠져들었죠. 나는 당신의 마음으로부터 멀어지며, 왠지 숙으로부터도 멀어지는 아득한 느낌에 허우적거렸습니다. 경기장의 선수들로부터 불신받게 된 심판의 딱한 처지랄까.


                              *


마지막으로 당신을 밖으로 불러내고자 했던 시도가 무위로 끝난 지금, 나는 담담하고 오히려 가뿐한 마음입니다. 헛된 망상을 큰 파도가 덮친 꼴이라 할까. 한편 당신이 사랑하게 된 그를 인정

하지 않을 수 없는 거죠. 이 터무니없는 모순과 위선을 감당해야 하는 내가 한심하기만 합니다. '비 올 바람', 당신의 울음을 받아 내고 싶었습니다. 당신의 가슴에 가득한 비를 언덕 위에 실컷 뿌리도록……. 다만 이 진심을 전하고 싶군요.

그렇다면 여태 당신과 통한 게 뭐였을까. 마음이었던가? 아니, 마음의 한 파편인 느낌일 뿐이었던가. 서로 간의 이해관계? 이것도 저것도 잘 짚이지 않는데……. 머릿속에 둥둥 가마솥만 떠오르네요. 곱씹어보니 가마솥에 대한 이해 아니었던가. 어쩌면 그렇게 영상홍보물의 중심 콘셉트를 잘 만들었을까 물으니, 고향이 문경새재 쪽 시골 어디였다며 실제 가마솥에 불을 때기도 했다죠. 회사 측은 영상물의 중간 수정안으로 가마솥과 전기밥솥을 무조건 등치시키라 했습니다만 비교 자체가 우스운 것. 그럴듯한 이미지의 도용에 불과하달까. 당신이 말했듯이 누룽지가 증명합니다. 전기밥솥에서 누룽지가 나올 순 없는 노릇이니까. 당신은 바로 그, 무쇠솥 밑바닥에 노릇노릇 눌어붙었던 누룽지와 숭늉의 구수한 맛을 이야기했죠. 그렇게 우린 누룽지로만 겨우 통한 건 아닐까, 돌아보니 또 씁쓸하기만 하네요.

바야흐로 도서관도 문을 닫을 시간입니다. 도서관 저편 외곽순환 도로의 터널을 빠져나가는 차량들을 보면 모래시계의 그것처럼 시간이 가늠됩니다. 나는 마지막으로 이곳에 어울리지 않는 작업을 마무리합니다. 우편으로 부치면 바로 월요일 아침 본부장의 책상 위에 오를 사표입니다. 그에게는 내가 고압에 못 이겨 터지는 또 하나의 고구마처럼 보일지 모르죠. 그렇지만 나는 '게임오버'란 말을 되뇔 뿐입니다. 그렇고 그런, 하고많은 세상일의 또 다른 과정을 통과하고 있는 겁니다. 도서관의 폐관을 알리는 시그널 뮤직이 흘러나오고 있군요. 〈Time to Say Goodbye(Con te partrio)〉. 안드레아 보첼리와 사라 브라이트만이 듀엣으로 부른 노래라죠. 보첼리는 맑고 감미로운 천상의 목소리를 구가하는 맹인 팝페라 가수라던가. 〈오페라의 유령〉으로 잘 알려진 사라 브라이트만은 얼마 전 내한 공연을 했고. 이것까지 말하죠……. 티켓 두 장을 준비했다가 결국 아내에게 주고 말았던 것. 당신과 같이 갈 수 있기를 바라며 머뭇머뭇하다 기회를 잃었죠. 아이가 수두에 걸렸다면서 팀 회식까지 빠진 당신이 다른 누군가와 어두운 골목길로 사라지는 걸 목격한 뒤였군요.

이제 시그널 뮤직대로 사람들이 주섬주섬 책을 챙겨 들고 일어나네요. 애잔하면서도 감미로운 저 곡조가 내겐 레퀴엠처럼 들립니다. 도서관에 찰박거리던 시간의 잔해가 썰물처럼 빠져나가기 때문일까. 노랫말과 같이 당신에게 굿바이를 할 시간입니다. 그동안 당신에게 들러붙어 있던 피폐의 한 덩어리일 수도 있겠죠. 그러나 당신은 이제와는 전혀 다른 'IH식' 사랑을 각오하셔야 합니다. 고압의 시스템에서 쩌지던, 그런 일과 같을지 모르겠군요. 부디 안전에 유의하시길…….

또 다른 섬으로

그곳이 보길도가 아니었다면……. 인서는 아무리 민화자의 호의라도 상당히 망설였을 게 틀림없었다. 인서는 흔히 말하듯 보따리 지식상을 하다가 수년 전에 수도권의 한 대학에 겨우 자리를 잡았다. 인서를 편달하듯 무슨 행사 때마다 연락을 하는 민화자의 뜻은 완곡했다. 문화비평을 하는 그 학회에 가입하도록 사뭇 권한 쪽도 그녀였다. 그녀는 고교에서 문학을 가르치며 대학에도 출강하고 있었다. 이번 세미나에서 자신이 토론자로 나서니 응원을 해달라는 게 그녀의 특청이었다.

그토록 마음에 두고는 가보지 못하고 어쩌면 영영 그렇게 남아 있으리라 여겨지던 보길도. 그곳은 인서가 꼭 가봐야 할 섬으로 꼽은, 예컨대 거문도라든가, 흑산도, 홍도, 연평도, 울릉도 따위와 사뭇 다른 유혹이자 미련, 끝내 쓰지 못한 젊은 날의 일기처럼 남아 있던 곳이었다. 가보면 학회에 대한 알레르기적인 거부감도 달라지지 않을까. 일정대로라면 완도읍에서의 세미나보다 섬 문화 축제에 관심이 갔다. 인서는 고산 윤선도의 연구자로서 아직 그곳에 가보지 못했다는 사실을 다시 씁쓸하게 되새겼다. 눈 내리는 밤, 어둠침침한 하숙방에서 때에 전 이불을 뒤집어쓰고 「어부사시사」며 「오우가」를 웅얼거리며 혹은 『고산유고』를 뒤떠쳐 보던 시절이 엊그제 같았다.

고산은 스무 살부터 과거시험에 나가 장원급제를 네 번이나 하고 마흔둘에 벼슬에 올랐다. 그 후 세 번에 걸친 유배생활과 은둔, 그리고도 다섯 번에 걸친 출사를 거듭하고 보길도에서 생을 마칠 때까지 순탄치 않은 삶을 살다 갔다. 그러면서 수많은 국문 시가와 한시를 남긴 위대한 시인이다. 한 시대를 풍미한 정치가이자 선비로서의 고뇌가 오늘날과 다르지 않았으리라. 그의 시는 치열했던 젊음 이후, 삶의 이면을 주로 노래하고 있다. 그러나 그것은 젊음과 시대의 고통을 냉소적으로 거슬러 올라가고 있지 않은가. 시는 많은 것을 드러내고 많은 것을 감추고 있다.

완도의 화흥포까지 내려갔다가 폭풍주의보로 발길을 돌린 적이 있다. 그러나 그때, 항구에서 부슬부슬 내리는 비를 맞으며 건너본 섬들은 인서를 반기는 모습이 아니었다. 이쪽으로 부서져오는 성난 잿빛 물결을 거슬러 고단한 등허리를 기우뚱거리며 자꾸만 멀어져가는 모습이라니! 인서는 가까스로 멀미를 참고 그날 오후 내 인근의 정도리 해변 구계등을 배회했다. 청환석 자갈이 층층이 쫙 펼쳐진 장관도 장관이지만 파도를 그대로 말아 삼켰다가 내뱉는 돌들의 노래란 귀를 의심케 했다. 세상에서 가장 아름다운 곳이란 시방 네가 서 있는 발아래임을 일깨우려는 듯이.

그곳에서 인서는 현실과 동떨어진, 혹은 부질없는 지식과 학문을 생각했다. 아무래도 지금 이 세상에 고산은 너무 멀었다. 봄이 온 줄 알았던 세상에 검은 너울이 드리운 시절. 군부독재의 망령이 되살아나 교내에서는 연일 시위가 벌어지며 최루탄 가루가 날렸다. 그러한 때 연구실에서 불을 밝히고 밤을 새우는 일은 가당찮게 여겨졌다. 책을 펼칠 때마다 줄곧 따라붙던 회의와 번민. 무엇을 위하여 어떻게 살아야 옳은 것인가. 내가 배우려 하고 바꾸려 하는 것은 무엇인가. 아무리 생각해도 암담하게만 여겨졌다. 따지고 보면 어떤 정치권력에도 자유롭지 못한 게 지식인의 숙명일 수 있다. 그렇지만 그릇된 현실을 바로잡을 수 없다면 학문은 또 무슨 소용 있는가.

아직 뒷짐을 진 채 시인의 영혼으로,

부용동을 배회하고 있을 고산에게 묻고 싶었다.


학회에 가입한 후, 인서가 이런저런 행사에 얼굴을 내밀기 꺼려한 이유는 다른 데 있었다. J교수 때문이었다. 학회지 프로필에 그녀는 문화사회학 전공자로 어느 여대의 학장이며 학회의 이사를 맡고 있는 것으로 소개됐다. 그녀가 자신의 구겨진 과거 속에 어른거렸던 바로 그 주인공이란 의심이 갔다. 혹시 그녀가 자신을 지금의 대학에 들어갈 수 있도록 암암리에 후원해주진 않았을까.

채용선발 과정에서의 면접심사나 연구실적의 평가가 사뭇 자신에게 초점 맞춰진 듯했고, 그래도 장담을 못 했는데 덜컥 자리가 났던 것. 나중에야 알았지만 J교수는 인서가 재직 중인 대학 재단의 특수 관계인이라 했다. 오늘의 자신이란 결국 누군가의 작용으로 만들어진 게 아닐까. 그런 의문은 젖은 몸에 잘못 흘려진 전류처럼 사지를 저릿하게 만들었다.

벌써 10년쯤 거슬러 올라간 시절, J교수는 예비 필자의 입장으로 그를 찾아왔었다. 인서는 박사과정을 마친 뒤 국책연구소에 들어가 학술지 편집의 실무를 맡고 있었다. 그녀는 부교수로 승진하기 위한 점수가 모자라는데 가을호에 논문을 싣는다는 확인서를 발급해달라고 했다. 인서는 연구논문 초록을 받고 약식 절차로 처리해주었다. 그런데 일이 이상하게 꼬이기 시작했다. 느닷없이 편집위원회에 등장한 연구자료실장이 극구 그녀의 논문을 실을 수 없다고 반대했던 것이다. 논제부터 시비를 살 게 없는 '고산 윤선도의 정치사상과 시 문화'였다. 인서는 거칠게 반박했다. 연구원의 풍토도 그렇거니와 윗사람의 고압적인 자세에 대한 거부반응이었다. 회의를 마치고 난감한 채 창밖을 내다보는데 서늘한 손길이 어깨를 스쳤다.

"장 선생! 실망이 크신 모양인데……."

실장이 아이들 어르듯 운을 뗐다.

"실망이 아니라…… 이건, 명백한 월권이 아닌가요? 특별히 계획된 원고도 없는데……."

인서는 거북한 속내를 드러냈다.

"이력을 보니 장 선생도 고산에 푹 빠졌었더군."

"뭐, 조선 사대부가에 대한 연구라면 의당 살펴봐야 할 인물이니까요."

"그러니…… 그런 실수를 할 수밖에."

"실수라고요?"

"……사실은 내 고향이 고산이 쓰고 버린 보길도, 그 맞은편 섬이었소. 노화도라고. 물론 보길도는 가보셨겠지?"

쓰고 버린 섬이라니! 그러나 인서는 더 이상 그의 차가운 눈길을 바라볼 수 없었다. 연구를 한다고 했지만, 가보려고 했지만 그때까지 갈 수 없던 섬. 부실한 연구의 궤적이 그에 의해 까발려지듯 했다.

"그 전에 이 연구원에 고산을 얼마나 팔아먹었는지 알아보슈. 아무리 시국이 어렵다 해도 그렇지……."

정치적 풍향에 따라 그렇고 그런 류의 연구가 봇물을 이룬다는 저간의 풍문으로 미루어 볼 때 그가 무얼 말하려는지 분명했다.

"내가 보기론 그 사람들…… 노화도는 몰랐을 거라. 아니, 뱃길에서도 못 본 체했을지 모르지."

노화도! 연구 논문이며 자료들을 들추다가 보았지만 자신 역시 간과했던 듯싶었다. 인서는 무심결에 올라간 손바닥으로 얼굴을 쓸어내렸다. 뭔가 더 말하고 싶은 바를 참는 그의 표정이 까칠해 보였다.

그 뒤 한 철이 지난 때 인서는 J교수로부터 만나자는 연락을 받았다. 꼭 포충망에 잡힌 꼴이랄까. 그간 전화를 걸어 사정을 설명하고 확인서를 무위로 되돌리려 했지만 여의치가 못했던 탓이다. 그러나 J교수는 저간의 사정을 잘 알고 있었던 듯 인서를 담담히 맞았다. 남산 자락에 위치해 한강이 내려다보이는 최고급 호텔의 와인바였다. 서울에 이런 곳이 있을까 눈이 휘둥그레질 정도로 인서는 아직 풋내기였다. 그걸 눈치챘는지 그녀는 아주 능숙하게 그를 리드했다. 바이올렛빛 재킷과 롱드레스 차림이 천장 조명과 테이블의 촛불로 한층 화사해 보였다. 한순간 그녀는 과장되다 싶게 재킷을 훌렁 벗으며 지성의 껍질도 벗어버리듯 했다. 어느 백화점의 문화 강연에 갔다가 낯선 여자의 대접을 받게 된 기분이랄까. 여자는 헤프게 웃으며 와인잔을 들어 건배를 청했다.

"첫 인상이 아주 좋으셨어. 막 출고된 차 같은……."

억지스런 말에 인서는 움찔했다.

"지난번 논문 건은……."

"아아, 그거 뭐 별거 아녜요. 다 끝난 거니까."

그녀는 서둘러 말을 막았다.

"그보다는 고산의 한시를 테마별로 재해석한 학위 논문이 그렇게 근사했다던대……."

"누가 그런 공치사를요?"

"여름 세미나에서 우연히 장 박사님의 지도교수를 만났어요."

"뭐, 별거 아녜요. 그래 봐야 짜깁기한 건데."

인서도 그녀의 말투를 흉내 내 뒷말을 막으려 했다. 그러자 묘하게 눈을 흘기며 공박했다.

"『고산유고』를 몽땅 주저리주저리 읊으신다는 건 어떻고."

사실이 그랬다. 국문시 75수는 거의 모두, 한시 375수 중에는 200여 수를 거뜬히 외웠고 그것을 되새김하며 소화하고자 애썼던…… 참으로 무작스럽고, 행복했던 도전이 아니었던가. 한참 머리통에 신선한 피가 돌고, 배움의 열정이며 욕망과는 달리 현실의 배를 주릴 때였다.

스산한 가을이다. 호텔 위쪽의 산등성이를 타고 내려오는 바람결에 갖가지 낙엽이 휩쓸려 내려왔다. 그리고 이제 막 삐죽삐죽 솟아오르는 도심의 불빛과 뒤섞였다. 파스텔 톤의 고운 광채가 갈마들며 물결 진다. 산 중턱을 가로지르는 차도에 쌓인 잎들이 맷돌 같은 차바퀴에 갈려 뿌려지고 있는 것이다. 하르르, 나뭇잎 가루가 뼈 속에 흘려지는 느낌이다.

"머릿속에서 시가 떠나지 않겠군요?"

여자의 생떼에 결국 한시 한 수를 읊조리지 않을 수 없었다. '건원보를 나서며 지어준' 시였던가.


明月山陰道(밝은 달 떠 있는 산음의 길)

誰回訪戴船(뉘라 방대의 배를 되돌렸던가?)

風流無敢續(그날의 풍류를 잇지 못한 채)

寥寂已千年(쓸쓸히 이미 천 년을 지낸 듯)

"특별히 그 시를 떠올릴 만한 까닭이 있는지?"

"어떻게든 보길도에 가고 싶어서 밤새 꿈길을 헤매듯 허적허적 내려간 적이 있었거든요. 해남 땅끝마을까지. 그런데 처음 그곳에 가려다 실패했던 것처럼 그때도 물길이 열리지 않았어요."

"어머, 그럼 여태 거길 못 가봤다는 얘긴데……."

"이젠 가보는 것이 가보지 못한 것만 못하리라는 생각까지 드네요, 어쩐지."

"저런! 딱한 말씀이라니."

말의 곁가지를 잡아 돌린 여자가 탄성을 내질렀다.

"같이 가요! 언제든."

인서는 그저 눈을 끔벅였다. 여자 역시 그곳에 못 가봤다는 뜻이었다. 그런 경우라면 더욱 더 꼭 가보리라 다짐하고는 안 가거나 못 가게 된다. 글쎄…… 같이 갈 수 있을까. 그렇게 솔깃하게 들리지도 않았다.

자정이 가까워져 오도록 와인 두 병을 비우고 여자의 자세는 흐트러졌다. 인서는 어디까지나 적당한 거리를 유지하려 애썼다. 그러나 애쓰는 만큼 흐트러졌다. 여자는 엘리베이터 앞에서 바래다 줄 거냐고 물었다. 사실은 병원을 운영하는 남편과 떨어져 지방에서 온 지 얼마 안 돼 이곳 호텔에 혼자 묵고 있다는 얘기였다. 새로 장만한 집 정리가 아직 안 끝났다는 설명까지 덧붙였고…… 곧 대학 강단에서 볼 수 있기를 바란다는, 인사치레의 호의까지 드러냈다. 몸 전체의 세포 조직에서 와인 향이 물씬 배어 나오는 듯했다.

인서는 숨을 들이킬 수 없었다. 심장이 터질 듯하고 아랫도리가 팽팽해졌다. 부축한다며 등 뒤로 잡은 그녀의 어깨 아래 깊은 곳이 물컹 그대로 잡혔다. 이윽고 그녀의 방 앞에서 인서는 훅 뿜어지는 더운 입김과 함께 밀쳐졌다.

"같이 있고 싶지만 미안…… 오늘은……."

콧등을 가볍게 올리는 그게 쑥스러워하는 표정일까. 인서는 취기에 얼음물을 뒤집어쓴 듯 깜짝 놀랐다. 여자가 무슨 말을 한 건지 아리송했다. 실수는 오히려 자신이 한 것처럼 기민하게 몸을 돌려야 했다.


서울에서 내려온 학회 회원들과 그곳 지방 인사들이 북적이는 가운데 세미나가 열렸다. 주제 강연에 이어 곧장 토론이 벌어지며 아연 긴장감이 일었다. 바닷가에 위치한 특급 호텔 5층 회의장 창밖으로 검푸른 파도가 넘실댔다. 그런 곳에서 무슨 토론일까 싶었던 지레짐작이 빗나간 셈이다. 수군거림도 일시에 사라지고 간혹 책자 넘기는 소리만 들렸다. 이런 행사에서는 예사롭지 않은 분위기였다. 관청에서 나온 이들과 이튿날 보길도에서 벌어지는 고산문화축제를 주관할 관계자들도 고개를 잔뜩 빼 올린 모습이다. '고산의 보길도 문학과 사상'이라는 J학장의 발제에 이어 민화자가 나서는 토론 주제가 이미 주목을 끈 것이다.

"고산, 양반으로서의 삶과 문학의 표리."

그녀의 목소리는 단아한 상체에 호리병 목이 만들어내는 공명처럼 또랑또랑했다. 고산 문학의 주조는 정치적 환경과 야심에서 비롯된 것이며 실제 보길도에서의 시들이야말로 그곳을 자신의 왕국으로 만들려던 양반의 허황함과 위선이 드러난 것이라는 전제. 물론 새로운 주장이랄 것도 없으나 민화자는 고산이라는 한 인간에 초점 맞춰 그의 삶이 보길도에서 어떻게 퇴영적으로 나타났는가를 작품으로 예시하려고 애썼다. 학회에서 감사패를 받고 공치사까지 한 군수가 이즈음 슬며시 단상에서 일어나 수행원과 함께 자리를 떴다.

　─고산의 시가 당대 정쟁의 희생물이자 거꾸로 시대에 저항한 웅장한 서사라는, 주 학장님의 주장은 그래서 오도될 위험이 크다는 뜻입니다. 시를 빚어내는 것은 시대가 아니라 바로 그 시인 자신이기 때문입니다. 전제적인 왕조에서도 시인의 개성과 시혼은 시대상의 윗길에서 빛날 수 있습니다.

　─내가 말하고자 한 핵심은, 작품은 역시 인간과 구별해야 할 그 자체의 가치를 지닌다는 것이에요. 더구나 우리 국문학사에 위치한 그들 작품은 결코 훼절될 수 없는 고유의 미덕과 가치를 확보하고 있지 않습니까.

　─문제는 시를 태생적인 한계 이상으로 미화한다는 거죠. 시가 빚어진 공간에 대한 왜곡도 심합니다. 그런 오류를 아이들에게 그대로 가르친다는 것 또한 신중해야 할 일이라 여겨집니다. 그의 대표적인 연시조 「오우가」에는 실로 친구에 대한 시정이 없고 현란한 수사와 냉소가 가득합니다. 「어부사시사」는 거친 바다를 가

르며 고기를 잡는 어부를 그린 것이 아닙니다. 왜 이런 시가 탄생했는가. 시가 빚어진 사대부의 퇴영적 의식과 한계 공간에 대한 깊이 있는 고찰이 필요한 까닭입니다.

─고산은 그 시대를 살며 사직을 농단하는 중앙의 권력자들에게 저항한 지식인이자 그러한 치열함과 고뇌를 시로 승화시킨 시인이요. 시대적인 배경을 깔거나 말거나 그 인간과 작품이 실상 다르지도 않습니다. 보길도는 흔히 말하는 유배지며 은둔지가 아니라 그에게 있어서 치열한 자기 극기와 자연으로의 회귀를 이뤄나가려던 영혼의 도장이었던 겁니다.

─그렇다면 내일 보길도에 가 분명히 눈여겨보기 바랍니다. 고산은 그곳에 자신의 이상향을 만들려 했던 것이며 차마 감출 수 없는 영혼의 허기를 시로 채우려 한 부분도 없지 않습니다. 「어부사시사」가 바다에서 만든 시가 아니라 세연정이란 인공 연못에서 기생들과 악사들의 춤과 풍악을 즐기려 만든 것이란 사실 말이죠. 연못 중간 중간에 놓인 바위에서 춤을 추던 기생이 미끄러져 빠지면 그걸 파안대소하며 즐기던 그를 생각해 보십시오. 그런가 하면 동천석실은 어떻습니까. 격자봉 허리에 불쑥 튀어나온 이 바위에서 윤선도는 도르래로 음식을 날라주도록 하며 서안을 놓고 글을 읽었다지요. 구름 같은 선비의 대단한 풍류라 생각할 수 있습니다. 하지만 그곳 조붓한 동굴에 실제 앉아보면 그가 책을 보고 시를 지은 것이 아니라, 어사무사 꿈꿨다는 것이 분명해집니다. 보길도의 연꽃 같은 중심, 부용동이 한눈에 내려다보이는 곳. 그곳

의 자연은 이미 자연이 아니라 머리를 조아린 문무백관들의 모습이었습니다. 고산은 왕의 옥좌에서 그들 하나하나를 불러봅니다. 그의 시를 뒤집어 보아야 할 까닭이 이러합니다.

─잠깐! 지금 시쳇말로 '역사 바로 세우기'라도 하자는 겁니까? 민 교수가 말하려는 건 기껏 문단의 가십 같은 얘기에 불과해요. 그것도 알 만한 사람은 다 아는 내용에다. 요는 그 시대의 정치 체제와 사회 속에서 작가와 작품을 이해해야 하지 않을까요? 그 당시 사대부란 대개가 토호 특권세력으로 그 스스로 유교적 이념에 묶인 채 왕을 위시한 보이지 않는 적과 늘 갈등관계를 가질 수밖에 없었던 겁니다. 그와 그의 작품을 자꾸 재야사학이며 민중문학 관점에서 비판하려는 듯한 민 교수의 주장을 도저히 납득하기 어렵군요. 더욱이 오늘 같은 날 그런 즉흥적인 발표를 하고 나선 것도 그렇고…….

─가십이라니요? 불과 삼백여 년 전의 공간입니다. 야사뿐 아니라 보길도 북쪽 맞은편 섬사람들의 입에서 입으로 내려오는 얘기가 있습니다. 더러 알고 계시겠지만, 노화도(盧花島)라는 섬. 갈대꽃이 만발한 섬이라는 한자 의미가 사실은 노비 '노' 자에 불 '화' 자로 쓰인 노화도(奴火島)였다는 것은 윤선도 시의 비운이라 여겨지는 대목입니다. 얼마나 사치스러운 생활로 노비들이 고통을 받았으면 고산이 죽자마자 그의 안식처인 낙서재며 세연정에 불을 지르고 산을 까뭉개듯 동천석실까지 무너뜨리고 섬을 버렸을까요…….

민화자의 반론은 중간에 제지를 당했다. 비아냥거림과 함께 그녀를 향한 집중적인 포화가 시작됐다. 더러는 단상을 향해 손가락질하는 모습도 보였다. 그러나 민화지는 별반 흐트러진 기색 없이 청중 가운데를 또렷이 보고 있었다. 아니, 청중 속에서 누군가의 눈길을 찾고 있음에 틀림없었다. 어쩌다 회의장의 중앙에 앉아 있던 인서는 거미줄 같은 시선을 느꼈다. 얼굴이 화끈거렸고 입술이 바작바작 탔다. 노화도라니! 짙은 해무 저쪽에서 보일 듯 말 듯 기우뚱대던 섬. 그러나 언젠가는 드러나게 마련인 연구물의 표절과 같이 신경 줄에 달려 있던 부표가 아니었나.

인서는 꾸역꾸역 머릿속으로 밀려오는 사념을 주체하지 못했다. 누군가 자신의 행적을 꿰뚫어 보고 있는 듯했다. 결국은 끈끈한 시선을 털며 겨우 회의장을 빠져나왔다. 어느새 어둠이 내린 바다 저쪽으로 방파제의 콘크리트 길이 하얗게 드러나 있었다. 인서는 미끄럼틀 같은 그 길로 주르르 맥없이 미끄러져 들어갔다. 방파제에 부서지는 파도가 칼날처럼 솟구쳤다. 버려진 낚싯대들이 발길에 채이고 비린내가 훅 풍겼다. 물결에 뒤집히며 몽글몽글 다시 떠오르는 해파리 같은 형체. 뒤집혀진 채 썩어가던 바로 그 악몽이 아닌가. 인서는 짚이는 대로 낚싯대를 잡아 그것을 물속으로 으깨 넣으려 했다. 어쩌자고 그 더운 여름날 아무런 끌림도, 작정도, 가책도 없이 여자가 이끄는 대로 빠져들어가 무너졌을까. 저 해파리들과 다름없던 온천장 연못의 연꽃들. 누덕누덕 기워놓은 듯 보였던 천장의 모자이크며, 악몽, 회한이 가슴 한편을 할랑이게 했다. 돌아보면 그녀와의 첫 만남에서 무언가를 기대하고 바랐던 쪽은 자신이 아니었던가. 인서는 연이어 따라붙는 망념을 쫓으려 머리칼을 쥐어뜯었다.

"햐, 이렇게 좋은 데 놔두고 논설이나 듣고 있었으니, 제길!"

뒤늦게 세미나장에서 빠져나온 이들이었다.

"누가 아니래. 오늘 그 여자 완전히 분탕질하는데……."

"잔칫상 받긴 고사하고 밤새 안녕할지나 걱정이네. 거, 아까 화장실에서 봤어? 총무가 군청 문화담당관이란 작자한테 싹싹 비는 거. 크흐흐흐. 감사패고 뭐고 당장 패대기칠 기세로 하는 말이, 뭐 이번에 지원키로 한 행사비용 다 취소하겠다는 거야."

"아니…… 그깟 되잖은 논설 때문에?"

민화자의 발표를 두고 하는 말들이었다. 그들은 보길도로 들어가는 뱃길이 순탄치 않을 거라 염려하는 눈치였다.

"말이야 바로 말이지, 주최 측에서야 당연한 비토 아니겠어?"

"이건 원, 거지 빌어먹는 굿판 같아서야……."

퉁퉁퉁퉁— 먼바다에서 돌아오는 고기잡이배의 불빛이 먹물처럼 풀어진 설핏한 어둠을 가르며 방파제 오른쪽 항구로 긴 호를 그었다. 출렁이는 물결에 항구 저편의 불빛이 흡사 자잘한 금박지 조각들 모양 와다글와다글 떨어져 흘렀다. 젊은 시절 저 혼자 떠나와 폭풍우로 가슴 졸이며 몸살을 앓던 바로 그곳. 그러나 그때 어둠 속을 찢어 보듯 웅크리고 있는 노파 같은 항구가 아니다. 즐비한 건물마다 등불을 이고 있는 야경이 오히려 허펍해 보인다.

문명의 점염을 이제 받아들인다는 체념같이.

어쩌면 그렇게 많은 차들이 행사장 길목으로 꾸역꾸역 몰려갈
까. 인서는 몇 번 눈을 의심했다. 이곳이 과연 섬이란 말인가. 심
지어 서울 번호판을 단 중형 다이너스티까지 눈에 띄었다. 꼬리에
꼬리를 문 차량을 임시 주차장으로 안내하는 공익요원들의 몸에
서 더운 김이 피어오르고 여기저기 몸 부대끼는 모습도 보였다.

"허허, 이건 완전히 초등학교 학예회네!"

행사장인 학교 운동장에 들어서자마자 일행은 툴툴거리며 실망
을 표시했다. 조회대를 넓혀 만든 공연 무대가 그랬고 그 위에서
색동옷을 입고 재주를 부리는 아이들 모습이며 굵어진 빗줄기 때
문인지 어수선한 장내 분위기가 그렇게 보였다. 물론 모처럼 고기
잡이며 논밭 일을 제치고 축제에 온 이들의 행색은 달랐다. 벌써
막걸리 몇 사발씩 걸친 기운으로 덩실거리는 무리도 보였다. 운동
장 한쪽에서 쪼그려 앉은 채 비에 젖은 담배를 뻑뻑 빨아대는 촌
로의 볼도 홍시처럼 붉었다. 그러나 전국 각지의 문화행사를 다
둘러보다시피 한 일행들에게 행사 참여는 역시 고역이었다. 심지
어 대가리 큰 놈들의 댄스판까지! 입을 벌리고 구경하는 이곳의
관객이야 어떻든, 방문객들은 운동장 가에 설치한 임시 천막에서
겨우 비를 피하며 어정거리는 쪽이 돼 있었다.

"이럴 게 아니라, 먼저 낙서재부터 다녀옵시다."

"다시는 내 이런 데 오는가 봐라, 원……."

한쪽에서 어린애 투정 같은 볼멘소리가 터져 나왔다. 그렇다고 딱히 움직일 곳도 없는 게 이들 방문객들 처지였다. 그들을 싣고 온 관광버스는 논을 갈아 만든 임시 주차장에 기우뚱하니 퍼질러 있었다. 더구나 학회 총무인 C가 엊저녁 세미나에서부터 이 사람 저 사람 줄곧 눈길을 꿰는 게 심상치 않아 보였다. 아니나 다를까. 그의 인내심이 급기야 거기에서 폭발하고 만 것이다.

"이것들 봐요! 경비 삼만 원에 공짜 여행이 그렇게 쉬운 거요? 일껏 행사를 주선한 관청에는 똥물을 끼얹고 뭣들 그렇게 대단들 하시다고 사사건건 트집인지……."

너무 나갔다 싶은데 역시 대거리 막말이 쏟아졌다.

"뭐? 똥물? 이 사람, 하는 짓 하곤! 학회를 이 따위로 망신스럽게 만든 게 누군데? 주 학장이 시키던가?"

주 학장이라면…… J를 말하는 게 틀림없었다. 인서는 그들 무리에서 두어 걸음 떨어져 딴전을 부렸다. 그러나 행사 진행요원이 천막 안에 있던 그들을 한 축으로 불러냈다.

"아저씨, 아짐씨덜! 쩌그 이곳 출신 국회의원이며 지사님이며 중앙에서 솔찬하게 와 계시니 자리 쪼깐 빛내줘야 쓰겄는데…… 싸게싸게 단상 쪽으로 가랑께요."

사내는 비닐 우비를 나눠주며 일행을 가축 몰듯 몰아댔다.

"이런 썩을!"

한마디씩 뱉으며 회원들은 단상 아래쪽으로 쭈뼛쭈뼛 자리를 잡았다. 비닐 우비를 뒤집어쓴 꼴이 바짝 세워놓은 큰 누에고치 모양이다. 그때 뒤쪽에서 또 한 무리가 이리저리 엉켜 난리를 피웠다. 우리한텐 왜 우비를 안 주냐는 항의며, 상자에 담긴 기념품을 잡아채며 벌이는 악다구니다. 이미 젖을 대로 젖어 온몸에서 구정물이 줄줄 흘러나오는 이들의 모습으로 방문객은 절로 풀이 죽고 말았다.

　일행의 꼬리에 붙었던 인서는 가까스로 행사가 진행 중인 운동장을 가로질러 교사 뒤편으로 몸을 뺄 수 있었다. 학교 울타리를 대신한 관목 숲의 야트막한 둔덕을 넘어서자 일시에 소음이 사라지고, 아찔했다. 마치 보이지 않는 어떤 눈과 맞닥뜨린 듯한 전율. 비경의 연못이다. 비취빛 수면에 뿌려지는 빗방울이 무수한 파문을 일으키며 공중에 띄우는 기운, 그것은 고요……, 연못의 날숨이다. 보일 듯 잡힐 듯하던 숨결이 금세 한 점 바람에 흩어지면, 아니다! 그것은 애당초 허공에 떠도는 고요를 비추려 한 거울이려니. 어디서 뻗어 내려온 건지 알 수 없는 소나무, 상수리나무, 가마귀쪽나무, 느릅나무 줄기들, 어디서 떨어지는 건지 또 알 수 없는 붉은 동백꽃 송이송이, 더더욱 알 수 없이 데굴데굴 굴러온 노란 유자 열매들, 이 섬 어느 바닷가엔가 널려 있다던 파란 공룡알 같은 있는 듯 없는 듯한 헛것들. 애초에 없는 것을 비추려 한 거울이 아니었나. 다시 바람이 잦아들자 빗줄기가 수직으로 떨어지며 수면에 겹겹 파문을 만들었다. 잠깐의 고요를 덮고 안으로 울리는 동심원, 그것은 시간의 들숨이다. 멈춰 있던 시간이 빨려 들어간다. 자칫 한눈을 팔면 한꺼번에 삼켜질 듯한 적요를 비집고 가물

가물 물 위를 스치는 그림자. 그것은 시간의 흐름을 거슬러 오르는 또 다른 물길의 날숨이다. 작은 배의 노 젓는 호흡에 맞춰 흘리는 노랫소리, 다드래기 장단의 장구 소리, 까르르 자지러지는 계집들의 웃음소리……. 인서는 뒷걸음질로 휘청거리며 호안 석축을 따라 연못 아래쪽으로 발을 옮겼다. 미처 발견 못 했던 건물의 처마 끝이 먼저 보였다. 정면 세 칸과 측면 세 칸이 한눈에 들어오는 단아한 정자, 아아! 그 옛날 그대로 세연정이 아닌가. 인서는 온몸을 휘감는 천지자연의 기운으로 부르르 떨었다. 정자의 기단에 올라서서야 그곳 연못, 세연지는 온전한 모습을 드러냈다. 물을 막은 석보, 연희무대였다는 동대와 서대, 고산이 뛸 듯하면서도 뛰지 않는 마음을 비유해 칭했다는 그 혹약암을 비롯한 물속의 바위들…….

동풍이 건듯 부니 믉결이 고이 닌다

돋 다라라 돋 다라라

동호를 도라보며 서호로 가쟈스라

지국총 지국총 어사와

압믜히 디나가고 뒫믜히 나아온다

인서는 물길이 흘리는 숨소리에 저도 몰래 「어부사시사」 한 수를 입에 올렸다. 빗속에도 물에 비친 정자의 그림자가 그야말로 천연의 실감을 그대로 드러냈다. 환상인가 실제인가 알 수 없이 계집들의 치맛자락이 정자 모퉁이를 돌아 사라졌다.

어쩌면 그렇게 아름다운 비경과 역사적인 궤적의 오솔길을 거슬러 올라왔을까. 꼭 누구에게인가 안내되어 온 기분이 들었다. 오늘 저기 고산의 삶과 문학을 기리는 축제장에 슬며시 오신 누가 아니었던가.

부용동. 안개에 휩싸인 보길도의 주봉인 격자봉과 그 아래 조그맣고 둥근 봉우리인 미산을 올려다보며 인서는 애써 환상을 좇았다. 백이와 숙제처럼 수양산의 고사리나 뜯으며 살겠다는 뜻으로 지었다는 미산, 이곳에서 그의 행적으로 미루어 볼 때 아무래도 납득할 수 없는 이름 아닌가. 아무려나 꿈은 영원히 꿈일 수밖에 없으므로 꿈이려니. 인서는 차라리 지금 이 순간이 영원이길 바라는 기분으로 하염없이 걸었다. 사실은 너무 헝클어진 스스로를 가누기 힘들었다. 더 이상 일행에게 돌아갈 엄두도 나지 않았기 때문이기도 했다. 젊은 날 자신을 거부했던 부용동이 오늘에서야 그 이유를 설명하는 듯했다. 얼마나 헤맸는지 발바닥이 물에 절어 퉁퉁 부울 정도가 되서야 인서는 고개를 들었다. 동천다려(洞天茶廬). 여느 카페와 달라 보이는 산자락의 고즈넉한 찻집이다. 비바람에 흔들리며 울리는 풍경 소리를 들으며 인서는 그곳으로 젖은 솜처럼 무거워진 몸을 들이밀었다.

"기다렸어요."

서재 같은 실내의 구석을 찾아서 앉자마자 들린 음성이다. 뜻밖에도 민화자였다. 인서는 눈을 치켜떴다.

"······."

"아주 오랫동안 말예요. 이곳에서 만나고 싶은 대로."

"어떻게 이곳에서?"

"이곳 보길도 출신 시인이 귀향해 운영하는 찻집인데, 당신을 기다릴 만한 곳으로 손꼽아둔 데예요."

찻잔에 우려진 인동차 향이 은은히 풍기기 시작했다. 역시 보통의 찻집이 아니었다. 일견하니 실내 벽면으로 사회과학 서적이며, 시집, 에세이집 들이 손수 만든 서가에 즐비했고 차 역시 우전과 세작, 죽엽차, 쑥차, 비파차, 인동차 등 이곳의 토속적 재료로 준비한 것이라 했다. 탁 트인 유리창 저편으로 잔뜩 비를 머금은 적자산이 보이니, 이름 그대로 선계에 있는 찻집이란 뜻이 썩 어울린다.

그런데 도무지 분위기에 어울릴 말문을 뗄 수 없다. 자신에 대한 민화자의 관심과 기다림이 무엇을 의미하는지 벌써 눈치채고 있었다. 그녀의 이혼 경력은 하등 문제가 아니었다. 장애는 오히려 인서 자신에게 있었다. 학문에 대한 회의보다 머리통을 짓찧는 자신의 고민이 병적 징후로 바뀌고 있지 않은가. 사실 이즈음 들어 대학에 몸을 담고 있는 사실에 갑갑증과 고통을 느껴온 터였다. 이런 상태에서 어떻게 그녀를 받아들일 수 있단 말인가. 더구나 해무가 겹겹 밀려오는 이 바닷가에 와 있다. 자신의 인생행로가 애초 여기 이 지점에 오도록 말뚝 박혀 있던 건 아니었던가. 인서는 대번에 목이 옥죄는 고통으로 헉, 신음 소리를 흘렸다.

"제가 이러는 거…… 불편하세요?"

그녀는 찻잔을 든 채 놀라며 물었다.

"아니, 아닙니다. 자꾸 따라붙는 그림자 같은 게……."

"누구 말이죠?"

"여기 와 있더라구요."

"아아, 그, 그래요?"

그녀는 미간을 찡그리며 의아심을 드러냈다. 인서가 무엇을 둘러대는지 알 까닭이 없을 터였다. 피하려면 더욱 들러붙는 악소문이 이제 막 몸을 휘감을 기세 아닌가. 가까스로 우려낸 죽엽차와 그와 같은 침묵. 창밖 한쪽에 비파나무 가지가 늘어져 흔들리며 울음을 흘리는 듯했다. 그런 나뭇잎 버석거리는 소리며 빗소리며 풍경 소리 끝에 이어지는 침묵마저 자연 그대로의 소리 없는 소리다. 그런 한순간 고개를 들다가 눈이 동시에 마주쳤다. 그녀의 얼굴에 살포시 보조개가 들어갔다. 인서는 겸연쩍어 어깨를 으쓱했다. 아무 일도 아니다. 그저 그렇게 스쳐 지나갈 것이다. 방을 지키는 젊은 아낙이 뜨거운 찻물을 더 올렸다.

"이곳에 귀향한 시인 알아요? 젊었을 때 운동권이었대요."

그녀가 애써 화제의 실마리를 풀었다.

"저기 보이는 책 주인공인가 보군요."

"맞아요. 사회주의 혁명을 꿈꾸다 몇 년 동안 옥살이를 하고 풀려나서 이곳으로 다시 들어왔다던가."

"……보길도하곤 맞지 않아 보이는데."

인서는 상대를 떠보듯이 말했다.

"그들이야말로 원래 보길도 사람이겠죠."

"차라리 노화도 시인, 하면 나을 것 같은데! 노예 해방을 꿈꾸던 노화도 시인……."

"당신도 비꼬시는군요."

그녀는 입을 실기죽거렸다. 당신은 정말 대책 없는 바보, 멍청이야. 꼭 그렇게 짚어, 뒤틀린 소리를 해야 하나. 그런 힐난의 눈빛이 읽혔다. 인서는 참지 못하고 벌떡 일어섰다.


격자봉 너머 뒤편에 위치한 예송리 민박촌. 밤이 깊어가며 비바람은 더욱 거세지고 천지사방 덮쳐오는 파도로 집채가 흔들거릴 정도였다.

쏴아- 쏴아- 후두두 후두두 쏴아- 쏴아-

파도에 갯돌 휩쓸리는 소리며 상록수 줄기들이 부대끼는 소리가 갈마들었다. 이곳저곳 나눠져 방에 든 회원 대부분 이미 술에 곯아떨어졌고 더러는 꼬리에 꼬리를 무는 이야기에 잡혀 있었다. 날씨만 아니라면 모두 검은색 갯돌밭으로 유명한 해수욕장에 나가 청정 하늘에서 쏟아지는 별빛을 흠뻑 맞았을 것이다. 계절이 계절인 탓인지 그들 말고 다른 여행객은 전혀 눈에 띄지 않았다. 섬은 이제 자기만의 세계로 침잠하느라 숨을 고르는 때이려니. 사나운 비바람과 어우러진 파도는 불청객에게 으르렁거리는 듯했다.

숙소를 나와 갈 곳이라고는 민박촌의 맨 위쪽 바닷가에 위치한 횟집이었다. 도무지 섬의 건물로 보이지 않는 슬래브 지붕의 2층 양옥이 당장 술 마실 기분을 떨어뜨렸다. 인서는 되돌아설까 망설이다가 다시 그를 부르는 민화자의 핸드폰 벨 소리에 잡혀 끌리듯 건물 안으로 들어섰다. 마루에는 이미 술자리가 질펀하게 벌어져 있었다. 학회의 주축이 되는 임원급과 총무, 그 한쪽 구석에 그녀의 모습이 눈에 띄었다.

"여, 뭣도 제 말하면 온다더니……."

누군가 반가운 체를 해주었지만 안경에 뿌옇게 서린 김으로 분간이 안 됐다.

"구원투수가 왔으니 이제야 민 교수가 기 좀 펴겠구먼!"

낄낄대는 예사롭지 않은 웃음소리 끝에 일그러진 표정 하나가 잡혔다. 행사 내내 J학장을 앞세우며 부산을 떨던 총무였다. 상 위의 접시에는 희거나 붉은 활어 살점들이 비 맞은 꽃잎처럼 널려 있었다. 기다렸다는 듯이 술잔이 한꺼번에 대각대각 놓였다. 인서는 그들의 기대에 따라 연거푸 술잔을 비워내며 생선뼈를 씹어댔다. 그냥 그렇게, 좌중으로부터 얼른 시선을 털어내려 했다. 그러나 그의 의도는 보기 좋게 빗나갔다.

"장 선생 말야. 우리 학회에 입회를 했으면 이런 때 신고를 해야 하는 거 아냐?"

아무렇지도 않게 대했던 총무가 시비를 거는 것이다. 애당초 총무는 그에게 세미나의 토론을 의뢰했었다. 당연히 민화자의 부탁이려니 생각하면서도 사양했는데 그걸 두고 서운했던 심사를 드러낸 모양이다.

"아직은 학회란 데가……."

인서는 흘금 민화자를 건너보며 말을 흐렸다.

"그게 아니라 당장 여기 계신 자네 누님한테……."

그는 좌중에 있는 J학장을 가리키며 말했다. 그때에야 인서는
사태를 알아차렸고 뒤통수를 얻어맞은 충격을 느꼈다.

"인사 좀 제대로 하라는 거지. 어쩌면 그렇게 뻔뻔스럽게 눈을
돌리고 다니는지…… 내가 못 봐주겠구먼."

이미 거나하게 술이 든 분위기였다. 그러나 '뻔뻔'이라는 말이
예리한 흉기처럼 그의 폐부를 찔렀다. 인서는 댓바람에 총무를 노
려보았다. 그에 의해서 자신의 행각이 그대로 밝힌 게 아닌가. 그
렇다면…… 인서는 지그시 입술을 깨물며 고개를 내저었다. 맞은
편에서 민화자가 끼어들었다.

"총무님, 너무하시다. 왜 장 선생한테까지 애꿎게 시비예요?"

"오호라. 소문이 사실이긴 사실인 모양이구먼. 둘이 그렇고 그
렇다는……."

인서는 더 이상 참을 수 없는 지경에서 자리를 박차고 일어났다.

"이거 봐! 당신 무슨 대단한 벼슬하고 있어? 학회를 멋대로 농
락하고 사람 불러들여 욕보이는 순 싸구려!"

목구멍으로 뜨거운 불덩이 같은 것이 넘어왔다.

"뭐 어째? 제 처신도 모르는 형편없는 친구가!"

펄펄 뛰는 총무의 움직임으로 순식간에 술상이 와장창 엎어지

며 비명과 소동이 일었다. 그리고 몇 마디 상스러운 욕설과 함께 둘은 한 덩어리로 엉겨버렸다. 얼결에 인서는 민화자가 토악질을 하며 다른 동료에 의해 부축받아 나가는 모습을 보았다. 주방에 있던 주인 내외는 물론 2층에 있던 손님까지 고개를 삐죽 내밀고 우르르 내려왔다. 그 일행 중 누군가가 큰소리로 떠들었다.

"아따, 이 냥반들이…… 넘에 잔칫상에 북새질 떨고 여그가 으찌구저찌구 멋대로 씨부린 서울 샌님들 아녀?"

엊저녁 세미나장에서 새어 나온 소리가 이미 섬마을에 좍 퍼졌을 것이다. 기껏 남의 축제에 와서 재를 뿌린 객들이 누구냐고 잡아 족칠 기세대로. 아니나 다를까. 비아냥거리던 시비는 커졌고 삿대질이 오갔다. 인서는 이쪽, 저쪽의 가운데서 샌드위치 꼴이 되고 말았다. 몇몇이 드잡이를 한 채 횟집 앞마당으로 질질 끌려 바닷가로 굴러떨어졌다. 서로서로 먹살이 잡힌 채 무수한 주먹질과 발길질이 오가며 만들어진 악다구니판이다. 휘이휘이 후두둑 후두둑, 폭우 소리와 파도 소리, 파도에 굴러오는 자갈 소리가 인서의 온몸을 덮쳤다. 눈덩이가 뜨겁고, 콧구멍이며 입술에서 끈끈한 액체가 연신 흘러내렸다.

"더 패! 더! 지지 밟아!"

"야, 이 새끼들 안 꺼져! 꺼지라고!"

인서는 한동안 자갈밭에 엎어져 밭은 숨과 뜨거운 피를 뱉어 냈다.

"놔둬! 놔둬! 뒈지기야 하겠어!"

한 무리의 웅성거림이 썰물처럼 빠져나가고 갯돌에 희미한 불빛만 어른거린다.

"인서 씨…… 인서 씨……."

여자의 애잔한 부름이다. 아마, 환청일까 싶었다. 인서는 지금 더없이 편안하고 자유로웠다. 순전 이 지경에 이르고자 불린지 모른다. 그 많은 날의 갈등과 번민이 시간의 파도에 떠밀려와 앙금처럼 깔리는, 이곳이 피안이다. 자신을 여기까지 밀어낸 것은 헛된 욕망이며 미몽이 아니었던가.

인서는 가까스로 눈을 떠 바다 저쪽을 내다보았다. 이쪽 말뚝에 밧줄을 맨 배가 거대한 파도에 뒤척이며 비명을 내지른다. 어둠 속에 허연 그 움직임만이 분명하게 그를 잡아끌고 있다. 그렇다! 더 망설일 까닭 없이 저 배를 타고 다시 떠나야 한다. 이제껏 어름거리며, 떠밀리듯 걸어온, 그리하여 더 갈 곳이 없는 여기서…… 배는 그렇게 자신을 기다려 오질 않았더냐. 인서는 엉금엉금 기어 밧줄을 잡았다. 밧줄이 좌우로 흔들리며 줄칼같이 몸뚱이를 썰어댔지만 그는 내처 걸음을 옮겼다.

덤블링 트리

여느 해 같지 않게 장마와 태풍 피해가 극성이던 여름이 지나가고 있다. 열대야 끝에 바야흐로 신통치 않은 밤송이들이 먼저 툭툭 떨어질 때. 그래도 아직 한낮의 열기는 짐승의 뱃구레를 까뒤집어놓은 양 무서웠다. 숨을 거두기 전 생명의 독기를 뿜어내는 듯한 위세다.

그녀와 나는 결국 실개천을 찾지 못했다. 실개천은커녕 물 한 모금 마시지 못한 채 한 시간 넘게 낯선 도시를 헤맨 것이다. 근육질의 승합차인 무쏘조차 아스팔트 위에서 납작 늘어져 숨을 헐떡이고 있었다. 내비게이션은 그녀의 기억 속에 아로새겨진 희미한 지명을 불러내지 못했다. 고층 아파트들이 무질서하게 난립한 동네에서 그나마 햇볕을 피할 곳은 도로변 상점 앞에 달랑 놓인 파라솔이었다. 그 아래, 쇠파이프 골격에 듬성듬성 노란 나일론 끈을 감은 의자 세 개가 앉을 테면 앉으라는 식으로 널려 있었다.

'쉴 곳'을 찾던 나와 그녀는 거기에 엉거주춤 엉덩이를 걸칠 수밖에 없었다. 물론 이번에도 내가 의도한 쪽은 남몰래 숨어들어 가기 좋은 모텔이었다. 만난 지 여섯 달이 됐고, 한 달여 전 사고를 당하듯 그런 곳에 갔었다. 술에 취하기도 했지만 그보다 더 압도된 '그 어떤' 감정 때문이었다. 그것이 과연 자연스러운 '어떤' 것이었냐 여부는 이제 다시 '그런 곳'으로 들어갈 수 있느냐 아니냐에 달려 있다. 말하자면 숙제와 같은 프러포즈일 수밖에! 그런데 그녀는 슬며시 외면했다. 찾을 곳을 놓치고, 그냥 돌아다니자 더니, 내처 올라가자고 할 판이었다.

유난히 '갈'자 지명이 많은 도시였다. 구갈이니 신갈이니 상갈이니 하갈이니 갈곡이니…… 그야말로 갈갈거리다 목이 바작바작 타는 기분이었다. 그 지명이 목마른 '그 어떤' 것에서가 아니라 갈천이라는 개울에서 유래했다는 것도 생급스러웠다. 목마른 개천이 아니라 칡넝쿨 우거진 개천이라나. 그녀가 깨우쳐주고야 겨우 입천장에 들러붙었던 'ㄹ' 받침들이 떨어지는 기분이었다. 칡넝쿨인지 아닌지는 몰라도 녹음이 뒤덮인, 마을 어귀 그 개울가에 느티나무가 있었고 그 아래 나무 침상이 놓여 있었다는 게 그녀의 기억이었다. 그건 어렸을 적 그녀가 상상한 그림의 한 부분일지도 몰랐다. 그런데도 마치 그 그림을 찾아주려는 듯 나는 사뭇 열중했고, 아파트 단지들과 콘크리트 건물 사이사이의 전혀 다른 미로를 헤매다 기갈이 나고 만 것이다. 애당초 그녀는 이렇게 기진맥진해지길 바랐을까. 이윽고 포기해서 깍지 낀 손을 머리에 얹도

206

록…….

"왜 자꾸 빼는 거지? 그만 떠날 사람처럼……."

나는 결국 한발 앞지른 생각을 드러내고 말았다. 밑도 끝도 없는 어깃장에 대한 반감이겠다. 나로서는 당연히 그런 심사가 들지 않을 수 없었다. 더 이상 머뭇거릴 게 무언가. 공사 간의 복잡한 방정식을 풀어 이제야 남들 앞에서 떳떳하리라 싶었으니까. 아내와 사별한 지 몇 해 지나지 않아, 마음의 장애가 적지 않았다. 나보다 한참 어린 상대가 과연 결혼을 생각하는지 어떤지 가늠하기는 어려웠다. 그렇지만 그녀가 생글생글 웃으며 뭔가 더 요구하듯 모호한 표정으로 나를 이끈 것도 사실이다. 더 이상 둘 사이의 결단을 미룰 상황은 아니었다. 그것이 일방적인 망상이었단 말인가.

아니, 아직도 알 수 없는 그녀의 정체가 문제라면 문제 아닌가. 실은 마음 깊은 곳을 헤집고 흔들며 모호하게 만드는 그것이 불안을 짙게 했다.

그녀는 예의 침묵으로 맞서다가 겨우 말끝을 흐렸다.

"그런 게 아니고……."

"그럼……?"

"그 어떤 관계로 만나기 싫다는……."

"왜? 갑자기?"

반사적인 반응에 그녀 역시 날선 표정으로 되물었다.

"왜, 그 사진을 보여줬죠? 어떻게 그런……."

그때서야 나는 그녀가 무슨 얘기를 하는지 눈치챌 수 있었다.

며칠 전 그녀가 사무실에 왔을 때 무심코 보여줬던 아내와의 미국 여행 사진들과 관련된 것. 하필 그게 사무실 컴퓨터에 그대로 남아 있을 줄 몰랐지만, 왜 그녀에게 그것을 보여주려 했는지 더 알 수 없다. 그중에서 라스베이거스의 한 호텔에서 찍은 아내의 벗은 모습이 문제였다. 정리되지 않은 폴더를 대수롭지 않게 풀어내다 발생한 실수였다. 그런데도 그녀는 유심히 문제의 사진을 보지 않았던가. 풍만한 유방과 가슴골이 그대로 드러나 있는, 상반신의 누드 사진이다. 더블침대 위에서 이쪽을 보고 눈을 살짝 흘겼지만 이미 카메라를 의식한 포즈였다. 어쩌면 앙탈을 하며 유혹하는 욕망의 교묘한 변주가, 실제 그다음 단계인 섹스로 진전된 사실까지 그대로 농염하게 드러나 있었다. 그녀가 과연 그것을 읽었을까? 그런데…… 그렇다 한들 그것이 그녀에게 그만큼 감정의 반란이나, 치명적인 거부감으로 작용할 무엇이라도 된단 말인가. 더구나 길거리 어디라도 마주칠 일 없는 저승의 존재였다.

그녀의 침묵은 숨결마저 집어삼킬 듯했다. 시비를 걸고 내게 답을 요구하는 게 아니라 스스로 뭔가를 정리하려는 마음이 그대로 전해졌다.

*

눈부시게 강하고 따가운 오후 땡볕이 파라솔을 뒤흔드는 듯했다. 로스앤젤레스에서 'Route 66' 도로를 타고 라스베이거스로 가는 딱 중간 지점쯤의, 바스토우 시 근교 휴게소에 들러서였다. 간이매점 옆으로 큰 주유소가 위치한 것으로 보아 사람보다는 차를 위한 휴게소랄 게 맞았다. 처남이 몰고 온 드럼통 같은 클라이슬러는 게걸스레 기름을 빨아들였다. 모래바람이 불면 어디가 어딘지 종잡을 수 없다는 사막에서, 잠깐 쉴 곳이 있다는 것이 그래도 다행으로 여겨졌다.

아내는 얼굴과 손등에 연신 선블럭크림을 바르면서 썬키스트를 들이켰다. 저러다 배탈이 나거나, 열병에 까무러치는 게 아닌가 걱정이 될 정도였다. 그리고 또 어느새 한 움큼의 알약을 집어삼켰다. 비타민과 멀미약이라는데 걱정에 걱정을 얹히는 꼴이었다. 이전에 어떤 여행을 해도 그렇게 심약해 보인 적이 없었다. 그렇다면…… 몇 달 전 병원을 오가더니 무슨 말 못 할 근심을 달고 온 건 아닐까. 아니라고, 대수롭지 않게 한 말을 그냥 귓등으로 흘린 게 잘못은 아닐까.

처남은 퉁퉁 불어터진 히스패닉계처럼 굴었다. 처음 만났을 때 너무 살이 쪄 못 알아볼 정도였는데 입까지 다물고 있으니 꼭 그렇다. 아니, 어쩌면 말을 피하는 듯싶기도 했다. 불도 안 붙이고 질끈 씹어 문 담배가 또한 그렇게 비쳤다. 그러나 냉정히 되새겨보자면, 할 말을 잃어버려서이리라. 무엇보다 처남과 우리 부부는 근 20년 만에 만난 처지였다. 가끔 의례적인 전화 연락을 하던 터에 그야말로 '엉겁결'에 만난 셈이었다. 언젠가 가겠지 하며 차일피일 미루던 미국행을 이번엔 웬일인지 아내가 재촉했던 마당이다. 분명 '웬일'은 아니었다. 어머니 생전에 마지막일지 모른다는, 어쩌면 처음이자 마지막일지 모르는데, 가봐야겠다고……. 단호하기까지 하지 않았던가. 그런데 막상 와보니 몇 달간 장모님의 병간호를 해온 처남 내외의 태도는 의외로 담담했다. 침대에서 떨어져 고관절이 부러진 건, 그 뒤를 이은 치매기에 비해 아무것도 아니라 했다. 무미건조한 설명이랄 수밖에! 뭐, 의자의 다리가 부러진 다음, 삐걱거리고…… 불쏘시개로 들어가게 마련이란 투였달까. 떠나올 때 아내의 다급한 마음과 비교되는 그들의 헐거운 응대가 마치 그런 뉘앙스로 전해졌다. 물론 내가 고약하게 지펴올린 상상이다. 처남 내외는 일찍이 홀몸이 돼 이민 온 장모님을 뒤따라오고 나서, 줄곧 장모님을 '의자' 삼아 지냈을 법했다. 고약한 비유일까. 그만큼 편하고 더없이 중요한 존재가 아니었던가. 부부가 맞벌이를 하는 동안 장모님은 두 아이를 맡은 탁아모이자 온갖 집안일을 돌보는 파출부로 전전긍긍하지 않았을까. 의자는 부서져 이제 십자가가 될 판이다. 장모님은 그들을 위해 머리털이 빠지고, 혀가 빠지고, 무릎이 빠지게 기도했다. 그래도 그들의 살림이 나아졌다면, 오늘에 이르러 그런 불상사를 맞지 않았을지 모른다. 침대에서의 낙상 사고도 새벽기도를 하다가 벌어진 일이라니 말이다. 굳이 장모님의 입장을 안쓰럽게 보듬어보자면 그렇다는 것이다. 처남 입장에서야 이쪽에 왜 할 말이 없을까. 고국에 남아 한갓지게 지내는 우리 부부에 대한 서운함이 또 왜 없으랴. 명절에 김 몇 톳 보내면 구실을 다한 줄 알았으니까. 그런데 나에게 처남은 역시 처남이었다. 아내에게 올케의 입장이 또 그렇듯이. 해야 할 일을 마땅히 하러 왔는데, 오히려 불원천리, 만 리 달려온 게 황감하다는 식이었다. 확실히 장모님의 병고와 퇴락을 설명하는 편과 다른 어조였다.

"괜히 처남한테 신세만 지게 된 꼴이네, 이거 원!"

나는 지레 되뇌어 말했다.

"뭐, 어차피 오긴 오셨어야 해요. 치매 때문에 아파트도 내주고 양로원으로 가야 할 것 같거든요."

"아니, 그게 그럼……."

"네. 사실…… 주 정부에서 독거노인을 위해 제공한 아파트거든요."

처남은 짓씹던 담배에 불을 붙였다. 감추려 한 게 아니라, 그동안 설명할 필요가 없어서 그랬다고…… 뒤통수를 맞는다는 게 그런 느낌일까. 우리 부부가 묵었던 그 오피스텔 같은 아파트가! 오렌지카운티에 있는 처남의 단독주택이야 월세집이란 걸 알았지만, 원룸에 거실 딸린 그 정도 아파트도 자기 것이 아니라니. 그나마 장모님이 5년 전 미국 시민권을 따서 연금을 받고 그 돈의 반으로 관리비를 내왔다는 설명까지 들으니, 뭔가 속은 기분이었다. 아니, 처남이 아니라 미국이 나를 초청해 거대한 사기판으로 끌어들이려는 듯 여겨졌다.

바스토우에서 캘리코의 은광촌으로 가는 길에서 본 호수가 결정적이었다. 분명 물이 잠방이는 거대한 호수로 보이는데 처남은 아니라는 듯 고개를 내저었다. 아예 내 말을 무시하듯 연신 가속 페달을 밟아댔다. 이글이글 타오르는 아스팔트 도로에서 지프는 풍뎅이 한 마리와 별반 다를 게 없을 것이다. 자칫 뒤집어지기라도 하면 버둥거리다 금방 구워질! 그 지경에 이르러 나는 차를 세우게 하고 말았다. 내 눈으로 멀리 호수를 확인해보겠노라 했지만, 실은 처남의 졸음이 브레이크를 잡은 셈이었다. 뜨거운 지열이 후끈 몸을 휘감았다가 증발했다. 얼른 걸음을 옮겨서 길가 아래쪽의 야트막한 둔덕으로 내려섰다. 그렇게 느껴서일까, 생명의 기운이 코끝을 스치는 듯했다. 분명 이곳 모래사막은 죽음의 땅이 아니다! 마치 불청객을 환영하듯이 외따로 다가온 나무 한 그루의 그림자가 발치에 떨어졌다. 대부분은 묘목을 심은 듯 일정한 간격으로 듬성듬성 서 있는 가시선인장의 일종이다. 조슈아나무. 예전의 몰몬교도가 서부로, 서부로 정처 없이 가다가 황혼 녘에 본, 저 오롯한 형상이 기도하는 여호수아 같다고 해서 그렇게 붙였다던가. 발목을 적신 그림자가 그런 세례처럼 마음을 흔들었다. 그러나 사막 짐승들의 로드킬을 방지하기 위해 둘러쳐졌다는 철책선 때문에 그쪽으로 더 다가갈 수는 없었다.

"찾았어요? 보여요?"

처남의 외침에 가까스로 정신을 차렸다. 그러고 보니 속눈썹 아래로 아른거리던 호수는 온데간데없다. 땅에 내려서 맨눈으로 보면 분명 잡힐 듯한 그림이 아니었던가.

"하하하! 그게 바로 신기루였던 거예요."

"그럴 리가?"

"뜨거운 열섬현상으로 만들어지는 거라는데, 사실…… 난 그것마저 못 봤는데."

처남은 허허롭게 웃었다. 내 오아시스를 빼앗아가 미안하다는 기색이랄까.

"사막 저쪽 어딘가, 지하 깊은 곳 어딘가 있긴 있을 거야. 커다란 호수가!"

"매부, 감상은……."

"그렇지 않고야, 저렇게 많은 나무들이 살아갈 수 있나?"

"아, 조슈아는…… 달라요. 원래 그렇게 진화해왔으니까. 그렇지만……."

뭔가 설명거리를 찾으려다 처남은 말문을 닫았다. 혹, 뜨거운 기운이 다시 몸을 휘감는가 싶었는데 모래바람이다. 눈알에 급작스레 잔모래가 쓸려 들어와서 따끔거렸다. 마치 지표면에서 작열하던 열기가 만든 파도 같은 바람이다. 바람결을 따라 무더기무더기 건초더미가 뒹굴기 시작했다. 처남의 눈길은 그 무더기들로 내 시선을 끌었다. 꼭 그렇게 느껴졌다. 그 둥근 건초더미가 식물이란 사실은 훨씬 뒤에 알게 된 일이다. 이리저리 떠돌다가 물기가 있는 곳에서 뿌리를 내렸다가, 생육조건이 맞지 않으면 또 바람 따라 유랑의 길을 떠나는 무리들. 그때는 그게 무엇인지…… 무엇을 의미하는지 몰랐다.

라스베이거스의 밤은 휘황찬란했지만 서글펐다. 명멸하는 온갖 불빛 속에 나대는 사람들은 부나비 같다. 아니, 먹잇감을 찾아 모여든 야행성 짐승들이란 비유가 맞을 법하다. 열망에 들뜬 그들의 눈빛에서는 광채가 번뜩인다. 거리 곳곳의 테마 호텔과 그 장식 같은 쇼가 영화보다 더 영화적인 현실판 영화이고, 현실보다 더 현실적인 영화판 현실로 보인다. 화산 폭발을 주제로 한 미라지 호텔, 현란한 분수 쇼로 유명한 벨라지오 호텔, 로마시대를 재현한 시저스팔래스 호텔, 보물섬과 해적선의 트레져아일랜드 호텔, 아더왕의 전설을 들려주는 엑스칼리버 호텔……. 그 무궁무진한 신기루의 향연으로 초대된 이들에게 삶은 이미 삶이 아니다. 여기선 조금 전 낮에 있던 일조차 사그라져 날아간 재와 같을 뿐. 이제 다시 불속에서 스스로 불꽃이 되면 된다. 더 볼 것도, 생각할 것도, 더 바랄 것도 없이 그 안에 녹아들면 그뿐이다.

우리는 관광 코스대로 도심을 어정거리다가 스트라토스피어 전망대에서 야경을 감상한 뒤, 베네치아 호텔에서 여장을 풀고, 초호화판으로 소문난 쥬빌리 쇼를 관람했다. 그런 뒤 아내는 피곤을 호소하며 룸으로 올라갔고, 나와 처남은 로비 뒤편에 있는 카지노로 들어갔다. 호텔이 숙박을 위해서만 있는 것이 아니라는 사실이 그제야 실감났다. 커다란 룸마다 블랙잭, 포커, 바카라, 빠찡꼬 따위의 수많은 게임판과 머신들이 즐비하고 갬블러들이 바글바글했다. 처남은 마치 가이드로 마지막 미션을 수행하듯이 나를 슬롯머신 앞에 앉혔다. 보통 티켓 프린터를 사용하는 게 아니라 코인이

땡땡 떨어지는 옛날식의 머신이었다. 그저 관광기념 삼아 레버 몇 번 당겨보려던 내 생각은 어긋나기 시작했다. 얼마 되지 않아 몇백 불을 잃고 허둥댔고 급기야 처남에게 손을 벌렸다. 25센트짜리를 사용하는 처남의 자리에선 웬일인지 가끔 잭팟이 터졌다. 그는 거의 무표정한 채로 줄담배를 피우며 스핀버튼을 눌러댔다. 무척이나 익숙하고 달관한 경지로 보였지만 한편 쓸쓸하게도 비쳤다. 처남은 몇 년 전 도박으로 가정 파탄이 날 지경에서 겨우 벗어난 적이 있다.

"말로는 하루에도 몇 번씩 헤어지죠."

내가 그때 일을 언급하자 처남은 심드렁하게 대꾸했다.

"여태…… 뭐 그렇게 싸울 일이 있어서……."

처남이 흘깃 이쪽을 쳐다보았다.

"같이 지내지만 구실을 못하니까."

"아니, 무슨?"

"모르셨어요? 몇 년 전에 전립선암으로 아랫도리를 들어냈거든요."

읍! 나는 절로 터져 나온 신음을 꿀꺽 삼켰다. 고환을 떼어내고 오줌길을 파이프로 연결했다는데 그게 어떤 상태일지 도무지 상상이 안 갔다. 언젠가 아내가 한약 타령을 하며 미국으로 천마 뿌리들을 부쳐준 게 그 일 때문이었던가. 천마가 말초혈관까지 피를 잘 돌게 하는 약재란 사실도 훨씬 나중에 안 일이다. 아닐지 모르지만, 그만큼 내가 무심했을 수 있다.

"그 뒤부터 그 사람은 '할렐루야'로, 나는 '될대루야' 쪽으로 빠지게 됐죠."

"될 대루? 그렇다고 이런 데서……."

"불확실하니까. 누군가 그렇게 말했다든데……. 도박이란 가장 불확실한 패를 위해 가장 확실한 걸 거는 거라고."

"그럼 일상생활은 그 반대로 하고?"

"맞아요! 제대로 살려면…… 되는 대루, 그냥 살아야 하는 거."

그의 말답지 않은 말이, 그러나 장난으로만 들리지 않았다. 진지하고 열심히 산다고 해서 꼭 바라는 일이 되는 것도 아니고, 적당히 산다고 해서 안 되는 것도 아니라는……. 뭐 그런 푸념이 아닐까. 또는 어긋버긋한 일상의 불만쯤으로 어림짐작할 수밖에.

"그래도 꿋꿋하게 버텨나가야지 않겠어?"

이야말로 말 같지 않은 허언이 아니었던가.

"꿋꿋? 흐흐흐……."

처남은 실소를 흘렸다.

그때 내 쪽의 머신에서 모처럼 코인이 와르르 쏟아져 나왔다. 이백 불의 크레딧이 바닥날 즈음, 최대 베트로 지르고 먼저 일어나야겠다고 생각한 참이었다. 언제까지나 딸랑딸랑 떨어질 듯한 코인 소리가 환각처럼 고막을 울렸다. 잠 못 이루던 아내가 객실에서 내려와 어른거렸던 게 아마 그쯤이었을 텐데……. 우리는 결국 그녀를 지나가는 구경꾼으로 만들었다. 대충 새벽 3시나 4시 어름이겠지만, 밤이 낮과 같은 이 도시에서 무어 그렇게 대수랴.

아내는 나와 처남의 어린애들 장난 같은 짓을 차마 말리지 못하고 조용히 올라갔을 것이다. 그 뒤 나는 처남이 어디로 갔는지도 모르는 채, 홀짝홀짝 와인과 코냑을 마셔대며 딴 돈을 다 잃을 때까지 머신과 머신을 전전했다. 우리가 계획한 이튿날 그랜드캐니언 행이 다음 날로 미뤄진 까닭은 그러했다.

*

클릭 한번에 압축파일이 주르르 풀리듯 했다. 바스토우에서 캘리코의 은광촌으로, 조슈아나무들이 듬성듬성한 모하비 사막을 가로질러 라스베이거스로, 미라지 호텔의 화산 폭발 장면이며 쥬빌리 쇼 등등……. '왜 아내의 사진을 보여줬냐'는 물음이 단초였던가? 당신은 오란씨를 컵에 따라 마시며 무연히 이쪽을 바라보고 있다. 당신 역시 우리 둘이 압축해 만든 추억의 파일을 풀어보고 있다는 듯이. 나 역시 부끄럽게 반문하지 않을 수 없겠다. '당신은 과연 나에게 누구인가?'

사무실 한쪽에 그림처럼 있던 그녀가 사장의 눈짓으로 명함을 건넸다. 아마 내가 그녀를 소개받고 싶어하는 듯이 비쳤는지 모른다. 나는 명함을 받는 둥 마는 둥 했다. 모나지 않게 살짝살짝 각이 진 얼굴형에 강한 눈빛이 인상적이었다. 모순을 끌어안고 감추려 하지만, 기어코 드러내고 만다 할까. 그녀가 근무하는 조경업체는 사장이라도 원청업체의 차장에 불과한 내 눈치를 보기 일쑤였다. 지방 소도시의 아파트 몇 개 동을 짓는 공사지만 하청업체로서는 그야말로 가뭄에 단비와 같은 일이다. 아니, 일 년 목줄이 달린 역사일 수 있다. 아예 목이 잘린다 하더라도 한몫 챙기면 그만이기도 하다. 협력업체를 관리해야 하는 나는 당연히 코가 꿰이지 않도록 조심해야 했다. 코가 꿰이면 그다음 목이 잘리기 십상이니까. 그런 판에 위계가 다른 남녀 간의 사적인 만남이란 얼마나 위험한 곡예인가. 자칫 불륜이나 부정한 관계로 치부될 공산이 더 컸다. 나는 위장된 허세를 부리며 업체를 몰아붙이곤 했다. 물론 에누리 없는 계산이 따랐고 경우에 따라서는 기성금을 먼저 주기도 했다. 그런 연후에 회식 자리에는 그녀가 사장의 대리인으로 참석했다. 결국 그쪽 사장의 능갈친 계산이 오히려 우리 둘을 엮어준 셈이었달까. 아무튼 우리는 공사 분명하고, 공사다망하게 하나로 여겨지기 시작한 터다. 공사를 총괄하는 우리 업체의 현장소장은 사뭇 의뭉스럽게 우리의 관계에 부채질을 해댔다. 물론 하청업체 쪽에서 기름칠을 한 덕일 것이다.

아파트 단지 내 곳곳에 공원을 조성하는 동안 나는 감독이 아니라 그녀의 조수처럼 따라다녔다. 그러다 설계에 없는 조경시설을 추가로 설치하는 데는 동업자처럼 의기투합하기도 했다. 그것은 동과 동 간에 시각적인 흥미를 자아낼 수 있는 담장을 설치하자는 의견이었다. 낮은 담장 가운데 '만월형'의 문을 내고 담벼락에는 '수복문자' 등의 전통 문양과 꽃무늬를 장식하여 고풍스럽고 안온

한 분위기를 만들어주자는 것이다. 이런 문창기법으로 '월창', '장팔방창', '호형', '능화형'을 예로 들며 나직나직이 말하는 그녀의 설득은 묘한 맛을 풍겼다. 담장의 문이, 문이 아니라 저쪽을 엿보게 하는 구멍이라는 느낌으로 들렸다. 낮게라도 자신의 울타리를 갖고 싶은 은밀한 욕망이 유혹의 목소리로 전해졌달까. 아무튼 정자를 고집하던 현장소장은 홀린 듯 마침내 뜻을 접었다. 주객이 전도됐는지 몰라도 작업은 기대 이상으로 잘됐고, 위에서 좋은 평가를 받았다. 그때서야 조경기사 윤명혜란 이름이 뇌리에 들어왔다. 그 전까지 그녀는 그냥 윤 기사였고, 딱히 이름을 부를 이유가 없었다.

갑과 을의 이해관계는 여느 하청업체와 달리 어렵지 않게 녹아갔다. 소장과 업체 사장의 관계가 이익을 매개로 한 것이라면 그녀와 나 사이는 분명 다른 것이라 여겼다. 낯간지럽게 사랑이라 말하지 않더라도 필요에 의한 것이라고만 말할 수 없는 진정한 관계. 담장의 문을 드나들며 급기야 심리적인 장애는 허물어졌다고 믿었다.

질펀한 회식 자리가 끝나고 행선지가 분명 다른데도 우리는 중형의 모범택시에 실려졌다. "어디로 가든 괜찮아!" 현장소장을 비롯한 일행의 떠드는 소리가 멀어져갔다. 정말 어디론지 갈 수 있는 자격과 함께 티켓이 주어진 듯했다. 어느 집으로 가든, 아니면 모텔로 가든, 그도 아니면 공항으로 직행하든……. 그녀와 나는 분명 또 다른 작품을 만들어가야 하는 것이다. 어느 결엔가 그녀의 손이 내 손등에 올려졌다. 나는 손을 바꿔 잡고 다른 팔로 그녀의 허리를 감쌌다. 깊게 파인 라인이 리드미컬하게 출렁거렸다. 이윽고 어깨에 기대온 그녀를 살짝 돌려 잡아 격렬하게 키스를 퍼부었다. 기다렸다는 양 그녀의 혀가 내 혀뿌리 아래를 밀고 들어와 꿈틀거렸다. 끔찍한 전율로 온몸이 녹아내리는 듯했다. 어느새 제 몸을 떠난 본능의 촉수가 그녀의 허벅지 쪽을 더듬어갔다. 그녀는 움찔하며 눈을 떴다. 그리고 나를 살짝 밀치며 말했다.

"후회하실 거예요."

그게 무슨 말이었던가. 그냥 허투루 듣고 말았던 그 말의 씨가 이제 여기에 이르러 모종의 결과를 만들려 하는 건 아닐까. 그 말을 무시하고 결국은 깊은 관계에 빠진 탓일 수 있다. 나는 그녀를 빤히 바라보았다. 아니, 무언가 머뭇거리며 내놓으려하는 말을, 스스로 끄집어내기를 기다렸다. 결코 아내의 나신 때문에 둘 관계가 갑자기 나락 속으로 빠져들 수 없이……. 그녀는 불안한 안개를 벗어나려는 걸음을 해왔을 것이다.

"떠나려고 한 건 맞아요……. 아니, 떠날 거고……."

말짱 한 대 얻어맞은 느낌이었다. 역시 흔들리던 불안의 조짐대로, 올 것이 왔구나 하는 생각이 뒤를 이었다.

"어쩐지……."

"아니요! 당신을 떠난다는 게 아녜요."

"그게 아니라면?"

뒤미처 나보다 더 당혹해하는 그녀의 마음이 대번에 읽혔다. 바로 그렇게 그녀의 눈빛은 위악스러울 때보다 본심을 들킬 때 더욱 빛났다.

"하던 일 말예요. 조용히…… 그냥, 떠나려 했는데……."

"푸하하하!"

나는 절로 터지는 웃음에, 또 절로 실리는 호기를 그대로 드러냈다.

"그거야…… 어차피 다 끝나가는 마당인데, 새삼스럽게 무슨?"

"아예 그만둔다는 거예요. 그만둘 수밖에 없고……."

기어들어가는 목소리와 숙인 그녀의 얼굴에 짙은 그늘이 드리워 있었다. 그제야 나는 사태의 심각성을 눈치챘다. 진정으로 얘기하려는 뭔가에 자꾸 장애를 받고 있었다는 것을. 그리고 아내의 사진이 목구멍의 가시처럼 그녀의 감정선에 걸렸을 수도 있으며, 이제 떠나려 한다는 게 무얼 의미하는지 어림짐작 됐다. 일터를 떠난다는 게 결국은 나와의 관계를 정리하겠다는 쪽이라도 어쩌겠는가. 그러나 내 허세는 거기까지 뿐이었다. 어느 결엔가 그녀의 어깨가 들썩였고, 말소리는 불안에 잠겨 있었다.

"가짜였어요……. 모든 게……. 윤명혜의 모든 게!"

비명은 거의 울음으로 터져 나왔다.

"난, 윤명혜가 아니었어요. 그렇게 모르시겠어요? 죽은 사람을 대신할 자격으로 행세해온……."

아아! 단말마적인 자복의 소리였다. 그녀가 말하고자 하는 게 무엇인지 금방 잡혔다. 업체의 요구대로 사망 기술자의 자격을 도용해 일을 해왔다는 것. 영세 업체들이 면허설립에 필요한 만큼 보유 기술자를 잡다 보니 그런 귀신까지 떠돌아다니는 꼴이다. 그러고 보니 그녀의 절망은 최근 관련 기관의 불법 자격대여자에 대한 조사와도 무관치 않아 보였다.

그렇지만, 당신이 실제 명혜가 아니라 한들…….

아니, 꼭 일 때문에 우리가 서로 좋아하고, 서로 사랑하며……
이렇게까지 오게 된 건 아니지 않는가?

뭔가를 설명하고 동의를 구하려는 스스로가 아무래도 궁색했다. 그만큼 인연의 고리에 자신을 걸었다가 풀어버리려는 그녀가 두려웠다. 그녀가 진정 나를 생각하고, 사랑했다는 증표가 있을 수도 없지만……. 아니라고 할 까닭도 없다. 여기서 그렇게 끝날 수는 없는 일이다! 나는 마른침을 삼키며 고개를 내저었다.

파라솔의 그림자마저 저만치 멀어져 버려진 듯했다. 탄산이 빠지고 탈색이 된 오란씨는 마치 건강검진을 위해 받아놓은 소변처럼 보였다. 거의 무너지고 널브러진 그녀를 어떻게 부축해 차에 태웠는지 모른다. 오래전에 낚시를 한다고 가본 적이 있는 호수가 떠올랐다. 그곳에 가서 거꾸로 물길을 거슬러 오르면…… 그녀가 찾던 동네가 나오지 않을까 하는 얼토당토않은 생각까지 일었다. 내비게이션은 기다렸다는 듯이 차를 곧장 고속도로로 향하게 했다.

아내는 샤워를 하고 룸으로 나와서 벌거벗은 몸으로 포즈를 취했다. 평소에 잘 보지 못했던 풍만한 몸매가 파인더에 꽉 찼다. 나는 겸연쩍어하면서도 흥미롭게 셔터를 눌러댔다. 아직 팽팽한 볼륨으로 육감적인 기운을 풍기는 유방은 낯설게 보일 정도였다. 클로즈업하여 다양한 가슴 윤곽선을 잡도록 하는 아내의 의도가 또한 그러했다.

나는 시공을 초월한 낯선 곳에서의 스릴 있는 이끌림에 취하기 시작했다. 침대에 올라가 이쪽을 보는 아내의 허벅지 사이로 음모가 살짝 드러났다. 내친김에 나는 아내에게 더욱 자극적인 자세를 요구했다. 오늘 밤만큼은 포르노 배우처럼 자기를 마구 내던져보라고. 아마 나중에 다른 여자가 이 사진을 본다면, 결코 아내가 대상이었다고 여길 수 없을 만큼…… 그런 농염한 자태다. 이윽고 나는 관음증 환자처럼 아내의 깊은 곳을 파고들며 셔터를 눌러댔다. 그리고 이내 카메라를 내던지고 아내의 몸속을 헤집어나갔다. 이제껏 경험해보지 못한 판타스틱한 상상과 몽환이 뭉글뭉글 입속으로 들어왔다. 나는 무릎과 무릎 사이에 아내의 홀쭉한 양 옆구리를 끼우고 상체를 살짝 포갰다. 집에서는 결코 해본 적 없는 뜨거운 본능의 전희였다. 아직 열어본 적이 없는 미지의 여체를 탐닉하는 것이 그러할까. 땀으로 번들거리는 유방은 셀룰로이드로 포장한 과일처럼 보였다. 아내는 두 손으로 유방을 그러쥐어 어린아이에게 젖을 빨리듯 했다. 혀를 굴리며 살짝 깨문 유두의 오돌토돌한 돌기에서 들큼한 맛이 우러났다. 이쪽저쪽 번갈아 먹이려는 아내의 몸짓이 유난스러웠던 걸…… 그때는 몰랐다. 어느 한순간, 그녀의 눈시울에서 물기가 반짝였다. 그것 역시 축축이 젖어 역류한 감정으로만 알았다. 입술 같은 속눈썹 안에 웅얼거리는 눈빛이, 결국은 웅어리진 속말의 형태였다는 걸 어찌 알 수 있었겠는가.

경비행기로 그랜드캐니언의 상공을 나는 동안에도 실상 눈치 채지 못했다. 나는 창 쪽에 앉은 아내의 어깨를 살짝살짝 밀치며 협곡 아래를 내려다보는 데 급급했다. 조바심 때문에 이어폰으로 우리말 안내를 듣다가 영어채널로 바꿨다. 그것도 관광지를 돌아보는 듯해 이내 빼버렸고 망원경도 파우치 안에 넣어버렸다. 그저 맨눈으로 보지 않으면 안 될 장관이 아닌가. 가히, 그 웅대한 스케일과 신비한 풍광에 입을 다물지 못했다. 기체가 방향을 바꿀 때마다 햇빛에 반사된 협곡의 단면과 그 바깥쪽 봉우리며 골짜기는 적자색, 혹은 코발트블루며, 혹은 은회색 따위가 갈마드는 기기묘묘한 마블링으로 변주됐다. 그리고 대협곡의 저 아래 굽이굽이 콜로라도 강이 손에 잡힐 듯했다. 어찌 보면 큰 수술을 받기 위해 개복한 대지의 핏줄 같다고 할까. 아니, 어떤 표현도 갖다 붙이기가 졸렬하리라.

어느 한순간 아내의 신음이 귀에 들어왔다. 그 흐느낌은 점점 커졌고, 멀미로 토악질을 하며 거의 울음처럼 바뀌어갔다. 위생봉투에 걸쭉한 토사물이 고이며 시큼한 냄새가 진동했다. 약은 가량없이 또 얼마나 먹었는지 독한 약내도 배어 나왔다. 나는 주위의 눈치를 살피며 아내의 등을 살짝살짝 두드려주었다. 그런 사정에 아랑곳없이 기체가 요동을 치며 아래쪽으로 쏠렸다. 동력을 잃듯 천길 협곡 아래로 곤두박질치는 게 아닌가. 절로 눈이 찔끔 감기고 미주알이 빠져나가는 듯했다. 그러다 솟구쳐 던져지는 기세에 유체이탈이라도 된 양 몸만 허공에 붕 떠 있는 느낌에 빠졌다.

"그동안 정말, 당신 좋았고……. 행복했어요."

가까스로 정신을 차렸을 때 들은 말이었다. 화장발이 지워진 아내의 얼굴은 푸르딩딩하고, 입꼬리에는 허연 침 자국이 보였다. 지상 최고의 웅장하고 아스라한 부력으로 떠받쳐진 곳에서 아내는 그야말로 뭉개져 있었다. 그것이 결코 속마음일 수 없다는 점 또한 너무 명징했다. 만약 비행기의 껍데기가 돌풍에 홀연 날아간 채 두 사람만 떠 있다고 한다면……. 아주 잠깐 그런 이상한 생각까지 들었다. 좋았고, 행복했고, 사랑했다고 했으니까!

조금 묘하고 쑥스럽게 들렸다 싶었는데, 쳐다보는 눈은 더욱 이상하게 내 심상에 깊은 굴절을 만들었다. 어젯밤의 뜨거운 일을 들먹이는 게 아니란 사실이다. 급기야 나는 귀에 거슬린 '그동안'이란 군말을 잡아 틀었다.

"무슨 말이야?"

아내는 애써 웃으며 고개를 내저었다. 제 속을 다 뒤집어 쏟아내고 이제는 내 속을 까뒤집어놓겠다는 얄궂은 심술로도 비쳤다.

"여기서 뛰어내리기라도 하겠단 말같이…… 그동안이라니!"

"너무 좋은데, 미안……해……."

아내는 채 말을 잇지 못하고 고개를 돌렸다. 심술딱지라도 빼놔야 직성이 풀릴 것 같던 기분은 순식간에 꼬부라지고 말았다. 아내는 고공비행의 멀미로 게운 게 아니라, 속이 다 까지게 울고 있었던 것이다. 고통을 짓누르며 고통스러워하고 울음을 짓누르며 울고 있었던 줄을…… 어느 결엔가 가방에서 와르르 쏟아진 알록달록한 알약들로 겨우 눈치챘으니까.

고국에 돌아와서 곧바로 확실히 알고 말았지만, 실로 아내의 심사가 그때 얼마나 처연했을까 되짚어보기도 싫다. 아내는 이미 겨드랑이와 후두까지 전이된 유방암 말기에 편안한 죽음으로의 여행을 선택했던 것이었다. 어떻게 그렇게 늦게 알았는지도 의심쩍지만 끝내 그 사실을 숨기려 했던 아내가, 돌아보면 몸서리쳐질 수밖에 없다. 나보다는 장모님과 처남을 배려한 까닭도 있으려니. 거기다 일생일대의 관광을 하고 있는 판에 기분을 깨고 싶지 않았을 듯도 하다. 호텔에서 벌인 아내와의 뜨거운 일을 떠올리면 분명 그랬다. 마지막 쇼처럼 내게 보여주고 싶었던 것, 혹은 선물하고 싶었던 의지였겠지. 허나 비행기 안에서 나는 끝내 아내를 외면해야 했다. 애끓어도 어쩔 수 없고, 어쩌려 해도 별수 없는 천애에서랴! 아내는 정녕 그렇게 나를 방해하고 싶지 않았을 것이다. 어떻게 보면 당신과 나를 가르는 거대한 협곡은 무섭고도 기괴한 것이 아니었던가.

　장모님의 병세가 반짝 좋아져 아파트로 모셔왔을 때였다. 우리 부부를 그렇게 살갑게 대하던 처남댁이 웬일인지 안절부절못했다. 야외에 산책을 하고 돌아오다가 우리는 옆집 노인네를 통해 그 내막을 눈치챘다. 그 시어머니가 모은 연금을 며느리가 언젠가 감쪽같이 훔쳐갔다는 것 하며, 요즘 들어 몇 달에 한 번 배꼼 찾아오곤 했다느니, 외식 한번 시켜주는 걸 못 봤다느니……. 고부간의 갈등에 바람을 넣는 그렇고 그런 흉이었다. 방바닥 아래 돈을 깔아놓았다가 들켜서 혼쭐이 나는 걸 떼어 말렸다는 데서는 쓴웃음까지 일었다. 그런 갈등과 신경전이 그나마 어머니의 외로움을 달래준 놀이가 아니었겠나, 딴은 쥐꼬리만 한 돈이라도 있으니 며느리가 들락날락할 수 있었겠지. 전화로 가끔 처남댁을 위해주곤 했던 아내의 두둔이었다. 집 안에 들어가 우리는 이웃집 노인네의 얘기는 흘려버리고 처남댁의 하소연을 귀담아 들어야 했다. 사연인즉 장모님이 그새 또 물건을 잔뜩 사들였다는 것이었다. 텔레마케터를 통해 들여놓은 믹서며 오븐세트 등이 싱크대 한쪽에 포장도 풀지 않은 채 박스 채 쌓여 있었다.

　"저거 반품하느라고 무척 애먹어요."

　처남댁은 그저 알아달라는 식으로 말했다. 장모님은 침대 모서리에 기대앉아 "에구, 저 백여시 같은 것! 백여시 같은 년이 날 잡아먹지 못해서……." 하면서 눈을 흘겨댔다. 퀭한 들짐승의 눈

빛 그대로다. 우리 부부한테 이르는 듯하면서 일면 두려운 기색을
감추지 못했다. 처남댁은 처남댁대로 헛웃음을 흘리면서 입꼬리
를 사렸다. 어디 한번 두고 보자는 앙심이 엿보였다. 으등거리는
틈바구니에서 우리는 처남이 그동안 얼마나 힘들었을까 충분히
미루어 짐작할 수 있었다. 더구나 조카인 세라가 고등학교를 중퇴
하고 슬럼가에서 만난 흑인의 아이를 갖고 이곳에 쫓겨 와 있는
상태다. 아버지가 누구인지 물론 알 턱도 없었다. 안절부절못하던
아내가 여행 가방에서 주섬주섬 무언가 꺼냈다. 복화술을 위한 꼬
마 눈사람 인형이다. 위아래 빵빵한 몸집에 숯덩이 눈썹과 딸기
코 모양이 우스꽝스럽기만 하다. 세라에게 깜짝 선물하기 위해 아
내가 국내에서 준비해온 것 아닌가. 아내는 작은방에 틀어박혀 있
던 세라까지 불러내어 즉흥극을 펼쳤다.

—아가, 아가……. 네 엄마는 어디서 왔지?

"저 멀고 먼 하늘나라에서 꽃잎처럼 사뿐사뿐 날아왔지."

—그런데 어디로 갔어?

"장독대 뒤에 숨었지. 아니, 아니! 저어기……. 다복솔 위에서
날 내려다보고 있잖아?"

—어디? 어디? 거짓말!

"아하, 심술 바람 불어와 또 숨었네."

—아가야. 그런데 넌 진짜 누가 만들었을까?

"강아지들."

—아냐, 넌 아비 어미 없는 아이래. 저 산비탈에서 굴러떨어진

사고뭉치!

"씨, 내 몸뚱이를 봐. 하늘나라 임금님, 왕비님도 닮았지."

―누군데?

"해님, 달님……. 히히."

―어구! 그래서 이제 널 데려가려는구나? 요것이…….

"우이 씨! 엄마 미워, 미워!"

한순간 눈사람의 윗동아리가 녹듯이 사라졌다. 아래쪽 동아리로 집어넣은 것인데, 나 역시 그 흉내를 내려다 손목을 삔 적이 있다. 이 이야기는 언젠가 아내가 큰아이 학교의 일일교사 체험에 나가 공연한 내용을 바꾼 것이다.

나는 아내의 가상한 노력에 기꺼이 박수를 보냈다. 웅크린 무릎 위에 팔을 얹고 턱을 받친 채 가재 눈을 하고 있던 세라도 히죽거렸다. 어쩌면 세라야말로 산비탈 저기 어디에선가 굴러떨어지는 몸이 아닌가. 조만간 누구 씨인 줄 모르는 새끼를 낳고, 또 얼마나 눈총과 구박을 받으며 살아갈까. 그런데 하필이면 이 세상에 잠깐 왔다가는 눈사람 인형극이고……. 그러고 보면, 또한 이 좁은 공간에 뭉쳐져 있다가 사라질 가족의 의미도 부박한 것. 갑자기 그런 감상이 든 건 다분히 아내가 만들어낸 우화적인 비애감 때문이었으리라. 아내의 몸은 시시각각 녹아가고 있지 않은가. 아무리 아둔해도 그쯤에서는 눈치챌 만했다.

어떻게든 그들을 위로하자고 이튿날 간 곳이 롱비치였다. 로스앤젤레스가 바닷가 도시이련만 처남댁은 이름난 해변 휴양지에 가본 적이 없다고 했다. 고작해야 시내에서 가장 가까운 해밀턴비치에 가본 게 전부였다던가. 그것도 대판 부부싸움을 하고 함께 빠져 죽자고 어른거렸던 곳이란다. 어머님의 휠체어를 몰며 나는 왠지 뒤통수가 뜨거워짐을 느꼈다. 가족 유랑극에 카메오로 출연한 기분이랄까. 우리는 바닷가에 정박해 있는 퀸 메리호를 타고 해사박물관과 수족관을 돌아보았다. 이 대형 여객선은 1936년부터 제2차 세계대전을 거쳐 30여 년간 유럽과 미국을 오간 배로 이제는 수상호텔처럼 관광객을 맞고 있다. 우리는 이곳의 씨푸드 레스토랑에서 늦점심을 먹으며 모처럼 활짝 웃으며 떠들어댔다. 세라는 배불뚝인 자기 처지를 잊은 채 또래 아이처럼 들떠 재잘거렸다. 일을 마치고 저녁 늦게 나타난 처남이 오히려 훼방꾼처럼 보이지 않았나. 아무래도 피곤과 낭패의 기색이 완연한 낯빛이다. 일껏 확보한 연말 달력 주문이 취소됐기 때문이라고. 잘만 됐으면 그 핑계로 고국에 한번 들르겠다던 계획도 물거품이 됐다는 얘기였다.

아내가 햇쑥한 얼굴로 통증을 호소하기 시작했다. 그렇지만 그들 앞에서 내가 뭐라 떠벌일 계제가 아니었다. 그저 배탈이 난 탓일 거라 둘러대고 장모님 대신 아내를 부축했다. 흰 블라우스를 입은 소녀가 한 묶음의 꽃다발을 들고 지나갔다. 아내는 그 소녀에게 희미한 웃음을 지어 보이며 내게 그 꽃이 데이지라고 알려주었다. 그 소녀가 아내를 데려가려는 저승사자였는데 그걸 눈치채지 못한 건 아닐까. 만약, 그랬다면 그를 돌려세워 뺨이라도 갈겼

으련만……. 왜, 그렇게 아무런 귀띔도 없이 사납게 데려가려고 하느냐고, 따져 물어보기라도 했으리라.

그래도 나는 고국에 돌아와 짧지만 병마와 싸우다 뜬 아내를 화장한 뒤, 고향의 뒷산에서 수목장을 하며 데이지 한 다발을 안겨주었다.

*

그 옛날 내가 직장 동료들과 함께 낚싯대를 드리웠던 곳은 온데 간데없었다. 호수로 들어가는 개천 하류의 넓은 개활지는 '레스피아'라는 하수종말처리장을 겸한 생태공원으로 바뀌었다. 물비린내와 건초 냄새가 훅 풍겼다. 웃자라 깎아낸 잔디 검불이 마른 버짐처럼 널려 발길에 채이며 날렸다. 여기저기 운동시설이며 인공 산책로로 인근 주민들이 진을 치고 있고 뛰노는 아이들이 그림자를 더욱 키우고 있었다.

가까스로 정신을 차린 그녀의 손을 잡고 나는 호숫가 아래로 발을 옮겼다. 제법 맑은 물에 자잘한 자줏빛 꽃망울들을 얹은 줄 포기들이 솟아 있고, 살짝살짝 물고기의 움직임이 눈길을 끌었다. 해가 기울고 있는 호수 저편으로 고운 까치놀이 떨어져 번지고 있다. 침묵을 부르고 침묵으로 하여금 말하게 하는 그 힘에 압도되어, 그녀와 나는 오랫동안 옴쭉 못했다. 한 몸이 된 듯하면서도 서로를 잊고 있을 정도로.

"사실은…… 동생과 함께 있다가 헤어진 곳이 그쪽 어느 개울가였는데……."

그녀의 말은 흡사 노을이 전하는 듯 들려왔다. 그녀는 남동생과 함께 여섯 살 때까지 보육원에서 지내다 뿔뿔이 갈라져 여태 떠돌이처럼 살아왔다는 것이다. 건설현장을 전전하고 여기서마저 쫓겨날 처지에 이르기까지. 전혀 뜻밖이어서 남의 이야기로 들렸다.

"오래전에 동생이 건설현장에서 일한다는 풍문을 전해 들은 적이 있어요. 그리고 나를 찾는다는 소식도."

그녀가 굳이 이 바닥에서 일해온 까닭이 그렇다는 말 아닌가? 그런데 이제 그만 찾아다녀야 하겠단다. 더 이상 애써 만날 자신이 없다고. 그녀의 말은 점점 바람에 흩어졌다.

"너무 오랫동안 내가 아닌 나로 살아왔으니까……."

그녀가 내게 밝히려 한 결별의 뜻이 그제야 짚일 듯했다. 언젠가 '그냥 있는 그대로 봐주고, 때가 되면 있는 그대로 놔달라'고 했던 말이 고리에 고리를 엮었다. 그땐 왜 그 말이 그렇게 이상하게 들렸는지 모른다. '있는 그대로'일 수 없는 불안을 토로했던 게 아닌가. 그렇더라도 나는 선선히 물러설 계제가 아니었다. 무슨 얘기냐고, 왜 그런 얘기를 하며, 그것이 당신과 나와의 새로운 관계에서 무엇이냐고 물었다. 당신이 나를 속인 일도 없거니와, 내게는 당신이 있는 그대로였을 뿐이라고 애써 위로했다. 그러다 아내의 사진에 대해서 얼핏 얘기하고야 말았던가. 시시각각 다가오는 죽음을 감추고도 자신의 완전함을 강변하던, 그 몸이야말로 가짜였다고……. 자못 당신에게 배신당한 듯, 감상 어리게 그녀를 어르려 했다. 내심 아내의 몸과 기억이 이미 내게서 사라진 지 오래란 사실을 설득하려 했는지 모른다. 그 해석이야말로 그녀와 나 사이에 풀어야 할 마지막 숙제 같기도 했으니까.

그러나 그녀는 가만히 도리질을 했다. 약간의 포만감과 졸음기를 겨우 감당하고 있는 듯한 그 표정에 힐난의 빛도 비쳤다. 좀 더 솔직해달라는 주문 같기도 했지만, 나는 더 어찌할 수 없었다. 다시 누구를 사랑한다 하더라도, 이전에 그러지 못한 것처럼 고백할 수 없는 노릇이기에. 그저 둘 사이에 공명되는 말 없는 말에 귀를 기울일 뿐이었다.

그때 한 점 바람결에 언덕 아래로 제법 큰 건초더미가 굴러떨어지는 게 보였다. 아내와의 마지막 여행길에서 보았던 그것, 유랑초와 같이. 먼 데 아이들의 웃음소리가 하늘하늘 날리고 있다.

등불 하나 켠 바다

마치 몇 개의 나무토막을 'ㄱ'자 모양으로 잇대어 띄워놓은 듯한 방파제 끝에 등대가 놓여 있다. 등대는, 들떠서 금방이라도 파도에 떠내려갈 지경의 방파제를 고정시키려는 대못처럼 박혀 있다. 비스듬히 박다 말았지만 여유로운 품새다. 낮게 내려 비치는 반달 빛에 그림자까지 드리운. 달빛은 밤바다를 온통 금빛으로 물들여놓았다. 다시 보면 짙은 다갈색이다. 이쪽 부두에서 방파제 쪽을 바라보는 연인의 뒷모습이 잡힌다. 붉은 바탕의 물방울무늬 블라우스를 걸친 여자의 어깨 위로 남자의 팔이 가볍게 얹혀 있다. 주변에 널린 술병과 구겨진 종이컵이 감춰진 이야기를 대신한다.

선생님!

저, 이제 떠나려 합니다. 아침 일찍 K교수의 차에 동승해 해안을 따라 올라오다가 물치항에서 함께 술을 들고…… 펜을 들었습니다. 사실은 어떻게든 서울로 올라가야 한다는 그의 안전을 위해 저는 그와 함께 모텔에 들렀습니다. 이젠 청와대라도 음주 운전엔 빼도 박도 못하는 세상이라며, 그는 최대한 혈중 알코올 농도를 낮춰주길 원했죠. 정확히 '0.05퍼센트' 아래로, 그의 치밀한 삶의 방정식이 원하는 대로. 혓바닥이 그의 몸 구석구석을 훑고 어느 틈엔가 그의 혈관을 따라 버터처럼 녹아갔습니다. 꼭 그런 느낌이었다면 상상하실까요? 점점 의식이 몽롱해지며 숨이 끊어지는 듯했습니다. 부드럽고 능숙하게 꿈틀거리는 그의 허리를 붙들고 저는 신기루 속을 헤맸지요. 그러던 어느 한순간 눈이 번쩍 뜨였습니다. 펌프 같은 그의 심장에 내 코가 닿은 것일까. 걸쭉한 느낌의 비린내와 함께 뒷골을 쑤시는 무지근함. 아마 링에서 녹다운당했다가 겨우 깨어난 권투선수의 처지가 그런 게 아닐지.

선생님도 눈치채셨듯이 그 사람은 결코 작가가 되기 위하여 소설학당에 온 것이 아니었습니다. 좋게 말해 '글을 배우기 위해서'라면 몰라도, 소설로 말하자면 어림없고요. 문우들이 잘 알듯이 그는 이 나라 최고 학부와 정통의 유학 코스를 거친 혈기왕성한 소장 학자입니다. 그렇지만 그의 앞길에는 갑자기 어두운 먹구름이 드리운 상태라 하겠죠. 그가 자신이 재직 중인 대학에서 겪고 있는 문제란 이태 전 신문 가십난에 등장한 그의 이름자 이니셜을 통해 확인할 수 있었던 일이 아니던가요. 말할 나위 없이 성담론이나 성희롱에 대해 꽤나 대범한 척하던 대학이 그 위선을 거두어들인지 오랩니다. 선생님은 아무 편견 없이 그를 제자로 받아들였

고 여태껏 당신의 원시 동굴에서 마음껏 노닐도록 했을 터. 모두
가 발가벗고 있는 동굴에서 그는 체통이며 관념의 허울에 구애받
을 것 없이 그저 같이 어울리면 됐습니다. 얼마나 고맙고 자비로
운 선생님이셨을까!

　습작품 한 편 제대로 제출하지 않았다는 그를 저는 이해합니다.
논문과 소설은 엄연히 다를 테니까. 그러나 또 한편 결코 봐줄 수
없는 면도 있습니다. 이 바닥을 얼마나 얕게 여겼으면……. 아니,
얼마나 찌질하면 제자들한테 망신이나 당하고 도망 다닐까. 기껏
지우려 했던 그와의 일들이 떠오릅니다. 부글부글 염오의 감정도
되살아났죠. 자신의 주체 못 할 욕망과 망상 때문에, 혹은 열등감
으로 탈바가지를 쓴 위선자. 이제 그는 진액을 다 빼낸 수컷 사마
귀처럼 허실한 등을 보이고 널브러져 있습니다. 나는 그대로 그
위에 올라타 암컷의 톱 같은 팔로 그의 목을 감습니다.


　제 예감과 관찰이 맞았습니다. 선생님의 명성에 기대어 생가를
둘러본다며 떠난 문학기행의 어정쩡한 목적. 살아 있는 사람의
'생가'라니, 하며 선생님은 영 마지못한 기색이었죠. 선생님의 갑
년을 축하하는 뜻으로 제자들이 마련한 『소설-시화선집』 출간 기
념식이며 그림 전시회도 G화랑에서 가까스로 치른 뒤였으니까
요. 아마 그래서 그러할 터. 선생님은 새벽부터 얼큰히 술에 취해
서울에서 관광버스에 오르면서부터 이미 바다로 항해를 시작한
듯했죠. 서울을 떠난 지 세 시간 만에 대관령의 새로 난 터널을 통

과하며 선생님은 흡사 멀미라도 난 듯 진땀을 흘렸습니다. 선생님
도 저처럼 그 터널을 처음 지났고, 그뿐 아니라 아주 오랜만에 고
향을 방문하는 길이라는 건 조금 더 있다가 알게 된 사실입니다.
고개 아닌 고개를 건너뛰며 저 역시 응축된 시간의 마력에 빨려들
어 설핏 잠이 들었었나 봅니다. 어느덧 시내를 진입한 버스가 이
곳저곳으로 머리를 박았다 빼곤 했습니다. 서울이며 여느 도시와
달리 그렇게 변한 것도 없고 변할 리도 없다는 좁은 2차선 도로에
서 선생님은 헤맵니다.

"아, 저기군요! 바로 저 모퉁이를 돌아서……."

가까스로 목적지를 찾은 뒤 선생님은 가벼운 탄성을 질렀죠. 이
제 막 선생님의 생가가 나타날 순간. 그런데 아니었습니다.

"저 골목길이 바로 방파제로 이어진 길이지요."

3층짜리 건물 양옆으로 패스트푸드점인가 약국이 보이는데 그
골목 안을 보라고 하곤 제대로 볼 것도 없이, 차는 그냥 움직입니
다. 선생님은 어느 에세이집에선가 그곳을 하얀 길로 그리지 않았
던가요. 한여름이면 더욱 하얗게 떠올라 바다로 이어진다고.

그런데 그 길을 가로질러 한 50미터 정도를 천천히 더 지나 반대
편으로 성당을 보라고 했습니다. 마치 그곳이야말로 선생님이 따
로 마음에 둔 표적이라도 되는 듯이. 중앙부에 종탑이 있는 고딕식
장방형 성당은 이 도시의 태생과 변화를 고스란히 간직한 의고한
모습으로 우뚝 서 있었습니다. 아마 조금 높은 데서 내려다보면 틀
림없이 바다로 난 등대와 같은 모습이겠죠. 선생님은 그곳에서 어

렸을 적 유아세례를 받았으며 당신의 정체성을 찾고자 훗날 신부를 졸라 로마 교황청에까지 올라간 교적부를 확인했노라고, 무슨 엄청난 비밀을 털어놓듯 이야기했습니다. 그게 전부였습니다.

우리가 알고 있던 어느 고명한 작가의 생가란 애당초 없었던 것이죠. 우리 일행은 원래 이런 행사의 프로그램이 그렇듯이 이곳저곳 그의 고향을 더듬어보는 데 금세 관심을 돌립니다. 조선시대 대표적인 사대부가의 가옥이라는 선교장이며 율곡 이이가 태어난 오죽헌과 초당동 솔숲에 위치한 허난설헌의 흔적 등……. 너무 익숙하여 사실 더 볼 게 있겠냐 싶어도 문학기행이란, 미상불 바로 그 익숙한 대상에 다시 물음표를 던지는 일이려니.

그러나 저녁 무렵 그곳 문화원에 도착하여 어두컴컴한 강당에서 듣게 된 선생님의 강연으로 말미암아 문학기행은 우리 제자 외에도 일반 독자를 끌어들이기 위해 잘 짠 학습 프로그램처럼 구색이 맞아갔습니다. 즉흥적인 부탁으로 받아 쥔, 맥주 캔을 기울이면서 선생님은 결국 이곳에 '올 수밖에 없는', '오고야 만' 상황에 대해 되뇌기 시작했죠. 그것은 강연이라기보다 혼자의 중얼거림에 가까웠습니다. 정말 넘기 싫은 대관령 굽이굽이를 넘었던 마지막 때가 벌써 십여 년 전이었다고, 결코 돌아오지 않으마, 떠났다가 오늘 저 산등성이 어미의 산도 같은 구멍으로 다시 빨려들어 이곳까지 왔노라고. 종잡을 수 없는 흐물흐물한 어두운 기억과 고독의 그림자가 드리운 바닷가에 이르는 저 유년의 하얀 길을 찾아서. 끝내 선생님은 북받치는 감정을 참지 못해 말을 잇지 못하고 휘청거리며 연단에서 내려오셨습니다. 내 성은 지금의 Y가 아니라 원래 C였다. 내 아버지는 없었다. 생부에 대한 희미한 기억은 마을 중앙의 골목에서 방파제로 곧장 이어지는, 아까 말한 바로 그 길에서 종적 없이 사라졌다. 그러나 나중에 커서야 아버지가 6·25전쟁 때 인민군을 피해 뒷간에 숨어들었다가 총에 맞아 죽었다는 비참한 사실을 알았다. 그 뒤 무언지 모르게 한없이 허망한 존재의 초상을 이고 살아야 했다. 새아버지의 근무지를 따라 강릉서 대전으로, 춘천으로, 청주며 광주 등지로 전전하다 서울에 이르며……. 또한 그 아버지까지 돌아가시고 나서야 생부를 찾아볼 기회가 있었다. 그러나 어머니와 산길을 오르다가 말할 수 없는 감정으로 그만 돌아설 수밖에 없었다. 그런 이곳에 오늘 오고야 만 것이다. 어쩌자고……. 어느 소설에선가, 그야말로 소설로 그려진 적이 있고 풍문으로 알려진 이야기가 실제 한 작가의 육성으로 새어 나온 순간이었죠. 가벼운 웅성거림과 암전. 얼결에 자리에 일어나서 손수건을 전하려다 저는 그만 사지가 옥죄는 경련으로 풀썩 주저앉고 말았습니다.

아아! 내가 처음 당신을 찾아가던 길이 여기에 와서 다시 이어지고 있다는 그 아득한 느낌. 저를 선생님에 이르게 한 작품의 한 구절이지요. 바로 이번 『소설—시화선집』을 준비하며 제가 가려낸 장면, 바로 그겁니다. 최근 개정판에서 몇몇 표현이 요즘 문법으로 고쳐졌지만, 처음 선생님의 소설집에서 그걸 읽고 느꼈던 떨림은 고스란히 제 심장을 감싸는 핏줄로 새겨진 듯 지금도 생생합니다. 어, 이런 세상이! 하는, 충격. 골방에 처박혀서 그렇게 며칠 밤을 하얗게 지새우며 이상한 열병을 앓은 적이 있었던가. 그것이 진정 고독에 눈뜸이란 걸 그땐 알 수 없었죠. 어떤 세상의 풍파며 된서리에도 결코 눈 하나 깜짝 않고 살아갈 것으로 예정돼 있던 섬마을 출신 여자의 행로는 금방 바뀌고 말았습니다. 어쩌면 인생이란 숲이 아름답고 또한 무서운 것은 그러한 덫이 있기 때문 아닐까요. 저는 참을 수가 없었습니다. 그 소설에 그려진 대로 그가 실제 사랑하는 누군가와 헤어진 뒤 혼자 있겠구나 단정했죠. 아닐지 몰라도 그것은 중요한 고려의 대상이 아니었습니다. 어찌어찌 연락이 닿자마자 저는 당신이 일러주신 대로 수원에서 출발해 서해안 그 반달 도시로 가는 열차에 몸을 실었죠. 두 레일 간의 간격이 1미터도 안 된다는 그 협궤열차 말예요. 그 덜컹거리는 진동에 낯선 이와 무릎을 부대끼고 숨을 나누는 사람 여행을 해보라고. 당신은 마침 기다리고 있었다는 투로 말했습니다. 이제 기억하시겠죠? 그 첫 만남과 안개 낀 밤의 역사.

둥글넓적한 얼굴의 사내가 무릎을 꿇고 땅바닥에 대가리를 조아린 미끈한 말의 목을 감싸고 있다. 지그시 눈을 감고 왼쪽, 오른쪽 팔을 엇갈려 감싼 폼이 영락없이 어떤 악기를 타는 모습이다. 현악기 같기도 하고 목관악기 같기도 한 그 중간쯤 되는, 전혀 새로운 모양과 소리의, 살아 있는, 생명의 악기. 절벽같이 막다른 방파제 끝이다. 방파제 위로 달팽이가 기어오르고 있다. 수면에는 실제인지 환영인지 모를 남자의 얼굴이 반쯤 튀어나와 있다. 과연 '전혀 다른 세계에서 전혀 다른 삶을 타고난 생명체'를 그린 것일까. 혹은 전생과 현생과 내생의 인연에 대하여? 그렇다면 말은 누구이고 달팽이는 누구일까. 사내의 얼굴은 지극한 만족과 슬픔의 빛으로 얼룩져 있다. 어쩌면 자기가 연주하는 악기 소리에 스스로 빠져든 비극적인 나르시스의 모습.*

오랫동안 꿈을 꾸는 사람은 꿈을 닮는다는 말처럼, 그렇게 저는 꿈의 여자가 되었을까요. 지금도 잘못 꾼 꿈에 사로잡혀 있는 것인지, 원래 그렇고 그럴 수밖에 없는 현실을 현실이 아닐 거라고 우겨왔는지 저는 도무지 알 수 없습니다. 악몽이라도 좋으니 제발 꿈이여…… 잠에서 깨어 있기를!

이제 고백합니다. 아까 '고독' 운운하며 띄운 수사란 은폐에 불과합니다. 저는 그날 드디어 작심하고 영영 이 세상에서 벗어나고자 떠난 것이었으니까요. 바란다면 마지막으로 보고 싶은 사람을 보고 싶었달까. 아니면 그에게 들을 수 있는 말을 듣고 싶어서라 할지. 하고많은 사람들 중에 왜 당신이었냐고요? 이 점에서는 역시 서역 땅 누란과의 만남, 방바닥에 모래가 서걱거리는 바닷가 여관이며 파꽃 때문이라 해도 절대 과장은 아닙니다. 아니, 다르게 말하겠습니다. 시궁창 내 나는 도심 뒷골목의 쪽방에서 하루에도 두세 갑의 담배로 허기진 속을 달래며 겨우겨우 연명하던 저의 상황과 심리를 헤집어볼 때 사실 그 대상은 아무, 누구일 수 있었을 터. 그러나 당신은 결코 저와 같은 여자를 그대로 내버려두지 않을 분이었죠. 죽음 이전의 혼돈. 마치 그 혼돈 속에 아주 작은 점으로 홀로 웅크려 빛나는 등불 하나. 그 등불이 아니었던가요. 내가 찾아간 것이 아니라 당신이 끌어당긴 게 아닌가요.

당신은 그 밤, 그 황량한 바닷가 갯벌에서 저를 다시 태어나게 했습니다. 당신에 의해서 발견된 갯벌의 미라. 아아! 당신은 그렇게 저에게 숨결을 불어넣으시고 천세불변의 비단옷을 입히려 하셨습니다. 다 지난 일이니 이제 더 솔직해야겠죠? 저로서는 선생님을 계속 보기 위해 네댓 명이 과외 받듯이 하는 그 소설 창작단에 들어야 했고 기실 글쓰기도 제 삶을 연장하기 위한 수단이었다는 겁니다.

똑똑똑! 여보세요. 저 아직 멀쩡히, 아무 일 없는 듯 지내다 또 들렀네요. 문 열어주세요. 그렇게 뭔가 얼른 상태로 아파트 철문을 연신 두드립니다. 그러다가 그냥 밀면 사람은 간데없고 와락 술 냄새가 어깨를 벌린 남자의 옷자락처럼 덤벼들기 일쑤였죠. 어느 때는 텁텁한 막걸리 품으로, 어느 때는 칼칼한 소주 품으로, 또 어느 때는 시원한 맥주 품으로……. 저는 가만히 그 품에 들어가 턱을 양 무릎에 괴고, 마지못한 숙제를 합니다. 말이 예술인 마을의 작업실이지 웬만한 서민 아파트에도 못 미치는 그곳은 문우 몇이 들어앉기에도 좁았습니다. 오히려 상상의 바다로 나가는 전초기지였다고 할까. 소설이란 게 고기를 낚듯이 상상을 낚는 일이라면 말입니다. 본격적인 고기잡이에 앞서 잠깐 알코올 기운으로 입술을 축이거나 제의를 올리는 곳. 실제 바다도 지척에 있으니까 더욱 제격입니다. 먼저 인근의 포구로 떠난 일행을 따라가기 전에 여기저기 널려 있는 술잔과 오이, 당근, 멸치 대가리 따위의 안주 부스러기들이며 원고 뭉치들을 치우는 건 제 몫이죠. 그러다가 개수대에 몇 날 며칠 쌓아놓은 그릇들을 설거지하고 집 안 곳곳을 청소하며 화장실의 변기까지 비누질로 닦아내고…… 이윽고 침실에 들어가 옷장의 옷가지들을(옷가지랄 것도 없지만) 계절에 맞게 앞뒤로 정리하다가 잠자리를 봅니다. 침대 위에 고치같이 고스란한 형체로 뒹굴고 있던 무명의 흰 누비이불. 그 안온하고도 쓸쓸해 보이는 한 생명의 흔적……. 저는 가만히 그곳으로 몸을 집어넣어 봅니다. 번데기처럼 쭈그러들어 숨을 죽였다가 날아오른다는 가정. 돌아보면 너무 힘들었어요. 세상에 어떻게 나를 낳아준 부모는 온데간데없고 그 위로 달랑 할머니 한 분만, 그것도 먼 바다 외딴섬에 희미한 등대 불빛처럼 깜박거리다가 사라져버렸을까. 세상에 눈을 뜨면서 저는 그 불가사의한 수수께끼를 풀기 위해 버둥거리기 시작했죠. 어렸을 적 몇몇 친척집에 얹혀 지내며 놀림받던 말이 더욱 그렇게 만들었습니다. 네 어미나 아비는 원래 없었다는 것. 애당초 갯바위에서 주워 왔다는 것. 찾아봤자 아무 짝에 소용없다는 따위. 그러나 주위의 수상쩍은 눈초리와 수군거림 속에 오히려 어쩌면 아버지가 살아 있을지도 모른다는 힌트를 얻고 맙니다. 수수께끼란 딱 스무고개 형식일 때가 좋은 것. 스무고개가 이백 고개를 넘어 이천 고개에 이를 때쯤 깨달은 사실이죠. 가슴속에 꼬물거리며 자라던 그리움은 어느덧 그 자체의 운동성을 잃고 불가사리 모양의 딱딱한 화석이 돼갑니다. 또한 하루하루 삶의 무게가 화석층에 엄청난 압력으로 작용했겠죠. 아버지 당신은 누구이시며 과연 어디 계십니까. 아니, 내게 누구여야 하는 건가요. 잃어버린 유전자의 고리가 혹 당신과 나를 갈라놓은 비수는 아닐지……. 그렇게 얼기설기 유추를 하며, 차마 쓰지 못한 이야기를 완성해가는 겁니다. 갑자기 고치 안에 뿌연 김이 서리며 뜨거워집니다. 바야흐로 실을 뽑아내는 작업이 시작되려나. 당신은 번데기인 나를 무시해야 비단을 짤 수 있겠죠. 머리가 터질 듯한 상상입니다. 과연 나도 글이라 일컬어질 수 있는 글을 쓸 수 있을까. 변태를 하여 날아볼 수 있을까. 고치 속에서 한순간 두려움에 떨며 자문합니다. 반죽음 상태의 벌거벗고 흉측한, 세상 어느 미물의 그것보다 가장 부끄러운 자세이기에 실상 당신께 드러내놓고 하소연할 길도 없이. 눈시울이 파르르 떨렸습니다.

꿈속에서 불려와 바닷가로 나가면 희생의 제의가 펼쳐지고 있습니다. 그때그때 작품 발표자의 털과 가죽이 벗겨지고 뼈에서 살이 발라집니다. 그리하여 철철 피가 흐르는 오장육부가 제단에 오릅니다. 아무리 염원하며 발버둥 쳐도 영원히 도달할 수 없는 신에 대한 속죄와 경배. 저는 자기 몸을 향로 삼아 줄곧 연초 향을 뿜어 올립니다. 당신은 우리에게 언어를 주었습니다. 은혜와 축복이었던 것이 어찌 저주로 바뀌었던가요. 과연 천상까지 이르는 바벨탑을 쌓으려 한 교만 때문이었을까요? 아무튼 우리, 당신의 살점이며 제자 된 종은 더럽고 타락하고 쓰잘데없는 언어를 다시 깨끗이 씻고자 합니다. 정화된 그것을 우리의 뇌세포 하나하나에 채우고 늘 혀끝에 달고 다니고 싶습니다. 당신은 말씀하셨죠. 거짓된 꿈을 버려라. 죽을 지경에 이르러야 뭔지 알 수 있다. 참고, 참고, 참고, 또 참다가 토해내라. 기왕이면 신의 독배도 훔치고 연애도 마르고 닳도록 해봐라. 우리는 바닷물에 첨벙첨벙 빠져들어갑니다. 태초의 말씀과 인간의 눈물이 녹아 있는 바닷물을 마구 들이킵니다. 소금과 같은 언어의 결정으로 썩은 육신을 정화시키고자 합니다. 당신이 일컫는 사랑과 침묵의 소리를 배우고자 합니다. 난파선의 나뭇조각 하나일망정 움켜쥐고 망망대해를 건너겠습니다. 그러나, 그러나 당신은 이 대목에서 역시 침묵입니다. 갯벌에 밀물이 밀려오는 때 당신은 알코올의 바다를 가볍게 떠서 이내 새처럼 사라지고 있습니다.

그러던 어느 날. 늘 그렇게 다가오고 지나가는 줄 알았고, 그래야 했던 어느 봄날 일이었죠. 이런, 우리를 이끌던 사도는 가짜야! 아무런 영적 권능도 없고 방언도 할 줄 모르는. 등단이란 게 하늘에 별 따기만큼 어렵다는 사실을 깨달을 즈음이죠. 누군가 갑자기 외쳤습니다. 저기 사기꾼이 도망간다! 우르르 뒤따르던 무리들 간에 다시 분란이 일어나며 삿대질과 욕설이 오갔습니다. 갯냄새는 사창가 뒷골목에서 풍기는 추잡한 교잡의 냄새처럼 끓어오르고. 그러고도 어찌어찌 찾아갔던 언덕바지의 주인 잃은 성당. 겹겹이 쌓인 화판 어느 데 붓질이 멈춘 채 깨어나지 못한 나부. 어디서 들리는지 알 수 없는 어린아이의 웃음, 다듬이질. 저는 일행에서 떨어져 그만 길을 잃고 맙니다. 뭇 별들이 바람에 날리며 흩뿌려지는 밤. 동죽이며 바지락 껍질을 깔아놓아 바지락거리는 고갯길을 겨우 넘어 포구에 닿았습니다. 한쪽에 엉뚱하게 이물을 하늘로 잔뜩 쳐올린 목선이 이미 제 수명을 다한 탓인지 숨을 헐떡이는 모습으로 있었죠. 저는 우지직거리는 선체 옆구리를 넘어 들어갔습니다.

"어서 오너라. 아무 걱정 말고."

깜짝 놀랐습니다. 당신은 팔을 벌려 저를 받아 안았던 것입니다.

"고기는 깊은 물에서 혼자 잡아야지, 아무렴."

당신의 인자한 음성으로 저는 그만 깜짝 놀라 감긴 눈을 뜰 수 없었습니다. 당신의 손은 저의 콩닥거리는 가슴을 가볍게 누릅니다.

"어찌 저를……?"

"내 일찍이 말하지 않았느냐. 너를 통해 사람을 낚도록 하겠노라고."

"선생님. 저는 아닙니다. 오로지 꿈을 꿈으로서 살 수 있기에 만족할 뿐."

"쉬— 아무 말 말고 그저, 눈을 들어보거라."

당신의 말씀은 엄중합니다.

검푸른 바다에 떨어진 별무리가 그물에 포획된 무수한 생선 눈알처럼 반짝입니다. 바다가 아니군요. 아니, 하늘로 올라간 바다. 밤은 낮의 이면 거울처럼 바다를 하늘에 비추고 있질 않습니까!

아니면 바다와 하늘의 교합이랄까.

"그렇지. 바다를 담은 하늘을 그리면 되는 거지."

"무슨 말씀이죠?"

"낮과 바다는 현실의 언어."

"알았다. 밤과 하늘은 꿈……."

"그렇게 너를 잊고 밤하늘을 찾아가면 되는 거란 말이려니."

당신은 지금 일어나는 일조차 반신반의하는 제 귓가에 속삭입니다. 이런 경우 대개 그랬지요. 어떻게든 자기 뜻대로 움직여보도록, 때론 어르듯이 때론 떠밀듯이. 그럴 때 당신은 꼭 아버지란 아버지의 모든 성분을 쥐어 짠 탕약처럼 심중에 들어왔죠. 점점 몸이 뜨거워지며 떨렸습니다. 하늘의 별들이 바람결이며 물결에 흔들리며 천상의 악기 소리를 내는 때. 저는 그냥 주르르 흐르는 눈물을 어쩌지 못합니다. 당신은 새우처럼 꼬부리고 누운 제 가슴을 뒤에서 감싸 안고 목덜미에 가벼운 입맞춤을 합니다. 아테네 여신이 벨레로폰에게 황금 고삐를 쥐어 용기를 주었듯이. 그 여신의 이름으로 저 하늘 높이 말을 몰아가라고 말입니다.


한 쌍의 남녀가 흡사 두루미의 다리같이 가늘고 긴 팔을 내밀어 악수를 하고 있다. 다갈색 바다를 배경으로 일부러 옆으로 서서 사진을 찍은 듯한 모습. 둥그런 머리통에 금방 깎은 머리칼이 가발처럼 올려 있고, 커다란 눈망울이며 크고 우뚝한 코와 각진 턱이 서로 비슷한 용모다. 더 다가갈 수 없고 하고픈 말을 다 하지도 못한 채 돌아서야 하는 안타까움이 배어난다. 가만히 보니 바다가 아니다. 천 년, 만 년 흘러든 시간이 서서히 응고되고 있는 호수. 이제 그들은 화석처럼 영원으로 잠긴다.*

이렇게 떠나는 것일까. 떠나지는 것일까. 그러나 떠나가지겠지. 하루 이틀 지나면, 그저 며칠만 더 지나면…… 그러다 또 영영 잊히는 것이겠지. 생각하며 돌아본 밤하늘 한 귀퉁이의 빗물 머금은 아파트 불빛. 그 베란다의 블라인드로 지금 막 파랑새가 돼 하늘을 오르려는 천 년 묵은 소라고둥 같은 님의 그림자가 어른거렸습니다. 헛된 망상이려니. 저는 입술을 깨물고 다시 발길을 돌렸지요. 한참 흐드러졌던 봄꽃들 간데없더니 열차의 차창에 막 팝콘처럼 튀겨지며 찰싹찰싹 붙는 아카시아 꽃잎들과 그 물씬한 5월의 향기. 늘 이별하는 기분으로 접어들던 좁은 철길엔 안녕이란 인사처럼 하얀 주단이 깔려 있었습니다.

까만 철길 위를 흐르는 빗물과 얼비치는 불빛. 곡예를 하며 미끄러져간 열차 바퀴 자국을 남기곤 천지 하얀 아카시아 꽃잎이 빛나는 밤의 여로였습니다. 그 무슨 잊었던 약속을 상기시켜주려는 듯 바람도 거칠었고. 왜 그런 기억이 더 없던가. 밤안개가 뽀얗게 피어오르던 밤. 굴러온 만큼 더 나아갈 곳이 없는 막다른 길목에서, 당신은 처음으로 윤회와 초월의 언어를 말하지 않았나요. 태초에 말씀이 있었듯이 언제까지나 반복되고 순환되는 무한 우주의 섭리. 뭇 별과 별을 바라보며 그리워하는 너와 나는, 그러기에 인간적인 아무런 언약을 하지 않아도 약속되는 존재가 아니냐. 만남이 진정 만남이 아니고, 이별 역시 진정 헤어짐이 아니다. 바람한 점, 빗방울 하나, 저 바닷가 갯벌의 나문재며, 달맞이꽃이며 안개와 밤의 미립자며 소금기 머금은 햇살이며 풀벌레의 날개며 팔색조의 부리며 망둥이며 소라고둥이 사실 저마다 각기 다른 자음과 모음의 형태로 신비로운 우주의 언어를 완성하는 것이니. 하지만 부족한 믿음의 딸은 종잡을 길 없는 그 말씀에 회의하고 또 회의합니다. 당신과 같이 바라보며 가슴 시리게 느낀 핏빛 바다와 하늘도 저를 불안케 했습니다. 사모하는 마음으로 깊어진 병. 그래서 트집처럼 당신께 헛된 맹세라도 받아보고 싶어 하던 바보. 살기 위해 몸부림칠수록 저는 그 깊은 수렁으로 빠져들었던 겁니다.

돌아보면 역시 지푸라기라도 잡고 살려고 한 허황된 꿈이 아니었던가. 내게 현실을 일깨워준 당신의 새로운 여자에게 이젠 진정 고마운 마음까지 듭니다. 시청 공무원이라고 했던가요? 그 겨울, 거실에 풍기던 한약 달이는 냄새가 지금도 코끝에 은은히 전해옵니다. 그땐 왜 그렇게 고약스럽게만 느꼈을까. 오로지 당신의 여자이고 싶은 간절한 욕망 때문만은 아니었을 겁니다. 매일 치사량에 가까운 알코올과 니코틴을 섞어 죽음의 유희를 벌이는 당신에게 그까짓 한약 몇십 첩인들 대수랴 싶었죠. 당신의 옆자리는 절대 그런 모범적이거나 플러스적인 것으로 채워질 수 없다고 장담했죠. 저는 바닷가로 나가는 대신 심통을 부리며 보통 당신이 해오던 습관대로 강소주를 연거푸 들이킵니다. 그리고 더욱 대담하게 이틀씩 사흘씩 안방 침대의 고치에 들어가 죽은 척합니다. 심지어 온몸에 누런 토사물을 뒤집어쓰고 번데기처럼 쭈그러져 있던 적도 있었죠. 이제 막 당신의 새 아내가 되어가는 듯 보이던 그녀가 결국 제 얼굴을 씻겨주었던가. 속옷까지 빨아 보송보송하게 말려 다시 입혀주었고요. 문우들의 히죽거리는 웃음에 화들짝 놀라 깨면 텅 빈 실내로 하얀 달빛이 넘실거렸습니다. 이곳은 이 세상의 집이 아냐. 떠도는 혼령의 무덤. 당신은 결국 나를 살아 있다는 이유로 내쫓고 말 거야. 이미 바다나 하늘로 떠났거나 그도 아니면 내가 온 세상으로 돌아갔어야 할 처지였으니까. 아직 어른거리고 있다는 사실을 더 이상 용서하지 못할 거야. 그러기 전에 내 발로 나가야 해. 저는 제멋대로의 망상을 키우며 허우적거리다 기진맥진 다시 잠 속에 빠집니다. 철커덕 철커덕— 망각의 침목을 구르는 열차 바퀴 소리가 자장가처럼 들립니다.

그리고 20년이 그냥 훌쩍 지났던가.


카타르시스에서 깨어났죠. 서울 한복판인 인사동의 뒷골목 포장마차. 아아! 선생님은 어쩌면 서해안 바닷가 그 기지에서와 똑같은 모습이던지요. 판에 박은 듯 제자들 속에서 연신 술을 퍼대고 설법을 펴고 있었으니까. 노골적이고 유희적인 음담패설에 성담론도 역시 그대로 생생합니다. 눈을 찡긋하며 이곳저곳 사람 허술한 쪽을 찔러보는 모습 역시 여전했고. 어느 대목인가 끊어졌던 이야기가 어렴풋이 들려왔습니다.

"그 열차는 보통 세 개의 객차를 달고 공룡처럼 뒤뚱거리며 달렸지. 논밭이며 야트막한 구릉을 지나다 보면 거울같이 반듯반듯한 염전이 펼쳐지고…… 물길을 지나가듯 가다가 이윽고 붉은 노을에 타오르는 갯벌을 보노라면……."

아직 그곳에 있었군요, 당신은!

누군가 표현한 대로 '음주자살증후군'에서 가까스로 빠져나와 새 아내를 맞아들여 부산과 거제도를 거쳐 서울로 올라온 지 오래라는 신문기사를 본 적이 있지만, 여전히 당신의 영혼은 그곳을 오르내리고 있는 게 아닙니까.

너무 반가웠습니다. 하마터면 곧장 선생님께 다가가 알은척을 하고 그간의 제 사정을, 더 구체적으로는 제 추락 상을 털어놓을 뻔했죠. 저는 그곳 포장마차의 특별 메뉴인 일본의 오꼬노미야끼를 주문했습니다. '애지리', '애지리' 하며 선생님이 다감하게 부르는 저 여자가 바로 그 일품 안주를 만든다는 일본 여자군요. 어떻게든 단골집을 만들어 그곳 주인이나 여급과 지분지분 뭔가 이야기를 엮는 취미도 여전하시고.

아, 저요? 죽었다 살아난 몸이 뭐가 두렵고, 뭘 가리겠습니까. 무엇보다 당신에게서 멀리 도망가야 했으니까. 강남에서도 가장 수준 높고 럭셔리하다는 청담동 쪽에서 짐을 푼 덕인지 당장 일이 들어왔죠. 처음에는 첼로 연주자가 되었습니다. 코리안심포니 단원으로 취미 삼아 아르바이트를 뛰는 역할. 넥타이를 반듯반듯하게 맨 오피스족들은 거의 사족을 못 쓰고 덤벼들었죠. 인간의 목소리와 가장 가깝고, 오랜 세월을 통해 음향적으로 가장 완전성의 경지에 올랐다는 악기. 그 자체만으로도 충분히 매력적이니까. 바이올린계의 여러 현악기 중 첼로는 가장 거친 소리와 가장 부드러운 소리를 낼 수 있다죠. 그 정도야 상식이겠지만, 성적으로도 완숙한 모습을 보이잖아요? 내 얘기를 듣던 사내는 눈치챕니다. 내 무릎 사이에 끼고 있는 첼로를 상상하면 입에 침이 마른다고. 관객들의 끈끈한 눈길을 피하려면 곧 연주를 해야 합니다. 아름답고 아기자기한가 하면 슬프고 비통한, 또한 격렬한 정렬과 악마적인 광폭함이 뒤섞인 완벽한 이야기. 처음에는 부드럽고 우아한 멜로디로 시작하여 경쾌한 리듬을 섞다가, 빠르고 기교적인 삽입절에…… 다시 수면 위에 바람이 스치듯 한 명상적인 흐름으로……. 더 설명할 필요 없이 가장 잘 알려진 〈하이든 첼로협주곡 D장조〉면 그만입니다. 분산화음과 아르페지오를 응용하여 자기 기량을 마음껏 펼칠 수 있는 1악장 발전부와 집시풍의 연결악구의 극적인 부분을, 혹은 3악장 론도 알레그로의 가벼운 민요풍을 들려주고 또 들려줍니다. 자주 오는 단골을 위해서는 바흐의 〈무반주 첼로 모음곡집〉이나 슈베르트의 〈아르페지오네 소나타〉, 생상스의 〈첼로협주곡 1번 A단조〉, 그리고 더 고차원적인 귀빈을 위해서는 엘가나 코다이, 브루흐 따위의 레퍼토리를 준비하기도 합니다.

조금 취향이 다른 중년을 위해서 제 역할은 화가로 바뀝니다. 저는 정통 순수 회화를 고집하지 않지만 그렇다고 장삿속으로 하는 길거리 화가도 아닙니다. 몇몇 이름 있는 공모전에 입상한 전력도 내세워야 했으니까요. 손님 중에는 취미를 그림이라고 겸연쩍게 말하는 애송이 법관이며 치과의사도 있습니다. 다행이라면 그들을 위해 붓을 잡는 법까지 얘기할 필요는 없었다는 점이었죠. 이렇게 표현해 미안하지만 서당 개처럼 대충 풍월을 읊는 이들이 주 고객입니다. 모르고도 아는 척, 알고도 모른 척하며 팔레트에 물감을 올리듯 술안주의 화제로 올리는 거죠. 여기다 조금 전문적이다 싶은 그림의 구상과 묘사, 구도 잡는 법, 컬러 배합과 채색, 대상의 축소와 확대 방법 등등 을 강의하면 '땡큐' 연발입니다. 전문적인 일벌레인 탓에 공부 욕심도 보통이 아닌 이들이죠. 보고를 받아도 결론부터 받아야 하듯 어떤 일이든 마지막을 알아야 한다는 족속들 말예요. 술이 몇 순배 돌면 음악 판에서와 마찬가지로 좀 더 격조 있는 서양 미술사의 한 자락을 펼쳐 보여야 합니다. 뉴욕의 소더비, 크리스티 경매장에서 가장 고가로 인기리에 나가는 그림을 중심으로 달력이며 이발소에 가장 많이 등장하는 그림, 그리고 역시 극적인 삶을 살다 간 화가를 중심으로 한 화제가 그렇죠. 뭐니 뭐니 해도 이야기가 파리의 몽마르트르 언덕에 가야 얼굴이 벌게지며 눈이 반짝반짝 빛납니다. 그곳은 우리 아저씨며 오빠며 애인이 빵과 사랑에 굶주리며 인생을 불태운 곳이자 제가 세계에서 유일하게 몇 차례를 오간 곳으로 자랑스럽게 떠벌리는 명소가 됩니다. 네덜란드며 스페인이며 심지어 일본에서까지 몽마르트르로 개나 소나 쏟아져 들어오던 시절, 길거리 카페에서 주워들었던 고갱이며 마네, 모네, 피카소, 마그리트 따위의 웃기는 이야기를 생생하게 전하죠. 비록 파리의 뒷골목을 전전했지만 동양에서 온 말라깽이 처녀인 저를 정답게 대하고 모델로 써줬던 이들, 최근까지 이메일을 보내준 그 천재 화가들의 근황을 진짜처럼 들려주면 제 고객들은 몽롱한 꿈으로 빠져들기 일쑤였죠.

이쪽저쪽 방을 오가다가 첼리스트와 화가로서의 역할이 바뀐, 웃지 못할 때도 있었습니다. 그러면 한쪽은 진짜 일이고, 다른 쪽은 취미라고 둘러댑니다. 결국 제 정체를 집요하게 물고 늘어지고 의심하는 손님에겐 아예 발길을 끊게 따끔한 벌침을 놓고 맙니다.

주인 여자는 끝까지 저를 그 '코끼리하우스'의 손님으로 감춰주었습니다. 일주일에 서너 번 홀을 채워주기만 하면 됐지만, 아예 노골적으로 변장이며 값비싼 연기를 주문하기도 했죠. 내실에 연주회 팸플릿을 흘려놓기도 하고 벽면 한쪽에는 그럴싸한 그림도 걸렸습니다. 주인은 가끔 생각난 듯이 제법 두둑한 봉투를 전해주고 진짜 단골손님을 대하는 양 술값을 제하기도 했죠. 코끼리는 날로 커졌습니다. 가끔 들르는 그 여자가, 누구라더라…… 는 소문이 점점 더 새끼를 치기 시작하며 저와 같은 선수가 또 번갈아 나타나곤 했으니까요. 저는 손님을 가리고 이윽고 주인의 코까지 비틀 수 있을 정도로 우뚝 설 수 있었습니다. 그리고 여성이 주 고객인 인근의 다른 업소로 발을 넓혀 여류 문객이라든가 요가 선생으로 변신을 하기도 했습니다. 선생님. 이만하면 제가 무슨 일을 하며 지냈는지 눈치채셨겠죠?

그런데 이건 또 무슨 마음일까요. 여기에 이르러 저는 문득 "내가 지금에야 소설을 쓰고 있는 게 아닌가" 하고 묻는 거예요. 결코 쓸 수 없을 것이고, 쓰지 못하리라 생각했던 그 소설이란 것! 선생 님의 곁에서 단 한 편의 습작품도 제대로 만들지 못했건만, 어느 덧 그것은 제 안에서 연습되고 익혀진 게 아닌가 싶었던 거죠. 밤 새워 서너 군데의 룸을 오가며 완벽한 연기를 한 후, 취기 끝에 웬 일인지 벌떡 일어선 정신이 묻습니다. 정말, 꿈 같은 꿈을 포기할 거냐고. 송곳으로 쿡쿡 골을 쑤시는 물음이었죠.

선생님! 오꼬노미야끼, 신선한 나물과 해물이며 고기가 잘 버무 려져 쫀득거리는 뒷맛이며 향취가 그만입니다. 포장마차와 어울 리지 않을 것 같다는 선입견과 달리 썩 그럴듯하게 술맛을 돋우는 음식이네요. 저 서해안 포구의 궁벽한 시절과 비교하면, 포장마차 안주치곤 사치스럽기만 합니다. 그런데 선생님은 그 좋은 안주 한 점 드시지 않는군요. 목하, 악성으로 발전될지 모른다는 중중의 간경화며 혈당이 500을 넘는다는 당뇨를 붙들고 아직, 말간 술잔 을 들이켜는 당신! 저 서해 갯벌을 떠나며 떨어냈다는 '음주자살 증후군'도 여전했던 게 아닙니까. 어떻게든 가장 멀리 있다는 당 신 스스로에게 던져져 부딪치고, 자멸하고 말겠다는 의지 아닌 의 지, 그 순수한 듯 허망한 몸짓.

그러고 보면 당신은 그 알 수 없는 소설의 현실을 써왔고,

저는 현실의 소설을 써온 게 아닌가…… 하는 주제넘은 생각도 해봅니다.

여태까지 살아낸 나날뿐 아니라, 소설 속의 현실이기에 선생님

의 술은 술일 수 없고, 고통도 고통일 수 없으며, 다가온 죽음의 희롱도 결코 죽음의 희롱일 수 없다는 것. 그런 한편 저는 어젯밤 밤새 콜록이며 쏟아낸 객혈로 다시 한 번 곧 마무리해야 할 한 편의 현실을 직감한 겁니다. 그 이름도 희한한 만성폐쇄성 폐질환이라는 것이 제 목을 죄는 현실의 이름이죠. 기도가 좁아져 숨이 차기 시작한 지 오래. 병원에서는 폐 기능의 50퍼센트는 죽어 있는 상태로 혈액 속에 이산화탄소가 급격히 증가하고 있다고 진단했죠. 당장 담배를 끊고 입원하라고. 입원하라는 요구보다 당장 더 무서운 요구가 금연이었건만, 후훗!

저는 어둠 속에서 가만히 일어나 평소에 거들떠보지도 않던 개다리소반을 폈습니다. 그래! 일기라도 써야겠어. 아버지, 당신을 찾았노라고. 그 이름이 그리워 찾았노라고. 하다못해 그렇게 부르다 가노라고. 그리고 생전 쓸 일이 없을 듯 내팽개쳐둔 통장을 찾았습니다. 몇 푼 안 돼도 누군가에게 전해줄 수 있을 거라 소망하면서, 유언이라도 남겨야겠다, 생각한 겁니다. 그리고 당신이 이태 전 다시 문을 열었다는 인사동 소설학당을 찾게 된 것이었죠.

그리하여 그곳 붉은 비닐 천막 사이로 난 창문을 내다보던 당신이 중얼거리는 걸 저는 똑똑히 듣게 됩니다.

"그 여자 지금도 글을 쓰고 있는지 몰라. 아마…… 죽지 않고 살아 있다면……."

선생님, 저 아직 살아 있었어요. 애연하는 상표야 도라지며 솔에서 에세라이트로 바뀌었지만 여전히 담배를 악착같이 빼물고.

아니, 선생님의 표현대로 '살아지고' 있었던 거예요. 저는 술잔을 내려놓고 희미하게 그림자로 어른거리는 당신을 이윽히 쳐다봅니다. 이제 '살아짐'도 다하고 그야말로 사라질 운명이란 걸, 귀띔해 드려야 할 텐데. 저는 솟구치는 감정을 주체하지 못해 끝내 알은체를 못 하고 돌아설 수밖에 없었습니다.

선생님!
등단하신 지 40주년이며 갑년을 맞아 제자들이 준비하는 '우리의 마음, 등불하나' 행사에 저까지 동참토록 한 마음 잘 알고 있습니다. 저를 끝까지 잊지 않았다는 뜻 아니었나요? 올 초 기어코 제가 신춘문예에 등단했을 때 누구보다 선생님이 먼저 연락을 주셨지요. 인사동에서 저 혼자 당신을 훔쳐보며 상상하고 기약한 대로. 꼭 그렇게 되리라 확신했건만 저는 목이 메어 아무 말도 할 수 없었죠. 그리고 요 두 달여 동안 제자들과 만나며 저는 이미 계획된 행사의 일정에 붙어야 했습니다. 다행히 K교수가 뒤늦게 따라 붙은 저에게 상당히 마음을 써주었습니다. 화랑에서 열린 기념식의 마지막 차례로 책을 헌정하는 몫이 선생님의 뜻에 의해 저에게 주어졌다는 사실도, 그가 알려주었죠. 행사 때는 정말 너무나 들뜨고 부끄러워 어떻게 책을 전했는지 모릅니다. 다만 책 표지에 그려진 그림이 어른거렸으니까요. 갈색 호수를 배경으로 긴 팔을 내밀고 있는 소녀. 그 뒷면에서 내민 남자의 손이 소녀의 손을 잡고 있습니다. 만남보다 헤어짐을 그린 게 여실한 장면의 그림. 더

다가갈 수 없고 하고픈 말을 다 하지도 못한 채 떨어져야 하는 운명이 책에서조차 표지의 앞뒤 쪽으로 갈라진 게 아닙니까.

이제 다시 되새겨보면, 선생님은 애당초 제가 이런 행로로 당신과 다시 만나고 또 그렇게 다시 헤어질 줄 알고 있었던 듯합니다. 그 바닷가 포구에 나뒹굴던 폐선에서 저를 받아주어 이제껏 당신의 예언을 완성시키기 위해 기다려온 게 아니냐 말입니다. 또는 '홀로 등불을 상처 위에 켠' 시인으로. 진정한 시인은 모름지기 예언자와 같은 존재이기에.

그러나 당신도 차마 어찌 다 알 수 있을까요. 하고많은 이 세상의 인연과 뒷. 천구에 올라 별이 되기에는 너무 연약하고 한심하고, 한 많은 이…… 현실의 주인공.

제가 의도한 대로 당신과 또 다른 아버지가 올 초 신춘문예의 당선 공고를 보고 저를 찾았습니다. 비렁뱅이 노숙자로 확인된 그가 신문에서 먼저 나를 찾아낸 것이, 알고 보니 놀랄 일도 아니었습니다. 무기수로서 옥살이를 하다가 가석방된 작년 이후 알코올 중독자로 길거리를 전전하면서도 오로지 자기 피붙이 하나를 찾으려 했다니 말이죠. 저는 그가 내민 꼬깃꼬깃한 호적등본이며 어머니 등에 업혀 있는 흑백사진의 아이를 보고 그의 주장을 인정해야 했습니다. DNA 분석자료 같은 과학적이고 확실한 증거 때문이 아니라 그것들을 증거로 만들어낸 그의 집요한 진정성 때문에! 네 어미는 원래 사마귀 같은 여자였어. 이미 들어서 알 것이다만 네 어미와 놈의 목을 조른 건 내가 아니라, 자기 팔자였던 거야. 할머니고 그 후의 친척 누구도 쉬쉬했던 내 어두운 과거에 대해 그는 지레짐작의 걱정인지 순순히 자백했고 용서를 구했습니다. 그 진실에 대해서 인정할 수밖에 없었습니다.

그러나 끝내 저는 생부를 마음으로 받아들일 수는 없었습니다. 그를 집에 들이고 역시 그 예정된 쓰임대로 모아졌던 통장을 손에 쥐어주었지만…… 진정 제가 당신의 딸이라고 인정할 수 없었던 겁니다. 신춘문예 당선 후 처음 청탁을 받은 이번 봄 월간지에 아예 성까지 바뀐 필명이 나간 까닭이 그렇습니다. 이제부터 저의 성은 그의 성인 Y가 아니라 S인 것입니다. 그래 봤자 제 이름을 세상에 드러낸 마지막 일일 것이지만.


갈라진 콘크리트 방파제 뒤에서 남자는 잔뜩 어깨를 구부리고 담배를 빨아댄다. 점점 거세지는 바람과 파도에 등대가 휩쓸린다. 방파제 끝에는 어울리지 않게 노란 수레가 대기하고 있다. 금방이라도 거대한 콘크리트 구조물을 무너뜨릴 기세의 홍갈색 너울. 손가방을 든 여자가 자박자박 걸어 방파제 위에 선다. 아무런 훈련이나 준비도 없이 이쪽과 저쪽을 가르는 평균대 위에 선 듯한 위태위태한 모습. 뒤로 흩날리는 긴 머리칼이며 치마와 달리 까만 구두의 코가 잘 깎은 연필심처럼 바다를 가리킨다.[*]


저는 지금 눈 깜빡할 새 수컷을 잡아먹은 포만감으로 동해를 바라봅니다. 웬일인지 꽉 막혔던 기도가 뻥 뚫리고 마지막 오르가슴의 순간까지 정신이 말짱했습니다. 어쩌면 섹스 중에 파트너가 기도폐색으로 절명할지 모르는 상황을 K교수는 또 운 좋게 피해 간 셈이죠. 이제 잠에서 깨면 좌우 돌아볼 것 없이 휑하니 서울로 떠날 정신없는 사람. 그는 선생님만 모르는 소문대로 학당에서 또 다른 몸과 몸의 소설을 써가겠죠. 그의 얼굴은 기름기로 미끈거렸고 목은 고무처럼 질겼습니다. 저의 사마귀 같은 톱날은 소용없었죠. 아니, 그 때문은 아닙니다. 모처럼 마음껏 들이킨 숨으로 드디어 여태 느낄 수 없었던 낯선 존재의 숨결을 느꼈으니까. 아무래도 이 편지를 쓰기 전 갑자기 일었던 남자들에 대한 염오의 감정은 번지수를 잘못 알고 찾아온 저승사자의 헤살이었던 모양입니다. 이제껏 삶을 돌아보면 고맙고 과분하기만 한데 누굴 미워하겠습니까.

바람결에 첼로의 은은하고 부드러운 선율이 실려옵니다. 파도의 날카로운 이빨이 꼭 첼로의 활같이 움직이는군요. 코리안심포니 단원이라며 부끄럽게도 단 한 번도 음악회에 가본 적이 없었지만, 바다는 이제 더 이상 부끄러울 일조차 없는 단 한 사람을 위한 연주를 하고 있는 겁니다. 파리의 뒷골목을 누볐던 화가이면서 그림 한 점 그린 적 없었지만 바다는 제 마음의 화판으로 펼쳐져 있네요. 이제 모든 게 분명해져 있습니다. 그토록 선생님이 알코올에 젖어 주무르던 언어의 비의. 생성과 소멸의, 만남과 이별의 의미. 아버지를 찾던 하얀 바닷길. 갈색 바다의 색깔은 더욱 곱고 선명합니다. 저 비단길의 달빛 어린 사막과 같이 어느덧 까만 구두가 달빛에 젖고 있습니다.

아아, 지금쯤 제자들과 일행을 태운 버스가 서울로 진입하고 있겠지요. 문학기행에 이르기까지 지난 보름여 동안 하루도 빠짐없이 독주를 들이켜며 '사랑과 등불' 제의를 주제하신 당신의 건강이 뒤미처 걱정됩니다. 검진을 담당했던 의사조차 이제 당신의 앞날을 보장할 수 없다며 고개를 내젓는 마당이라고…… 떠나오기 전 사모님에게 들었던 말씀이 귓가에 맴돕니다. 아, 참! 행사에서 처음 뵌 사모님은 너무 좋은 분이었어요. 따뜻하고 속 깊은 마음을 맑게 드러내는 눈동자며 B플랫 높이의 비음이 섞인 목소리로 사모님은 금방 제가 누구인지를 헤아려주시는 게 아니겠어요. 등단작인 「코끼리하우스」도 흥미 있게 보았다며 그런 곳이 있다면 놀러 가보고 싶다고 역시 소설은 소설일 뿐이란 쪽으로 저를 위로해주었죠. 그리고 늦게나마 축하한다며 건네준 보라색 꽃무늬의 스카프. 생전 선물이라고는 받아본 적이 없던 제게 그것은 불꽃같이 화려했고, 목에 둘러보니 붕대와 같이 느껴져 당장 내 깊은 상처를 여미라는 의미로 와 닿았습니다. 사모님은 머잖아 펴낼 선생님의 신작에 대하여 귀띔하면서 저 서해안 반달 도시의 허름한 아파트에서 마주쳤던 공무원 여자와 마찬가지로 저 또한 당신 주변을 어른거린 하고많은 인연 중에 하나였음을 일깨워주려는 보살처럼 지그시 웃음을 건넸었지요.

선생님!

이제 화집을 덮으려 합니다. 그러고 보니 이것은 이틀간이 아니라 20년이 넘게 걸린 여정의 마침표가 아닌가요. 그 긴 문학기행이 끝나가고 있다는 시원섭섭함과 회한으로 돛대 한 개비를 물었습니다. 조금 떨리기도 합니다.

이제 천세불변의 염으로 달빛 가득 담긴 구두 한 짝을 저 그림 속 방파제에 남기렵니다. 그럼 이만.

* 본문의 그림 관련 묘사는 윤후명 작가의 『사랑의 마음, 등불하나』(시화선집)에서 차용한 것입니다.

# 결핍과 범람

## 1

신장현은 첫 소설집 『세상 밖으로 난 다리』(2001)에 이어 두 번째 소설집 『강남 개그』(2005)를 펴내면서, '작가의 말'에 이렇게 적었다. "무위의 시간이 두렵다. 감히 바라건대, 세상 밖으로 난 다리를 건너듯 새로운 세기로 건넜음에도 아직 갑갑한 현실에 아파하고, 상처받는 이들과 함께하고 싶을 뿐이다." 이렇게 함께한다는 것보다 더 큰 위로가 어디 있겠는가. 그리고 시간이 꽤나 흐른 지금에 이르기까지, 그는 그 '무위의 시간'에 대해 여전한 두려움으로 살았나 보다. 『사브레』(2002)에 이어 두 번째 장편 『돼지감자들』(2011)을 내놓은 지 얼마나 지났을까? 그는 또다시 여덟 편의 단편을 알뜰하게 모아 우리 곁으로 돌아왔다. 현실은 늘 그렇게 갑갑하고, 상처받은 사람들은 여전히 서럽게 울고 있으니까.

# 2

두 번째 소설집의 표제작 말미에 "누구나 줄곧 노래하며 애쓰는 자를, 우리는 구할 수 있답니다"라고, 『파우스트』의 어떤 구절을 받아 적기도 했지만, 신장현의 소설은 대체로 구원의 희망으로 서사를 봉합하지 않는다. 그의 소설은 절망의 현재를 무심한 듯 응시할 뿐 조잡하게 주석하지 않는다. 하지만 그 무심한 응시의 이면에는, 세계의 타락에 대한 복원의 염원이 간절하다. 무엇보다, 잃어버린 본원에 대한 그리움이라는 형이상학적 열망의 서사화가 치열하게 녹아 있다. 세계의 타락은 흔히 자연과 고향이라는 본원적인 것(arche)의 훼손이나 상실로 드러난다.

먼저 「고인돌이 부름」을 보자. 서울에서 살다 베드타운이라 일컬어지는 광명시의 한 임대 아파트로 이사를 온 남자. 기자인 그는 그 집에 먼저 살았던 사람의 사연에 주의를 기울인다. '장 박사'로 불리는 30대 후반의 대머리 남자는, 놀이방에 갔던 네 살 난 아들이 사라진 후 지금은 아내와 별거 중이다. 아이를 찾아 헤매던 어느 날, 장 박사는 도시 개발로 오염된 개천의 악취를 맡으며 말한다. "썩어가는 것이 아니라 썩어서 갈 데 없는 냄새지요. 진행형이 아니라 완료형이란 겁니다. 이 개천은 이제 아무것도 수태할 수 없는 석녀나 다름없어요." 화자도 개천 건너 도시를 바라보며 생각한다. "콜타르 같은 점액질 폐수에 어른거리는 공장 불빛은 처연하고 건너편 아파트 단지는 아무래도 일련의 병동 같기만 하다." 그러니까 이들에게 도시는 마치 "악귀들이 깝신거리는 세상이다."

개발이란 수수하고 남루한 것들을 몰아내고, 대신 그 자리에 유려하고 세련된 것들을 가득 채우는 과정이다. 그렇게 저 화려한 도시의 삶은 변두리의 삶을 점점 불모로 만든다. 화자는 도시의 개발에 밀려 변두리로 옮겨진 고인돌을 안아본다.

나는 거듭 감탄하며 양팔을 벌리고 지그시 눈을 감았다. (중략) 그러나 허전했다. 햇볕을 머금은 돌의, 그만한 따스함조차 느껴지지 않았다.

_「고인돌의 부름」, 135쪽

제자리에서 밀려난 것들은 그렇게 온기를 잃고 죽어가거나, 생기 없는 화석처럼 딱딱하게 굳어버린다. 이제 '고인돌'은 원시의 기억으로 신비로운 유적이 아니라, "버려지는 것의 마지막 집하장"이나 일종의 상품명이 되었다.

카페, 단란주점, 살롱, 간이식당, 책방, 심지어는 포장마차에까지 갖다 붙인 게 그 이름이었다. 한때 역사책을 신비롭고 무겁게 했던 고대의 유물이 이렇듯 값싼 이름으로 떨어질 수 있을까.

_「고인돌의 부름」, 126~127쪽

방황하던 대학 시절의 화자는 '고인돌'이라는 주점에서 자주 위로를 구했고, 거기서 백석의 시를 사랑하는 한 여자를 흠모하게 되었다. 여자의 얼굴은 "군부독재를 타도하겠다고 날리던 저주의 화염병"에 맞아 화상으로 끔찍하게 짓이겨져 있었다. 고왔던 여자의 얼굴에 남은 그 흉터는 한 시대의 폭력을 증언하는 상흔이다. 언제나 순결하고 가녀린 것들은, 무도한 폭력 앞에서 가장 먼저 훼손당한다. 고인돌 밑에서 끝내 주검으로 발견된 장 박사의 아들 초롱, 별처럼 빛나던 아이의 죽음이란 여자의 얼굴에 남은 화상과 마찬가지로 개발로 파괴된 순수, 즉 본원적인 생명의 훼손에 대한 알레고리다.

「기수지에서」가 보여주려고 하는 것은, 시장의 자유를 내세워 약탈을 합법화하고 적자생존을 넘어선 승자독식의 배부른 삶이다. 생존을 위한 경쟁이 진화의 토대가 된다고 믿는 사람들은, 경쟁의 효율을 지고의 덕으로 찬양하면서도, 그 이면의 비열에 대해서는 무심하다. 기수지란 어떤 곳인가? "이곳은 자본주의 시장의 막장이라 할 만큼 삭막하고 힘겨운 곳이다. 비정상이 정상이고 바로 된 것은 틀린 것이다. 그렇게 보지 않고는 바로 일할 수가 없다. 상대가 동물의 탈을 쓴 만큼 나도 써야 한다. 진짜 인간의 탈을 쓴 듯이 행세해야 할 때도 있다." 게다가 "이곳에서는 이름이 이름 그대로 불리지 않는다. 실적을 나타내는 꺾은선그래프에 오르는 점일 뿐이다. 김1, 김2, 이, 최1, 최2, 황, 전…… 그리고 계약직인 C, I, O 따위였다." 이렇게 이름의 고유성을 부정함으로써 존재의 타자성은 익명으로 말소된다.

사람을 익명의 존재로 환원하거나 생존투쟁의 동물로 만드는 경쟁의 한가운데서, 남자 역시 실적을 위한 채무 추심으로 바쁘다. 채무의 추심이란 "그야말로 짐승같이 무서운 집착과 저돌적인 공격"으로 채무자를 잔혹하게 공략하는 것이다.

죽고 죽이는 참혹한 전쟁터를 방불케 하는 "사산을 한 탯줄 같은 이 도시"에서 또 한 사람의 희생자가 나온다. '알바'로 불렸던 그 여자는 화자가 일하는 회사의 계약직이었다. 이 회사의 전임자였던 정성만으로부터, 죽은 오빠의 채무로 인해 치욕을 당했던 그녀는, 음독으로 스스로 목숨을 끊었다. 빚을 남기고 죽어버린 오빠, 도박에 미쳐 있는 아버지와 종교에 빠져 있는 어머니, 그 무정한 가족의 틈바구니에서 여자는 홀로 외로웠을 것이다. 외로운 이에게 가족이란 과연 무엇일까? 그것은 위로나 구원의 처소이기는커녕, 결핍의 기원이고 또 다른 폭력의 발원지가 아닐까? 화자의 할미가 살아온 일생도, 아마 그런 폭력의 역사가 아니었을까?

(사실은 중국에 있는 전처에게로 돌아간 것이지만) 할아버지는 할미를 홀로 남겨두고 종적 없이 사라져버렸다. 가족의 해체에 따른 결여는 정신의 결핍으로 이어진다. 화자의 어머니도 뭇 남자를 따라 집을 나갔고 아버지는 새장가를 들었다. 결핍의 기원은 자주 그렇듯 해체된 가족이다. 떠나간 빈자리, 마음의 허기를 채우려는 듯이 할미는 참게장을 편식하였다. 할미에게 그 참게장은 존재의 기원인 고향의 환유에 다름없다. 상처로 가득한 현재의 삶에서 벗

어나 기원으로 거슬러 올라가 평안하고 싶었던 할미. 하지만 이제 병든 참게를 먹고 할미는 죽어가고 있다. 이처럼 존재의 시원마저 도 오염시키는 것이 자본의 욕망을 재현하는 개발의 참모습이다. "참게들이 강 하구에 콘크리트 장벽을 넘을 수 없는 노릇일 테니까. 돌아갈 곳을 잃은 참게에게 병이 난 것도 당연한 일이 아니었던가." 그러니까 개발은 공멸이면서 자멸인 것이다.

화자에게도 개천, 그 원형으로서의 물은 역시 존재의 기원이다. 현실(상징계)의 삶이 고달플수록 우리는, 향수의 대상으로서 기억(상상계)을 자주 호출한다. 다시 말해 '개천'이란 곧 영원히 상실해 버린 '어머니의 육체'(la chose)다. 그것은 때로 할미의 젖가슴에서 풍겼던 "배리착지근한 강낭콩 냄새"처럼 후각의 이미지로 드러나기도 한다. 화자는 스스로를 "유년에서 한참 떠내려온 낯선 도시의 개천에 서 있다"고 함으로써, 존재의 시원으로부터 멀어진 자기의 처지를 새삼 환기시킨다. 그런 의미에서 화자가 자위를 하고 사정한 정액을 개천에 뿌리는 것은, 기원에의 회귀를 욕망하는 의미심장한 행동이라고 할 수 있다. 물론 그것은 난소에 가닿지 못하는 절망적인 불임의 상황을 표현하고 있는 것이지만.

편지 형식의 「비 올 바람」에서도 경쟁 사회의 이면은 긴장으로 팽팽하다. 화자는 버젓한 일간지의 차장 경력을 내세워 "2년짜리 두 번의 경력 계약직을 면하고 팀장으로 발령"이 난 40대 후반의 남자다. 남자는 자기의 은밀한 제안을 거부한 희에게, 그녀가 왜 '피폐'를 느끼게 되었는지, 지난 몇 달간의 일들을 되짚어 그 시정을 헤아려보는 마음으로 편지를 쓴다. 남자에게는 '피폐'라는 말을 남기고 다시 가정으로 돌아간 10여 년 전 한 여자와의 아픈 기억이 남아 있다. 그래서 남자에게 '피폐'는 버림받음의 기억으로 아픈 낱말이다. 그러므로 '피폐'의 인과를 탐색하는 것은, 그에게는 곧 자기 고통의 기원을 탐구하는 일이다.

희는 올 초에 아이의 돌을 치른 서른다섯의 미즈다. 그녀의 산후휴직으로 업무의 공백이 커지자 회사는 경력사원을 뽑았고, 그 자리에 서른여섯의 숙이 들어왔다. 희의 복귀와 함께 둘은 회사 홍보팀의 핵심전력으로 서로 경쟁하게 된다. 그리하여 둘은 "한 솥밥을 먹으며 서로 돕고, 경쟁하며, 질시하며, 갈등하고…… 거의 피를 말리는 신경전을 펴며" 지금껏 지내왔던 것이다. "조직은 맷돌에 갈듯 당신들 둘을 최대한 갈아 무엇이든 최고를 뽑아내려" 했고, "하다 못하면 깨지고 부서지기를 바라는…… 그것이 비정한 조직의 생리"였다. 그 비정함은 이런 식의 뿌리 깊은 믿음으로부터 합리화되어왔다. "경쟁이 없으면, 진화와 발견이 멈추게 된다. 그런 정체는 아주 깊은 차원에서 생명체들과 사회의 활력을 앗아간다. 따라서 경쟁이 없는 상태에서 나오는 손실은 눈에 이내 뜨이는 것보다 훨씬 크다."[1] 진정으로 생명의 활력을 정체시키는 것은 자비 없는 악무한의 경쟁보다는, 경제적 효율로 환원할 수 없는 비효율의 잠재적 가치를 사유하지 못하는 무능이다. 경쟁이

---

[1] 복거일, 『벗어남으로서의 과학』, 문학과지성사, 2007, 203쪽.

조장하는 삶의 손실은 눈에 띄는 것보다 훨씬 크다. '피폐'란 결국 그 손실의 다른 이름인 것이다.

희와 숙이 우승열패의 '투쟁'으로 고달플 때, 남자는 그들의 승리에 대한 욕망을 '지양'(매개)함으로써 회사의 '발전'에 기여한다.

숙은 이벤트라든가 영상물 쪽에 강했고, 당신은 텍스트와 관련한 작업에 강했습니다. 대조적인 성격과 취향을 그대로 업무에 투사시켜 드러나게 하는 재주도 불꽃 튀었습니다. 나는 빗자루로 쓸어 담듯 당신들의 의욕과 재능, 그것이 합성해내는 고분자화합물을 주워 담으며, 임원들에게 칭찬 아닌 칭찬을 들었죠. 팀원들을 들고 뛰게 흔들어서…… 부싯돌에서 번갯불을 만들고 있다던가.

_「비 올 바람」, 146~147쪽

두 여자의 대조적인 성격과 취향은 말 그대로 모순의 관계다. 희는 "부지불식간 조성하는 불안한 긴장과 우울은 전염될까 피하고 싶은 벽"을 만드는데, 그녀의 우울은 '비 올 바람'이라는 아이디에 그대로 담겨있다. 반대로 '우리 함께 ☺☺☺'라는 아이디를 사용하는 숙은 "재기발랄함과 살가움, 재치, 충성심, 열정"으로 넘치는 성격이다.

"시소의 가운데 서서 균형을 잡으려는 안간힘으로" 이 둘을 종합하는 것이 남자의 역할이라면, 변증법적으로 맺어진 이들의 관계는 결국 서로의 욕망 속에서 한통속이다. 그러나 공모 속에서 유지되는 균형은 언제나 아슬아슬한 긴장감으로 불안할 수밖에 없다. 바로 그 불안한 균형이 깨어질 때가 피폐가 찾아오는 순간이다. "여태 지키려 했던 트라이앵글의 균형을 저버린…… 일종의 배신", 그것이 희를 다른 이에게로 떠나게 했고 남자에게 '게임오버'를 되뇌며 사표를 내도록 결심하게 만들었다. 게임은 끝이 났고, 이제 희는 또 다른 관계의 배치로 들어가 다시 경쟁에서의 승리를 욕망할 것이다.

「조롱박 키우기」에서도 삶은 불모의 대지 위에서 도피의 욕망으로 만발하다. "도심의 빌딩이란 그야말로 성냥갑 같고, 또한 거기 빽곡히 들어찬 성냥처럼 지내야 하는 것이 샐러리맨들의 처지다. 자칫 잘못 부대끼면 불이 나고 큰 재난에 휩싸이고 말 성냥갑!" 언제 어떻게 될지 모르는 위험을 안고도, 함께 부대낄 수밖에 없는 살벌한 관계. "자기 일이 아니면 보아도 보지 못하는 게 넥타이 부대원들의 특성"이라고 하지만, 사실은 서로를 견제하고 의식하면서 자기의 생존을 도모하는 것이 이들의 처세다.

화자는 역시 여느 샐러리맨들과 마찬가지로 살아남기 위해서 살아갈 뿐이다. "과연 내게 가족이란 있는 것일까. 또한 돈벌이 외에 일터가 무슨 의미가 있나, 하는…… 요컨대 철저히 혼자인 현실과 잿빛 미래에 대한 불안이다. 아내와 딸에게 할 수 있는 일이란 주기적으로 돈을 보내는 것뿐이고 회사는 회사대로 찌그러들며 내게 진을 짜내는 형국이다." 살벌하면서도 진부한 일상에서 벗어나기 위해서는, 이른바 탈영토화의 도주선을 그리는 위험한 모험이 필요하다. 그 시작은 회사 옥상의 한편에 조롱박을 키우는 것이었다. 화자는 삭막함의 한가운데서 피어나는 푸르른 생명의 활력에 어떤 기대를 걸었다. '조롱박 키우기'는 어느덧 총무부의 마 대리와 U가 동참(접속)하면서 새로운 도주선을 그리게 된다. 조롱박은 이제 밀애의 '기계'로 작동하고, 화자는 U에게 서서히 매혹되어간다. "한 여자가 이끄는 힘이 이렇게 큰 것일까!" 포획의 위험을 감수한 도주는 세심하게 이루어져야만 겨우 성공할 수 있다. 그러나 결핍으로 그저 외로운 이들은, 어느덧 각자의 입장과 조건을 내세우며 서로를 이기적으로 욕망할 뿐이다. 드디어 화자는 마 대리와 함께 U를 두고 삼각관계의 진부한 틀 속으로 얽혀 들어간다. 마 대리와 U의 다정한 사이를 지켜보는 화자는 우울하다.

삶의 비상구에는 언제나 죽음의 유혹이 있지 않을까. 우울증은 암보다 무서운 질병일지 모른다. 자각할 수 없고 인정받기도 곤란한, 자기 연민의 병! 오로지 자기 스스로의 구제만이 처방일 것이다. 잠시 망설여졌다.

_「조롱박 키우기」, 60쪽

죽음의 충동에 사로잡혔던 화자는, 다른 도주선을 모색함으로써 위기를 벗어나려고 애쓴다. 인터넷으로 접속 가능한 가상의 집, "역시 나만의 집으로 도망치는 것이 상책이라는 판단"에 이른다. 명징하게 인식 가능한 세계는 이미 두려움의 대상이 아니다.

두려움이란 인지의 곤란함 속에서 만들어지는 모호함의 효과다. 그래서 어떤 사람들은 통제 가능한 가상의 세계에 탐닉함으로써 현실의 공포를 잊으려 하는 것이다. '리니지'의 폐인들처럼 이들에게는 오히려 비현실의 가상세계가 더 현실적이다.

> 역시 세상에 이만 한 곳이 없다. 무엇이든 원하는 대로 값싸게 들여놓고 즐길 수 있다. 아무 간섭도 받지 않고 내 멋대로 할 수 있는 나만의 집. 심지어 가족마저 내가 다시 구성할 수 있지만 그것만큼은 참고 있을 뿐이다. 이 지경에서는 고독도 인스턴트 기호식품 같다.
>
> _「조롱박 키우기」, 62쪽

IT 분야의 엔지니어로 활동하는 싱가포르 친구 진룽과 홍콩의 오피스걸 바라바라. 화자에게 이들은 역시 가상현실과 마찬가지로 우울과 죽음의 유혹으로부터 벗어날 수 있게 해주는 몽상의 존재들이다. "1,584CC의 파워풀한 심장에서 뿜어 나오는 포효와 진동이 지축"을 흔드는 '할리데이비슨'을 타고 강변을 질주할 때, 그는 "바라바라에 대한 몽환이 음모처럼 이빨 사이에 끼어들었다"고 고백한다. 화자는 또 진룽을 통해 싱가포르와 네트워크를 구축해 '성인용품 시장'을 연다. 이렇게 화자는 성애적인 음란함 속에서 탈주의 충동으로 분주하다. 가상과 몽환 속에서의 성애적인 충족이란, 사실 현실에서의 결핍을 보상받으려는 공허

한 몸짓에 불과하다. 가상에서의 만족은 실상에서의 외로움을 어찌하지 못한다. "현실과 비현실의 창틀 사이에 짓찧어진 형국" 속에서 화자는 점점 더 고립될 뿐이다. 싱가포르의 진룽에게 사기를 당하고, 아내는 딸과 함께 캐나다에서 미국으로 옮겨가면서 더 많은 송금을 요구한다. 지금껏 그저 '현금지급기 역할'만을 해왔던 남자에게 애초부터 선택의 여지란 별로 없었다. 지금 남자의 처지는 마치 "이제 최후의 통고를 남겨둔 처형자 같다고 할까."

그러니까 '조롱박 꽃'이란 고달픈 세계의 삶을 견디기 위해 고안된 형이상학적인 '대리보충'의 대상물이다.


하얗고 보송보송한 꽃들이 어두운 저녁 하늘에 뻥튀기 과자처럼 피어올랐을 때, 나는 그저 넋을 잃고 하염없이 올려보았다. (중략) 며칠 동안은 박꽃이 등불 같은 위안이 돼주었다. 야근을 해도 누군가 밖에서 기다리고 있다는 상상이 즐거웠다. 퇴근을 할 때면 자연스럽게 옥상공원을 둘러보게 됐다. 하얀 박꽃에는 푸른 달빛과 도심의 불빛이 아롱아롱 물들어 있었다. 나는 그곳에서 빨대 긴 호랑나비며 꿀벌로 변신해 이 꽃 저 꽃으로 꽃가루를 날랐다. 때론 도마뱀처럼 일렁이는 잎사귀를 타고 노닐었다. 밤이슬이 고단한 어깨를 촉촉이 적셔주었다.

_「조롱박 키우기」, 73쪽

# 3

　세속의 지난함에 몸서리치면서도 생명의 의지는 물색 모르고 에로스의 정념으로 꿈틀거린다. 허약한 육신의 제약 속에서 분투하는 인간에게 사랑은 숭고한 타락이다. 그러고 보면 사랑의 정념이란, 자기 보존의 생명의지에 열렬이 순응한 지극히 이기적인 마음에 불과하다. 고쳐 말하건대 연인의 살은 눈물의 한가운데서 먹는 슬픈 빵이다. 나를 살리기 위해 너를 먹고 너를 먹기 위해 나를 바치는 역설.

　사랑은 그렇게 간교한 나르시시즘이므로 '당신'을 향해 바치는 그 모든 구애의 노래들은 달콤한 거짓말이다. 나의 의욕을 받아들일 수밖에 없도록 관철시키려는 필사의 노력, 그러니까 구애란 당신을 향한 내 권력의지의 실현인 것이다. 당신은 다만, 내가 만든 환상 속의 당신이며, 결코 당신은 내 앞에서 당신 스스로의 당신이 되지 못한다. 그럼에도 나는 언제나 당신을 위한다는 착각으로 오만하며, 그렇게 서로가 만든 환상의 그물에 걸려들어 뒤늦게 벗어나려고 괴롭게 몸부림친다. 사랑은 이렇게 사후적인 후회를 담보한 최초의 열정이다. 그러므로 진정으로 사랑에 눈뜨는 시간은, 당신의 숭고함을 발견한 때가 아니라 나의 고독에 몸서리치는 자기 폐허의 바로 그 순간이다. 그래서 사랑은 이 세계로부터의 중압을 견디는 놀라운 기예인지도 모르겠다. 「비 올 바람」에서처럼 그것은 첨예한 긴장 속의 균형의 기술이고, 「조롱박 키우기」에서

와 같은 남모르는 일탈의 기술이다. 그러므로 세상의 삶이 힘겨울수록 사랑은 날로 넘쳐난다.

「덤블링 트리」에서 화자인 남자는 유방암으로 세상을 떠난 아내에 대한 상실의 고통 속에서 많이 외로웠다. 애도의 시간이 지나가고 남자는 다시 다른 여자 앞에 있다. "나보다 한참 어린 상대가 과연 결혼을 생각하는지 어떤지 가늠하기는 어려웠다. 그렇지만 그녀가 생글생글 웃으며 뭔가 더 요구하듯 모호한 표정으로 나를 이끈 것도 사실이다." 자기 충족을 위해 타자에게 끊임없이 무언가를 '요구'하는 것이 사랑이라면, '한참 어린 상대'에 대한 나이 차이의 극복은 지금 남자가 원하는 사랑의 가장 큰 요구다. 「비올바람」의 화자도 희와 함께 〈엘레지〉라는 영화를 보고는, "그렇게 황당한 나이 차이에 사랑이라니!"라고 놀라며 새삼 희와의 나이 차를 의식하지 않았나. 그리고 "시간 앞에 무력하고 쓸쓸한 사랑의 의미"에 대해서 생각하지 않았던가. 그 영화에서 "특히 유방암을 선고받은 콘수엘라가 수술을 받기 전, 데이빗에게 사진 촬영을 부탁하며 보여주는 풍만하고 아름다운 가슴은 뜨거운 전율"이었다고 느끼는 대목, 그것은 라스베이거스의 어느 호텔에서 보았던 유방암에 걸린(그 당시엔 그걸 몰랐지만) 아내의 "팽팽한 볼륨으로 육감적인 기운을 풍기는 유방"에 대한 소회의 장면과 묘하게 겹친다. 남자에게 죽은 아내는 유방암 환자의 도려낸 유방처럼 허전한 결여의 존재이며, 그래서 지금 남자는 젊은 여자에게서 그 결핍을 보상받으려 하는 것이다. 남자의 처남이 전립선암으로 아랫도리를 들어냄으로써, 그 결핍에 대한 보상으로 도박에 빠져 허우적거렸던 것처럼, 충족되지 않는 결여는 심각한 증상으로 되돌아온다.

남자의 요구가 그런 것이었다면 여자의 요구는 무엇일까? "알 수 없는 그녀의 정체" 그러니까 자기는 윤명혜가 아니고 "업체의 요구대로 사망 기술자의 자격을 도용해 일을 해왔다는 것", 그리고 "남동생과 함께 여섯 살 때까지 보육원에서 지내다 뿔뿔이 갈라져 여태 떠돌이처럼 살아왔다는" 숨기고 싶은 과거를 이해받는 것. 그것이 아마 남자를 향한 여자의 요구가 아니었을까. 사랑은 이처럼 상대에게 요구함으로써 자기의 결핍을 채우는 이기적인 행동이다. 충족시켜주지 못하는 상대에게서는 더 이상 매력을 느낄 수 없다. 그러므로 이별은 헤어져서 슬픈 것이 아니라, 내가 만족할 수 없어서 안타까운 일이다. '물기가 있는 곳에서나 잠시 살며 바람이 부는 대로 떠돌아다닌다는 모습 그대로', 덤블링 트리는 결핍된 욕망의 충족을 찾아 떠도는 우리들의 이기적인 사랑을 꼭 그대로 닮았다.

「등불 하나 켠 바다」의 여성 화자도 자신의 과거를 속여야 했던 「덤블링 트리」의 여자처럼, 유년의 기억 속에 아픔을 깊이 묻어두고 살아왔다.


돌아보면 너무 힘들었어요. 세상에 어떻게 나를 낳아준 부모는 온 데간데없고 그 위로 달랑 할머니 한 분만, 그것도 먼 바다 외딴섬에 희미한 등대 불빛처럼 깜박거리다가 사라져버렸을까. 세상에 눈을

뜨면서 저는 그 불가사의한 수수께끼를 풀기 위해 버둥거리기 시작
했죠. 어렸을 적 몇몇 친척집에 얹혀 지내며 놀림 받던 말이 더욱 그
렇게 만들었습니다. 네 어미나 아비는 원래 없었다는 것. 애당초 갯
바위에서 주워왔다는 것. 찾아봤자 아무짝에 소용없다는 따위.

_「등불 하나 켠 바다」, 246쪽

기댈 곳 없이 절박하게 외로운 사람들은, 타자에 대한 견제 없
이 그 누구라도 반겨 맞을 준비가 되어 있다.

시궁창 내 나는 도심 뒷골목의 쪽방에서 하루에도 두세 갑의 담
배로 허기진 속을 달래며 겨우겨우 연명하던 저의 상황과 심리를
헤집어볼 때 사실 그 대상은 아무, 누구일 수 있었을 터. 그러나 당
신은 결코 저와 같은 여자를 그대로 내버려두지 않을 분이었죠. 죽
음 이전의 혼돈. 마치 그 혼돈 속에 아주 작은 점으로 홀로 웅크려
빛내는 등불 하나. 그 등불이 아니었던가요. 내가 찾아간 것이 아니
라 당신이 끌어당긴 게 아닌가요.

_「등불 하나 켠 바다」, 244~245쪽

죽음에 매혹될 만큼 외로웠던 화자에게 세상은 망망한 '바다'와
같았으며, 그 절망적인 상황에서 읽은 어떤 소설의 작가였던 '당
신'은 아마도 구원의 '등불'이었을 것이다.

게다가 '당신'도 "종잡을 수 없는 흐물흐물한 어두운 기억과 고

독의 그림자가 드리운 바닷가에 이르는 저 유년의 하얀 길을" 걸어온 사람이었다. 그는 화자와 마찬가지로, 아버지의 부재로 인해 유년의 기억이 아픈 사람이었다. 하지만 '당신'은 시청 공무원인 어떤 여자를 받아들였고, "오로지 당신의 여자이고 싶은 간절한 욕망"에 사로잡혀 있었던 화자는 그 후 20여 년의 시간을 떠돌아 방황해야만 했던 것이다. 등단을 하자 아버지란 사람이 찾아왔지만, 그 아버지는 바람난 어머니와 정부를 죽이고 옥살이를 하고 나와 노숙자로 떠돌고 있었다. 완전한 기원으로서의 아버지는 관념이 아닌 세속에 출몰하여 그 기원의 자리를 더럽히고 만 것이다. 차라리 몰랐으면 좋았을 과거를 알고 만 화자에게, 다시 만난 '당신'은 자기 삶의 그 모든 아픔의 이유인 것처럼 원망의 대상이 되었다.

사모님은 머잖아 퍼낼 선생님의 신작에 대하여 귀띔하면서 저 서해안 반달 도시의 허름한 아파트에서 마주쳤던 공무원 여자와 마찬가지로 저 또한 당신 주변을 어른거린 하고많은 인연 중에 하나였음을 일깨워주려는 보살처럼 지그시 웃음을 건넸었지요.

_「등불 하나 켠 바다」, 264쪽

이렇게 '당신'에게 보내는 편지 형식의 이 소설은 "남자들에 대한 염오의 감정"으로 쓴 일인칭의 독설들로 가득 차 있다. 중오는 사랑의 다른 이름이다. 지금 자기가 다른 남자와 함께 모텔에 있다는 것을 굳이 밝히면서 시작하는 이 편지는, 마치 복수라도 하는 듯한 어조로 자못 담담하다. 상대에게 자기가 만든 이상적인 이미지를 덮어씌우고, 그 이미지와는 다른 상대의 실제 모습에 저주를 퍼붓는 것, 그것은 일방적인 '환상'의 폭력에 다름 아니다.

「또 다른 섬으로」의 인서는 자기의 고뇌를 앞세워 타자를 거절한다.

자신에 대한 민화자의 관심과 기다림이 무엇을 의미하는지 벌써 눈치채고 있었다. 그녀의 이혼경력은 하등 문제가 아니었다. 장애는 오히려 인서 자신에게 있었다. 학문에 대한 회의보다 머리통을 짓찧는 자신의 고민이 병적 징후로 바뀌고 있지 않은가. 사실 이즈음 들어 대학에 몸을 담고 있는 사실에 갑갑증과 고통을 느껴온 터였다. 이런 상태에서 어떻게 그녀를 받아들일 수 있단 말인가.

_「또 다른 섬으로」, 196쪽

사랑하는 사람들은 서로가 서로에게 '또 다른 섬'일지 모른다. 자기를 우선시하는 이기적인 주체에게 타자와의 거리는 좁힐 수 없는 심연이다. "연애가 최종적인 충족을 스스로 부정하고 있다는 것은, 바꿔 말하면 서로 사랑하는 두 사람 사이의 '거리'가 결코 극복될 수 없다는 것을 의미한다."[2] 그러나 소설의 결미에서

---

2) 오사와 마사치, 송태욱 옮김, 『연애의 불가능성에 대하여』, 그린비, 2005, 15쪽.

인서가 "자신을 여기까지 밀어낸 것은 헛된 욕망이며 미몽이었을 뿐"이라고 하면서 '바다 저쪽'을 향해 눈을 돌리는 대목은 어떤 각성의 한 장면으로 읽을 수 있지 않을까. 고립된 섬의 내부에서 그 바깥으로 눈을 돌리는 행위는, 홀로 섬과도 같은 '나'의 동일성에 의문을 던지는 타자라는 '외부'의 발견을 뜻하는 것이다. "나라는 것, 내가 공상이나 환상을 귀속시킬 수 있는 최소한의 동일성을 가지고 있다는 것, 이것이 이미 나의 고유성으로 환원될 수 없는 외부성을 띠고 있고 차이성=타자성으로 존재한다는 것이다. 사랑이란 이런 것을 나에게 알려주는 체험이다."[3]

사랑은 근원적으로 불가능하지만, 그 불가능성의 경험을 통해 우리는 타자라는 외부를 발견할 수 있다. "사랑은 타자가 자신의 내부에 침투하여 새로운 것을 낳는 행위이고 새로운 타자를 위해 희생하는 사건이며 곧 생성의 사건에 참여하는 행위다."[4] 그럼에도 적과 동지로 분열된 타자들로 인해 약탈과 결핍으로 고통스러운 주체는 우울할 수밖에 없다. 그러니까 우울은 단지 병적인 증상이 아니라, 타자를 받아들이는 고통스런 과정의 어떤 정조다. 홀로 외로워서 고통받는 사람은 자기애로 가득한 몽상 속에서 타자를 향한 일방적인 환상의 폭력성을 가진다. 민화자라는 외부(타자)로 인해서 자기(내부)의 그런 폭력성을 자각하게 되는 것, 인서

---

3) 위의 책, 25쪽
4) 김동규, 『멜랑콜리 미학』, 문학동네, 2010, 360쪽.

는 그렇게 사랑 안에서 좀 더 성숙하게 되었는지도 모르겠다.

4

　이 소설집에서는 불완전한 가족의 모티프가 특히 인상적이다. 이른바 '가족의 삼각형'은 부모 혹은 자식의 부재로 온전하지 못하다. 누군가의 부재로 표현되는 불완전한 가족의 이야기는, 다시는 되찾을 수 없는 불가능한 향락으로서의 '큰 사물(la chose)'이라는 정신분석학의 개념을 환기시킨다. 다시는 되찾을 수 없기에 그리움은 더 강렬하고, 그래서 우리는 그 엄청난 결핍을 견디기 위해 그것이 남긴 부스러기(대상 a)에라도 애타게 매달리게 되는 것이다. 「기수지에서」도 가족은 해체되어 불완전한데 할미의 '참게'에 대한 식탐과 화자의 '개천'에 대한 성애적 욕망은 그 결핍에 대한 반응이다. 그것은 일종의 '잉여향락'의 표현인 것이다. 외로운 기러기 아빠인 「조롱박 키우기」의 화자도 역시 '할리데이비슨'과 '사이버 랜드' 그리고 '조롱박'을 통해 근원적인 존재의 결핍을 견뎌보려 애쓴다. 「덤블링 트리」의 화자에게는 '실개천'이 그러하고 「등불 하나 켠 바다」의 여자에게는 '소설'이 바로 그 결핍의 충족을 위해 욕망이 투여되는 대상이다.

　잉여가치로 약탈되는 노동의 문제와 함께, 이 소설집에서 중요한 것이 근원적 결핍을 문제화하는 저 잉여향락이다. 결핍과 더불어 잉여로 하여 고단한 삶을 사는 이들에게, 우울은 일종의 징후적 증상이다. 그러므로 '우울한 열정'을 가진 사람들이야말로 이 세계의 병리성에 가장 예민한 사람들이다. 신장현의 소설은 세계의 타락을 어떤 결핍으로 표현하면서, 예의 그 예민한 인물들의 욕망과 우울을 집요하게 파헤친다. 하지만 그 집요함이 세계에 대한 일종의 편견이라면 곤란할 것이다. 세계는 타락했고 그 모든 원인이 '자본의 폐해라는 생각'과 '완전한 세계라는 형이상학적 관념'의 전제하에, 자본주의로 인해 타락한 세계 자체를 결핍으로 인식한다면, 우리가 할 수 있는 것은 다만 환상을 매개로 그 결핍을 보충하는 일일뿐이다. 그러나 진짜 문제는 결핍을 만들어내는 이 세계의 폭력성이 아니라, 그 결핍을 보충하는 온갖 환상들의 범람이다. 신장현의 그 집요함에 기대를 거는 우리들에게, 그의 다음 소설은 어떤 행로를 보여줄 것인가. 미래에 대한 우리들의 희망이 그의 소설에 거는 기대와 함께 계속될 수 있기를.

- 작가의 말

이제는 드러내놓아도 괜찮을 만한 속내 한 토막. 오래전 어느 신
춘문예 최종심사평에 내 작품에 대해 몇 줄이 올랐기에 심사위원께
전화를 걸었다. 그랬더니 고명하신 그의 말씀이, "소설을 뭘 하러
쓰려 그러시오. 그저 젊었을 때 장난으로 잠깐 하고 마는 것이지"
하질 않나. 멋모르고 꺼불거린 게 잘못이요, 말씀 그대로 너무 놀라
혼쭐이 빠질 정도였다. 그때 30대 중반인 내가 어찌 그렇게 비쳤을
까 의아스럽기도 했다. 그러고도 늦등단을 한 뒤, '잘 나가던' 직장
을 그만뒀다. '글'물에 빠져야 그나마 글을 쓰리라 여겼던가.

무엇이 옳고 그른지 도무지 종잡을 수 없는 세상이다. 아귀아귀
목청을 높이고 드잡이를 하며 서로 옳다고 한다. 요컨대 자기에게
이득이 되면 좋고 옳은 것이요, 아니면 그저 아니라는 것이다. 이
제야 그걸 알았다니 바보가 아니냐고 한다. '그게 아닌데, 그게 아

닌데⋯⋯' 하다가 이윽고 '그게' 속에 빠져 허우적거린다. 이에 대한 변명이라면 그 현실이 '글'밭이기도 하다는 따위.

기꺼이 아웃사이더이며 주변인을 자처했다. 그러므로 딴에는 가장 초라한 자리에서 가장 풍성한 기쁨을 누렸다. 모두가 찬성하면 일부러라도 반대를 해야 했다. 집단과 조직이란 이름으로 벌어지는 폭력을 가장 싫어했다. 온전한 개인의 인격과 생존의 권리가 바로 서길 꿈꾸었기에, 짓밟혀도 꿈으로라도 온전하기를 바랐다. 소설은 내게 그런 꿈이었고, 아직 남은 꿈이 아닐런가.

이즈음 나는 그 지질한 여름날, 쇠똥구리가 똥을 뭉치는 일을 장난으로 여기지 않았나 돌아본다. 구태여 나를 글판에 들어서지 않게 하려던 당신의 충고도 바로 그 뜻에서 나왔단 말인가.

이 비유가 속악할지 모르지만 이제 또 몇 년간 굴린 '글(똥)'을 뭉쳐보았다. 그것도 오로지 실천문학과 이명원 주간님이 펼쳐준 판에서 가능했기에 새삼 고마움을 표한다. 아울러 꼼꼼한 교정과 고언으로 작품의 흠결을 잡아준 편집진에게 깊이 감사하지 않을 수 없다.

올 여름의 매미 소리는 유난히 높고 시리게 들렸다. 앞으로는 쇠똥구리를 흉내 낼 게 아니라 아예 굼벵이가 되리라 다짐했다. 더 썩은 나무뿌리의 진을 빨아먹을망정.

2012년 가을, 춘천 퇴계동에서, 신장현